VdN

István Bart

Rudolf, der unglückselige Kronprinz

Ein Liebesroman

Aus dem Ungarischen
von Almos Csongár

Verlag der Nation
Berlin

Titel der ungarischen Ausgabe:
A boldogtalan sorsú Rudolf trónörökös

Mit einer Nachbemerkung von István Bart
und zeitgenössischen Fotografien

ISBN 3-373-00388-1

1. Auflage 1990
Verlag der Nation Berlin

Originalverlag: Helikon Könyvkiadó, Budapest

LSV 7261
Einband: Stephan Köhler
Typographie: Manfred Damaszynski
Gesamtherstellung: Dresdner Druck- und Verlagshaus GmbH
Best.-Nr. 697 028 0

«Von den zwanzigtausend Fremden, die nach Wien gekommen waren, um dem toten Kronprinzen die letzte Ehre zu erweisen, vermochte nur etwa jeder fünfte sein Vorhaben auszuführen, während sich die übrigen, wie viele neugierige Wiener, mit dem Geläut der Glocken zufriedengeben mußten.

Der Michaelerplatz vor dem kaiserlichen Palast, die Augustinerstraße wie der gesamte Weg bis zur Kapuzinerkirche sind nicht minder eng wie zum Beispiel in Budapest der Mönchsplatz und die Kígyó-Straße. Nun, in diese Straßen drängte ein Publikum von etwa hunderttausend Menschen; kein Wunder, wenn außer der vollzählig angetretenen Polizei auch die Dragoner und die Husaren herangezogen werden mußten, um bereits gegen ein Uhr mittags die gewaltigen Volksmassen Schritt um Schritt über den Kohlmarkt hinaus bis zum Graben zurückzudrängen. Dies war mit so viel Mühe verbunden, daß erst gegen drei Uhr die Straßen frei wurden, die zwecks Durchführung des Begräbnisses gesperrt werden mußten.

In dieses Gebiet durfte nur, wer im Besitz von Tribünen- oder Pressekarten war; aber auch deren glückliche Besitzer mußten ihre Plätze bis spätestens zwei Uhr eingenommen haben.

Am Vormittag schien freundlich die Sonne, was allerdings den Nachteil hatte, daß durch das Tauwetter die Gehwege matschig wurden. Jeder beeilte sich, das Mittagsmahl frühzeitig einzunehmen, um möglichst bald zu den Sitzplätzen eilen zu können.

Um Unfällen vorzubeugen, war untersagt, Privattribünen zu errichten, so daß die findigen Wiener die Fenster ihrer

Wohnungen verpachteten, von wo aus der Trauerzug gut zu überblicken war. Am teuersten waren die Fenster der Häuser vor der Kirche. So verlangte man zum Beispiel in der Tegetthoffgasse in der ersten Etage der vierstöckigen Häuser pro Nase hundert Forint, während für einen Fensterplatz im vierten Stock nur noch dreißig Forint zu zahlen waren.

Ich hatte mich schon um eins auf den Weg gemacht, die schwarzgelbe Pressekarte fest in der Hand. Eine Stunde dauerte es, bis ich mich mit Hilfe meiner Ellbogen durch den unübersehbaren Menschenstrom zur ersten Absperrkette hindurchgezwängt hatte. Als die Offiziere meine Karte erblickten, ließen sie mich bereitwillig passieren. Am alten Burgtheater hatte man eine gewaltige Tribüne errichtet, die stufenweise ansteigenden Sitzplätze waren allesamt besetzt: etwa zweitausend Menschen, zumeist noble Gäste aus dem Ausland, saßen dort dicht gedrängt. Von den Toren des kaiserlichen Palastes bis zur Kapuzinerkirche bildeten die ungarischen Landser des 12. Infanterieregiments die Sperrkette, sie harrten, vornehmlich in Habachtstellung, vier Stunden lang in der Kälte tapfer aus. Das Publikum auf der Tribüne und all diejenigen, die wie ich vor dem Palast standen, blickten fröstelnd und ungeduldig auf die Turmuhr der nahe gelegenen Kirche.

Das erste Zeichen zur Eröffnung der Begräbniszeremonie gaben die städtischen Straßenkehrer Wiens, indem sie Sand auf das glatte Pflaster der zur Kirche führenden Straßen streuten. Um drei Uhr fuhr der erste Hofwagen durch das Schloßtor. Eine Viertelstunde später machten sich die geladenen Gäste in etwa zwanzig Trauerkutschen auf den Weg.

Um dreiviertel vier präsentierten die Soldaten auf Kommando die Gewehre, alle Augen richteten sich auf das Schloßtor, durch das langsam die geräumige Trauerkutsche des Königs rollte, die sich in nichts von den üblichen Trauergefährten unterschied. Im Innern des Wagens, auf der linken Seite, saß – in die Uniform eines Generals gekleidet und von einem Offiziersmantel umhüllt – der König. Stumm, mit entblößtem Haupt grüßte ihn die Menge, doch der König erwiderte diesmal den Gruß nicht, vielmehr starrte er betrübt vor sich hin; neben ihm saß die Königin, ihr Gesicht war von dem auf und nieder wogenden schwarzen Schleier verdeckt.

Genau um vier begannen nach und nach die Glocken sämtlicher Kirchen zu ertönen, wobei das Geläut des alten Stephansdoms mit seiner tristen Würde den Ton angab.

Durch das Schloßtor ritt eine Kompanie der Württembergischen Husaren. Und damit nahm das letzte Geleit seinen Anfang.

Die braven ungarischen Kerle saßen, die eichenlaubgezierten Tschakos auf den Häuptern, mit betroffenem Schneid auf ihren Rossen. Da die Straße zu eng war, konnten sie sich nicht, wie es das Kommando verlangte, in Zügen, sondern sie mußten sich in Viererreihen formieren.

Den Husaren folgte, im Abstand von etwa zwanzig Schritt, ein berittener Hofkurier im Dreispitz und mit schwarzumflortem, goldenem Stab in der Hand. Das ebenfalls in einen Trauerschleier gehüllte Pferd wurde von einem zweiten Kurier mit entblößtem Haupt an der Kandare geführt. Danach, in festgelegter Reihenfolge, die Wagen des höfischen Personals und die Kutschen der ehemaligen Flügeladjutanten, und ganz am Schluß das Gespann des Hofvikars Mayer.

Sodann folgte die Leichenkutsche selbst. Sechs prachtvolle Schimmel, ausgerüstet mit blankem schwarzem Geschirr und jeweils von einem Kammerdiener geführt, zogen gemächlich den denkbar schlichtesten Leichenwagen. Der schwarze, lediglich mit goldener Borte gezierte Sarg trug keine Aufschrift. Er war nur mit drei schon reichlich verwelkten Kränzen aus Maiglöckchen geschmückt, die von der Königin, der verwitweten Thronfolgerin Stephanie und der kleinen Erzherzogin Elisabeth stammten. Am Dach der Kutsche die aus schwarzem Ebenholz geschnitzte Krone der Habsburger, die allen ins Auge stach.

Dem Leichenwagen folgten eine Ehrenkompanie der Landser, eine Abteilung Matrosen, die mit ihren sonnenverbrannten Gesichtern und den glitzernden Waffen über den Schultern großen Eindruck machten, ferner eine Kompanie

Honvédsoldaten in blauen Hosen und roten Tschakos, die von Hauptmann Kosztolányi angeführt wurden und durch ihre stramme Haltung auffielen, und schließlich eine Kompanie der Landwehr, die von den anderen Uniformierten dadurch abstach, daß sie statt Tschakos einfache Feldmützen trug. Den Schluß bildete erneut eine Husarenkompanie.

Dem Erben des ungarischen Throns erwies man, nicht anders als zuvor, da man ihn zu nächtlicher Stunde in aller Stille und ohne Aufsehen von Mayerling nach Wien gebracht hatte, mit auffälliger Schlichtheit die letzte Ehre. Nirgends sein Galadegen, nirgends seine vielen Orden, kein Tschako und kein Meer von Kränzen und keine Salutschüsse.

Wer darauf aus war, eine prunkvolle Schau zu erleben, wer den unvergeßlichen Trauerzug nur mit den Augen, nicht aber mit innerer Beteiligung verfolgte, der war gewiß enttäuscht, da er beim Begräbnis eines beliebigen Stabsoffiziers mehr zu sehen bekommen hätte. Doch wer auch mit dem Herzen dem letzten Geleit des Kronprinzen beiwohnte, der wurde eines Anblicks teilhaftig, der an Würde und Betroffenheit nicht zu überbieten ist.»

Aus der Sonntagszeitung «Vasárnapi Újság»,
24. Februar 1889

Erstes Kapitel

Am 27. Januar 1889, es ist ein Sonntag, gibt Herzog Reuß, Botschafter des Deutschen Reiches in Wien, im Botschaftspalast einen Empfang. Auf dem Höhepunkt der «kaiserlichen Epoche», da die staatliche Repräsentanz noch in mittelalterlicher Tracht in Erscheinung tritt und ein Empfang zutiefst als persönliche Angelegenheit gilt, da noch der Wert der Pelze, der Glanz der Juwelen und die Schönheit der Frauen die Macht der Dynastien erstrahlen lassen und die Federbuschhelme von Besitzern feudaler Ränge und Titel getragen werden, wiewohl die tatsächliche Stärke nicht mehr an den prunkvollen Kürassen, sondern an der Stahlpanzerung dampfgetriebener Schlachtschiffe gemessen wird – nun, was konnte da dieser Galaabend inmitten der Wiener Ballsaison anders als «glanzvoll» gewesen sein?

Der Abend muß allein schon deshalb glanzvoll gewesen sein, weil der Geburtstag des damals erst seit einigen Monaten herrschenden jungen Wilhelms II., des frischgebackenen Kaisers des ebenfalls noch jungen Deutschen Kaiserreiches, den Anlaß dazu bot. Herzog Reuß hatte also allen Grund, einen möglichst großen Pomp zu entfalten. Was Wunder, wenn die mit ihrem Alter prahlende Habsburger Monarchie (womit sonst hätte sie sich brüsten können zu diesem Zeitpunkt?) über das angestrengte, man kann wohl sagen, parvenühafte Streben ein wenig die Nase rümpfte. Allerdings konnte es sich Franz Joseph I., der damals – seit 1848 schon herrschte er mit dem sprichwörtlich eisernen Fleiß – sein Reich nicht nur in den eigenen, sondern auch in den Augen der Weltöffentlichkeit verkörperte, nicht leisten, seine Geringschätzung offen zu zeigen. Der fesche Mann mit der sich lichtenden Stirn und dem dichten Bart befand sich in den besten Jahren – er war noch lange nicht jener gebrechliche Greis, zu dem er sich samt der Monarchie gegen Ende ihres miteinander verflochtenen Lebens wandelte, um dann als solcher – wiederum samt seinem Reiche – im Gedächtnis nicht nur seiner einstigen Völker, sondern der ganzen Welt und der Geschichte haftenzubleiben.

Wie wenig auch dieses betagte Staatsgebilde mit dem zwirbelbärtigen, hackenknallenden jungen Nachbarn sympathisierte, Franz Joseph mußte gute, allzu gute Miene machen zum Lobe von Wilhelms Macht, denn der einstige Gegner Deutschland war, ob es ihm paßte oder nicht, sein wichtigster Verbündeter geworden.

Der Gastherr und die Anwesenden waren sich darüber im klaren – wie Franz Joseph und seine Minister. Nicht, daß diese Freundschaft keine Widersacher gehabt hätte: die Machtgruppierungen hatten sich zu jener Zeit noch nicht so verfestigt, daß nicht sogar ein französisch-österreichisches Bündnis vorstellbar gewesen wäre, das sich selbstredend gegen Deutschland gerichtet hätte. Doch wir wollen uns nicht in die Analyse der Bündnisvarianten des klassischen Imperialismus vertiefen, in die Beschreibung von Gleichgewicht und Übermacht der komplizierten Tanzfiguren, wie sie die einzelnen Nationen boten. Vorerst mag genügen, zu wissen, daß die Herausbildung von Bündnissen und freilich auch die Zukunft Österreichs (umsonst lautete die offizielle Bezeichnung des Staates: Österreich-Ungarn, jenseits der Leitha sagten alle nur Österreich und verstanden darunter das ganze Reich), kurz, die Zukunft der europäischen Machtspiele jetzt davon abhingen, welche Akzente die Außenpolitik der Monarchie im Wandel der Verhältnisse erhalten würde. Im Jahre 1889 war noch nicht offenkundig, wie eng der Raum war, über den Österreich verfügte, um zu manövrieren; man konnte es als «Großmacht» noch nicht «abmelden». Die Botschafter Englands, Rußlands und Italiens in Wien lustwandelten auf dem Empfang gewiß mit offenen Augen und gespitzten Ohren, erpicht auf jedes noch so geringe Anzeichen, das eventuell als

Widerspruch zu dem gedeutet werden könnte, was Franz Joseph unter Aufbietung der ganzen kaiserlichen Familie dem Deutschen Reich und den europäischen Mächten zur Kenntnis zu bringen beabsichtigte.

«Lieber Rudolf,

zu der bei Reuß stattfindenden Soiree lege, sei so gut, die preußische Uniform an, aber keine Gala.

Es umarmt Dich liebevoll Papa.»

Erzherzog Rudolf, der damals dreißigjährige Kronprinz der österreichisch-ungarischen Monarchie und einziger Sohn Franz Josephs und der Königin Elisabeth, erschien also in der Uniform jenes elften brandenburgischen Ulanenregiments, dessen «Inhaber» beziehungsweise ehrenamtlicher Oberst er war. Übrigens legte selbst der Kaiser und König an diesem Abend die preußische Uniform eines Generals an und tat – nicht anders als Herzog Reuß – alles, um die guten Beziehungen zu demonstrieren.

Er hatte allen Grund, die Freundschaft dergestalt unter Beweis zu stellen, und freilich wußten dies die Anwesenden, denn es war allgemein bekannt, daß in der Frage des engen Bündnisses mit Deutschland gerade der Kronprinz und der kleine (zusehends schrumpfende) Kreis seiner Anhänger eine entgegengesetzte Meinung vertraten.

Verständlich, das die deutschfreundliche Presse, die wie üblich zusammen mit den anderen Blättern über das bedeutsame gesellschaftliche Ereignis berichtete, zufrieden die günstigen Vorzeichen kommentierte: «Seine Majestät der Kaiser brachte seine Freundschaft gegenüber Kaiser Wilhelm dadurch zum Ausdruck, daß er persönlich, obendrein in der Uniform des preußischen Garderegiments und in Begleitung der in Wien weilenden Angehörigen des kaiserlichen Hauses, in den prunkvollen Festsälen der deutschen Botschaft erschien. Die außergewöhnliche Ehre, die dem deutschen Botschafter durch diese zahlreiche Anwesenheit von höfischen Persönlichkeiten zuteil wurde, ist ein schlagendes Dementi der tendenziösen Gerüchte über die angebliche Lockerung des deutsch-österreichischen Bündnisses, die in einem gewissen Blatt von Zeit zu Zeit und gerade in jüngster Vergangenheit wieder das Tageslicht erblickten.» So die «Deutsche Zeitung», die zwei Tage später erschien. Aber auch die «maßgebliche» österreichische Presse zog aus dem Abend ähnliche Schlüsse.

Rudolf, den, wie man zu sagen pflegt, «enge Bande» an jenes Blatt knüpften, auf dessen «tendenziöse Gerüchte» die «Deutsche Zeitung» angespielt hatte – offensichtlich handelte es sich um die führende liberale Tageszeitung «Neues Wiener Tagblatt» –, hätte sich gewiß geärgert, wenn ihm die Presseerzeugnisse in die Hände gefallen wären; doch als sie in den Straßen Wiens vertrieben wurden, lag der Kronprinz bereits tot in seinem Jagdschloß in Mayerling.

Nun wäre es nicht schlecht, einen Zusammenhang zwischen Rudolfs Tod und dem Empfang zu finden, da sich doch der Kronprinz dort zuletzt in der Öffentlichkeit blicken ließ und quasi seinen Abschiedsauftritt gab (gerade in diesem ihm «fremden Metier»!), wodurch alle Augenblicke des abendlichen Festes als unweigerlich wichtig erscheinen (so könnten wir es uns immerhin denken in unserer in den Radspuren der Troßwagen der Romane dahinzuckelnden Phantasie), aber leider können wir nicht verschweigen, daß es keinerlei unmittelbaren Zusammenhang zwischen den dicht aufeinander folgenden Ereignissen gibt. Zumindest dem Anschein nach nicht, denn von der Höhe der Weltgeschichte aus betrachtet, sieht man, wie könnte es anders sein, deutlich die Lebens- und Kraftlinien, die sich im Salon des Herzogs Reuß durchkreuzten. Allein deshalb können wir diese Eröffnungsszene nicht entbehren. Der Abend ist für uns, die wir versuchen, die Begebenheit zu einer Geschichte abzurunden, das heißt die Unmenge von Kleinigkeiten zu beachten, die Leben und Tod eines Menschen ausmachen und obendrein geheimnisvoll gestalten, für uns ist also dieser Abend vornehmlich deshalb von Interesse, weil sich die Akteure des «Vorfalls» hier zuletzt – ja zum Teil sogar zum erstenmal – nahezu vollzählig begegneten.

Anwesend waren auf der Soiree vor allem das kaiserliche

Paar Franz Joseph I. und die wunderschöne Elisabeth, die damals in der Tat nur noch auf der Durchreise in Wien weilte, ferner der Kronprinz mit seiner weniger schönen Gemahlin Stephanie, der belgischen Prinzessin und Enkelin des Statthalters Joseph, und Graf Hoyos, Rudolfs Jagdgefährte, der später in Mayerling der Kronzeuge sein wird; anwesend waren Graf Taaffe, der österreichische Ministerpräsident, ein Freund Franz Josephs noch aus Kindertagen, der auf Anweisung des Kaisers die wichtigsten Akten der «Tragödie von Mayerling» für immer verschwinden lassen wird – und selbstredend Baronin Vetsera (oder Vecsera) mit ihren beiden hübschen Töchtern Hanna und der siebzehnjährigen Maria (genauer: «Mary», da sie ihren Namen englisch schrieb), die etwa achtundvierzig Stunden später zusammen mit Rudolf sterben wird, nämlich das Mädchen, von dem «ganz Wien», das ebenfalls hier anwesend war, ahnt (wie dies die allerdings hinterher entstandenen Erinnerungen behaupten), daß Rudolf eine «Liaison» mit ihm hat. Dabei waren ferner, versteht sich, alle, die in Wien etwas zählten: die Gesandten der kleinen und großen Mächte, die sich in den Meldungen an ihre Regierungen von nun an einige Wochen lang vorwiegend mit dem Tode Rudolfs befassen werden, um einerseits die private Klatschgier ihrer Herrscher zu befriedigen (kannten sie doch den Kronprinzen nicht nur persönlich, sie waren zudem mehr oder weniger weitläufig mit dem Verblichenen verwandt) und um andererseits die ratlosen Regierungen zu informieren, die weniger darauf neugierig waren, warum Rudolf die Tat begangen hatte, sondern vielmehr erpicht, zu erfahren, was es aus dem Blickwinkel der europäischen Politik bedeutete, daß die österreichisch-ungarische Monarchie einen neuen Thronfolger erhalten wird. Zugegen waren des weiteren in den Gängen und im Foyer, in der Küche und im Treppenhaus sowie in der Garderobe die unerläßlichen Nebenakteure des Dramas: die Kammerdiener, Zimmermädchen, Zofen, Köche und Kutscher, die Kulissenschieber einer dahingeschwundenen Welt, die man kaum noch heraufzubeschwören vermag – in einer unfaßbaren Vielzahl, ohne deren Anwesenheit und Mitwirkung es unmöglich war, nicht nur zu leben, sondern auch zu sterben, und die eben aus diesem Grunde alles gesehen, gehört, ja sogar ausgehorcht hatten. Zu guter Letzt wollen wir einige wichtige Zeugen nicht vergessen, deren Anwesenheit auf der Soiree – in Frack, Zylinder oder Livree, draußen auf der Straße bei matschigem Unwetter oder im Palast – wir zwar nur vermuten können, von denen wir dennoch annehmen, daß sie die alleinigen, über jeden Zweifel erhabenen, zuverlässigen, karg, aber genau aussagenden und unvoreingenommenen Zeugen der Geschichte, des «Dramas» sind – die Wiener Geheimpolizisten; nun, sie waren in diskreter Entfernung und ohne sich in den Gang der Ereignisse einzumischen, weil dazu kein Befehl vorlag, überall dort, wo sich der Kronprinz Rudolf befand, «Prinz Rezsö», wie ihn die Ungarn liebevoll nannten, der Thronfolger der österreichisch-ungarischen Monarchie.

Auf der Soiree von Herzog Reuß versammelten sich also sämtliche wichtigen Akteure und Zeugen der Tragödie – nur Gräfin Marie Larisch-Wallersee fehlte. Dabei spielte sie doch eine Schlüsselrolle in der Geschichte, wie wir sehen werden, sie war es, die sogar noch an diesem letzten Sonntag die Fäden der Schicksale zusammenspann, obwohl sie kaum das Grand Hotel Imperial verließ, wo sie abgestiegen war, wie stets, wenn sie von den böhmischen Gütern ihres Mannes aus Pardubitz nach Wien kam.

Es ist unbekannt, warum Gräfin Marie Larisch, die Lieblingskusine der Königin Elisabeth (die aus morganatischer Ehe stammende Tochter des bayerischen Herzogs Ludwig), nicht in die deutsche Botschaft eingeladen worden war – dennoch erhalten wir aus ihren (obendrein vierundzwanzig Jahre später niedergeschriebenen) Memoiren die detailliertesten Auskünfte über die Ereignisse der Soiree. Denn auf dem abendlichen Empfang der deutschen Botschaft geschahen doch Dinge, die mit dem Drama zusammenzuhängen scheinen und die im Lichte der späteren Ereignisse und noch mehr der Legende eine besondere Bedeutung erhalten.

Nur weiß man aber nicht, was wirklich geschah.

Augenzeugen – nicht nur die Gräfin, sondern echte Augenzeugen – gibt es reichlich, von einigen der anwesenden aristokratischen Damen stellte sich heraus, daß sie insgeheim ein Tagebuch führten, während die Gesandten von Dienst wegen den ganzen Tratsch am Hof für uns aufzeichneten. Nur hat die Sache einen Haken, weil die Augenzeugen sich durchaus nicht einig sind, was eigentlich geschehen war! Jeder will etwas anderes gesehen und gehört haben. Leider müssen wir uns mit dem begnügen, was uns zur Verfügung steht, um so mehr, als die sonstigen und gewichtigeren Dokumente des Selbstmordes (war es Selbstmord?) von Rudolf nicht wesentlich einhelliger sind.

Der Empfang begann abends um halb zehn; aus heutiger Sicht ein reichlich später Zeitpunkt. Wenn wir jedoch diese an sich absurde Geschichte begreifen wollen, müssen wir uns daran gewöhnen, daß uns die Akteure zwar auf den Bildern zum Verwechseln ähnlich sind, daß sie aber in Wirklichkeit nicht nur in einem anderen Rhythmus lebten als wir, sondern vermutlich auch anders atmeten. Ein «Bürger» wie Rudolf, der an einem Tag morgens um neun Uhr an seinem «Arbeitsplatz» in der Franz-Joseph-Kaserne über den anliegenden Akten sitzt und tags darauf zur selben Stunde das gleiche in seinem Arbeitszimmer tun wird, dürfte nicht viel Zeit erübrigen, um in den Räumen der deutschen Botschaft zu lustwandeln.

Aber sehen wir uns nun die gewisse peinliche Episode (oder gar Episoden) an. Doch zunächst wollen wir – als Einstimmung und weil später vielleicht kein Anlaß mehr dazu sein wird – schnell einfügen, wie Lady Paget, Gattin des englischen Botschafters, an diesem Abend Rudolf gesehen hat: «... er war traurig und niedergeschlagen, und man sah ihm an, daß er die Tränen kaum zurückhalten konnte.» Die Tränen! Die Dame mag ein überaus scharfes Auge gehabt haben, da dies sonst keinem auffiel, aber wie mag schon (im nachhinein gedacht) ein feinsinniger Prinz von edlem Geblüt einige Tage vor seinem Selbstmord ausgesehen haben? Übrigens war in jener Epoche die Tristesse sehr beliebt.

Mehreren Anwesenden fielen hingegen Baronin Vetsera und Baroneß Mary schon deshalb auf, weil sie geschmacklos viel Juwelen trugen, mehr als die kaiserlichen Damen, was als ungehörig galt – die Vetseras hatten jene schlichtweg ausgestochen. Doch es fiel noch mehr auf, daß nämlich – wie dies der mutmaßlich ganz und gar nicht romantisch veranlagte General Beck niederschrieb – «Marys finsterer Blick unentwegt an dem Kronprinzen hing». Allerdings sei vermerkt, daß die Unvoreingenommenheit des Generals zweifelhaft ist, da er Rudolf sogar in seinen sterblichen Überresten verachtete, wie es die gesamte Generalität tat, weil der Kronprinz als Generalinspekteur der Infanterie sein Recht gefordert hatte, in die Angelegenheiten der ganzen Armee – also in ernst zu nehmende Sachen – hineinzureden. Aber Graf «Josl» Hoyos war wahrhaftig ein guter Freund Rudolfs, doch seine bis ins kleinste gehenden und schwerfällig prosaischen Memoiren werden spürbar heißblütig, sobald er von dem Mädchen spricht: «Wenn ich an die Soiree zurückdenke, so war auffällig, daß Baroneß Mary Vetsera mich sogar zweimal anredete, obwohl ich sie doch kaum kannte. Die junge, etwa zwanzigjährige Dame lenkte die Aufmerksamkeit durch ihre strahlende Schönheit auf sich. Ihre Augen, die noch größer schienen als gewöhnlich, leuchteten beängstigend, ihr ganzes Wesen schien zu glühen.» Es fällt auf, wir sollten es beachten, daß alle Marys Augen erwähnen; sie mögen seltsam gesprüht haben, oder taten sie es vielleicht nur, weil die unglückseligen Heldinnen der Wiener Kitschromane vorschriftsmäßig «tiefglühende, schwarze Augen» haben? Jedenfalls schrieb auch Graf Nigra, der klatschsüchtige italienische Gesandte, in dem Bericht an seine Regierung, daß «das Mädchen keine Minute die Augen von Rudolf wandte». Sahen alle Anwesenden nur die beiden an diesem Abend, oder war Mary niemals zuvor so lebhaft gewesen wie zwei Tage vor ihrem Tod? Als wüßte sie schon, daß sie die Heldin eines Romans werden würde.

Übrigens hatte Mary allen Anzeichen nach einen ereignisreichen Tag hinter sich: Sie hatte (wenn es zutrifft) die Gräfin Larisch besucht, sie war insgeheim mit Rudolf zusammengetroffen, der ebenfalls an diesem Tag die Gräfin im Hotel aufgesucht hatte, möglicherweise nicht nur einmal. Doch der eine Besuch ist gewiß: «Am 27. Januar, vormittags zehn Uhr, erschien Kronprinz Rudolf im Hotel, um die Gräfin in ihrem Appartement zu besuchen. Die Dauer seines Aufenthalts ist unbekannt. Kriminalkommissar Jurka.»

Auf diesen Besuch geht auch die – nach dem Vorfall angefertigte – abschließende Meldung des Polizeirats der innerstädtischen Hauptmannschaft, Friedrich Heide, ein: «... der um 11 Uhr vormittags vor dem Hotel Imperial wartende Bote Nummer 198 übernahm von der Gräfin Larisch ein kleines Päckchen sowie einen Brief mit dem Auftrag, beides in die Hofburg zu bringen und dort persönlich seiner Hoheit, dem Kronprinzen Rudolf, zu überreichen. Der Kronprinz, der gerade mit dem Herrn Oberstleutnant Mayer eine Dienstberatung hatte, verließ, nachdem der Kammerdiener den Boten gemeldet hatte, den Raum, um eine Erwiderung zu schreiben, die er dann dem Boten überreichte.» Wie daraus hervorgeht, konnte man verhältnismäßig mühelos zu Rudolf gelangen, wenn man den zu ihm führenden Weg kannte. Nicht minder interessant die sich unweigerlich aufdrängende Vermutung, daß die Boten in Wien, die so viele vertrauliche Aufträge ausführten – voilà –, nicht nur den Zugang zu den Gemächern des Kronprinzen kannten, sondern auch genau wußten, was für die Polizei von Belang sein dürfte – denn von wem sonst hätte Polizeirat Heide über das Päckchen und den beiliegenden Brief Kenntnis erhalten als eben von dem Boten Nummer 198 selbst? Auf der Bezirkshauptmannschaft steckte man die Nachricht in das entsprechende Dossier, oder man legte dazu eine neue Akte an, um dann später, falls erforderlich, dem Polizeipräsidenten von Wien, Baron Krauß, eine zusammenfassende Meldung zu erstatten, die jener seinerseits an Premier- und Innenminister Graf Taaffe weiterleitete, auf dessen Tisch die Meldung mit den Kopien sämtlicher Telegramme der Habsburger von jedwedem Stand und Rang zusammentrafen – und man telegrafierte ja recht häufig, da es noch kein Telefon gab –, die auf Geheiß Franz Josephs der

Handelsminister (zu dem die Post gehörte) zu sammeln verpflichtet war. Was der Kaiser nicht einmal von seinem Minister erfahren konnte, das erzählte ihm die einzige vertraute Freundin seines Lebens, Katharina Schratt, Künstlerin am Hoftheater, die die Gunst des Herrschers nicht zuletzt dadurch erobert hatte, daß sie ihn über den weitverbreiteten Wiener Klatsch zu unterrichten wußte. Um was nicht alles muß sich ein gewissenhafter Herrscher und ein Familienoberhaupt sorgen! Wäre es denn möglich, daß gerade die Weibergeschichten seines Sohnes und Nachfolgers seiner Aufmerksamkeit entgingen? Hatte doch Baron Krauß auf Grund der Recherchen eines gewissen Dr. Meißner in Erfahrung gebracht – und natürlich umgehend Taaffe informiert, so daß der Kaiser, falls er sich dafür interessierte, und er interessierte sich ja für alles, sehr wohl Bescheid wußte: daß «... in den zurückliegenden Wochen K. R. und Frau Kuranda, die Gattin eines Hoteliers in Abbasia, Frau Wolf (die bekannte Kupplerin vornehmer Kreise) des öfteren ersucht hatten, ein Treffen zwischen ihnen zu arrangieren, doch Frau Wolf wehrte ihren Wunsch ab».

Da sie offensichtlich weise genug war (daher rührt auch ihre allgemeine Beliebtheit), zu wissen, wie weit sie gehen durfte.

Doch in der oben zitierten Meldung von Polizeirat Heide, um zum 27. Januar 1889 zurückzukehren, heißt es weiter: «Am gleichen Tag erschien der Kronprinz in Kavallerieuniform mittags um halb zwei erneut vor dem Grand Hotel ... Die dort stationierten Mietkutscher umlagerten ihn stürmisch, da sie Seine Kaiserliche Hoheit sogleich erkannt hatten ...»

Also hatte auch Rudolf einen bewegten Tag hinter sich; am Nachmittag war er sogar in Gesellschaft der Gräfin Larisch im Prater gewesen – und zu seinem Mißgeschick hatte seine Schwägerin, die Herzogin Louise von Coburg, sie dort gesehen. Verständlich, daß Rudolf auf der Soiree – abends halb zehn – derart erschöpft und gereizt war.

Nun können wir aber unmöglich jene unheilvolle Episode verschweigen, die wir – obwohl sie nur in den vermutlich unzuverlässigen Memoiren der Gräfin Larisch festgehalten wurde – getrost als Resümee der Stimmung ansehen können und als literarisch makellos authentischen Höhepunkt dieses Abends, der zweifellos eine seltsame (peinliche? angespannte?) Atmosphäre verbreitete.

«Später hörte ich von Marys Benehmen, das ganz Wien empörte», schreibt die Gräfin in London 1913, des Landes verwiesen, unter ärmlichen Verhältnissen lebend und gewiß auf Rache sinnend. «Der Ballsaal prangte im Lichterglanz, und die kaiserliche Familie war bereits anwesend, als die Vetseras eintrafen. Alle Augen richteten sich auf Mary, vor allem, weil sie wunderschön aussah, aber auch, weil ihr Name in der Öffentlichkeit mit dem Rudolfs in Verbindung gebracht worden war, und viele wohlbekannte Damen maßen Mary mit mißbilligendem Blick.

Das ohnehin aufgewühlte Mädchen ließ sich – dadurch noch mehr gereizt – zu einer wahnwitzigen Tat hinreißen. Und als die kaiserlichen Gäste durch den Ballsaal schritten und ihre Bekannten ansprachen, brannte Mary darauf, sich zu rächen. Sie lächelte, als Rudolf einige Worte an sie richtete, doch als die Kronprinzessin an ihr vorüberkam, blickte sie ihr voll ins Gesicht, ohne sie zu grüßen. Die Blicke der beiden Frauen trafen sich, und wie man mir später erzählte, sahen sie sich an wie zwei sprungbereite Tiger.

Die Herumstehenden verfolgten bestürzt den Vorgang, und als jeder gespannt wartete, was folgen würde, stampfte Mary einmal, dann noch einmal mit dem Fuße auf und warf den Kopf mit einer Bewegung tiefster Verachtung zurück.

Baronin Vetsera, die bis dahin die Szene entsetzt verfolgt hatte, fuhr endlich dazwischen und führte, rot vor Zorn und Scham, Mary rasch aus dem Saal. Als sie gegangen waren, brach im Raum die Empörung hervor.»

Siehe da, eine komplette, wahrhaftige Wiener Operette.

Wenngleich die Wirklichkeit nicht ganz so theatralisch gewesen sein mag, so war sie doch für Rudolf äußerst peinlich – jedenfalls im Hinblick auf den zu Ehren des Geburtstagskindes veranstalteten Empfang.

Rudolf verachtete die Deutschen, vornehmlich Wilhelm II., von ganzem Herzen – man kann wohl sagen, aus familiären Gründen. Schließlich hatten die Hohenzollern die Habsburger aus ihrer angestammten Heimat, aus Deutschland, verdrängt, sie waren es, die die liebenswürdige bayerische Verwandtschaft, die Wittelsbacher, ihrer Unabhängigkeit beraubt und Frankreich – zu dem sich Rudolf durch die romantische Nostalgie des europäischen Liberalismus hingezogen fühlte, wiewohl dies hinsichtlich seiner Kronprinzenschaft ein wenig grotesk anmutet – erniedrigt hatten. Rudolf sah – wie der gleichaltrige Wilhelm –, seit er denken konnte, die wachsende Macht der Hohenzollern und den Verfall der Habsburger in der Welt. Viel Sympathie vermochte der energische, selbstgefällige, überhebliche und militärisch zackige junge Wilhelm, der die beste Karikatur des Preußentums in den Witzblättern abgab, auch während ihrer persönlichen Begegnung bei dem gebildeten, weltmännischen und etwas dekadenten Rudolf nicht zu wecken. Und jetzt mußte er, ermüdet, nervlich angespannt und bedrückt von einer verworrenen Weibergeschichte am Geburtstag dieses Mannes gute Miene machen, da einstweilen – jedenfalls so lange, bis sein Vater die Zügel ihm übergab, wozu der, wie uns bekannt, äußerst langlebige Franz Joseph keine Neigung zeigte – das Schicksal Österreich-Ungarns mit diesem streitsüchtigen und dummen Kerl verbunden war.

Nicht, daß die Preußen von Rudolf eine bessere Meinung gehabt hätten. «Er glaubt an nichts», charakterisierte der Gastgeber an diesem Tag, Herzog Reuß, den Kronprinzen in seinem Botschaftsbericht, was von seinem Standpunkt aus wohl durchaus richtig war. Er hätte kaum härtere Worte über den Kronprinzen des wichtigsten Verbündeten des Deutschen Reiches finden können; war doch die Abhängigkeit gegenseitig, und dies ahnte man trotz aller wechselseitigen Verdächtigungen auch in Berlin. Offensichtlich machten sie sich Sorgen, wenn sie bedachten, daß sie – weiß Gott, in welch naher Zukunft – an der Seite dieses Mannes dem Feind – dem Zaren? Frankreich? eventuell beiden – entgegentreten müßten.

«Nur ein Menschenleben trennt ihn vom Thron», vermerkte Bismarck mit rotem Stift am Rande des Berichtes seines Botschafters aus Wien, und er setzte noch ein schwungvolles Ausrufezeichen hinter die wohlgemeinte (oder besorgte?) Randnotiz.

Was aber meinten die Preußen, wenn sie behaupteten, daß Rudolf «an nichts glaubt»? Man erfährt es aus dem folgenden, recht seltsamen Brief. Das kuriose ist vielleicht, daß er von Rudolf selbst verfaßt wurde, kurz vor der Thronbesteigung Wilhelms, und an den Militärattaché der Monarchie in Berlin gerichtet war:

«Frau Wolf» (die gleiche Person, die ein Treffen Rudolfs mit der Besitzerin eines Hotels in Abbasia arrangieren sollte) «bekam Wind von gewissen Vorkommnissen in Berlin: Laut ihrer Behauptung traf sich Wilhelm während des Winters in vertrauter Zweisamkeit häufig mit einer österreichischen jungen Frau namens Ella Somics, wohnhaft in der Linkstraße 39, die früher die Geliebte unseres Botschafters gewesen war. Vor Ella, ja sogar in Anwesenheit der Frau Wolf, die unlängst in gesellschaftlichen Angelegenheiten in Berlin weilte, deckte Wilhelm in weinseliger Stimmung mit taktloser Offenheit seine geheimsten Gedanken auf. Gelinde gesagt, sprach er ungebührlich über unseren Kaiser und schmähte mich ungehörig, indem er mich mit dem eigenen Vater verglich, das heißt, er nannte mich einen jüdisch verseuchten, eitlen, dekadenten, charakterlosen, unbegabten und popularitätheischenden Schreiberling. Er erklärte, daß allein Preußen gesund sei … während die Monarchie verfalle und sich am Rande der Auflösung befinde, so daß die deutschsprachigen Gebiete wie reife Früchte Deutschland in den Schoß fallen, bestenfalls zu unbedeutenden kleinen Herzogtümern des Reiches herabsinken würden. Preußen sogar mehr ausgeliefert als Bayern … Ferner erklärte er, daß er dennoch gern mit uns Habsburgern zur Jagd gehe, weil wir ansonsten durchaus keine unangenehmen Kumpane seien, doch dies ändere nichts daran, daß wir unnütze, lebensuntüchtige, verweiblichte, verweichlichte Sybariten seien und daß in der Politik die Gefühle ohnehin rein gar nichts zählten; nichts könne daran ändern, daß ihm aufgetragen sei, Deutschland groß zu machen, und zwar zu Lasten Österreichs ...» Dann folgen noch langwierige Auslassungen seitens der Frau Wolf, dieser international angesehenen Frauensperson (aus der Feder Rudolfs), über das von Minderwertigkeitsgefühlen geschürte weinselige Rülpsen Kaiser Wilhelms, um dann mit dem Satz zu enden: «Ich lenke Ihre Aufmerksamkeit auf besagte Ella Somics, da ich glaube, daß Sie aus dieser Quelle noch weitere Informationen schöpfen können.»

Nun, wie schon daraus zu ersehen oder zu vermuten ist: die beiden jungen Männer, die Interesse, Temperament und politische Überzeugung voneinander trennten, mochten sich nicht. Einige Monate vor Mayerling, als Wilhelm bereits als Kaiser zu Besuch nach Wien kam, wobei selbstredend auch die Jagd auf dem Programm stand, meditiert Rudolf in einem Brief, und zwar ziemlich ernst, über «einen geschickt eingefädelten kleinen Jagdunfall», der – falls er sich nach dem unergründlichen Willen des Himmels womöglich ereigne – der europäischen Geschichte eine neue, günstigere Richtung geben würde. Rudolf machte übrigens auch auf der Soiree in der Botschaft kein Hehl aus seiner Antipathie; laut beklagte er sich bei seinen Gesprächspartnern, wie sehr er die preußische Uniform, die er gerade trug, verachte und wie die schweren und harten Schulterblätter mit dem vielen Gold und den Fransen ihn erdrückten ... Er mag es als empörende Ungerechtigkeit empfunden haben – und an diesem pompösen Geburtstag, an dem er unnütz soviel umhergelaufen war, hatte er bestimmt daran gedacht, und das Blut war ihm vermutlich zu Kopfe gestiegen –, daß Wilhelm, dieser stumpfsinnige Despot, bereits das Zepter in der Hand hielt (und bei der Gestaltung der Geschicke der Welt ein Wort mitreden durfte). Er hingegen durfte nicht einmal das bescheidene Amt ausüben, das ganz und gar nicht seinem Rang entsprach, hatte man ihn doch (es lag nicht einmal weit zurück) nur pro forma zum Generalinspekteur der Infanterie ernannt, denn man vergaß regelmäßig, ihn zu den Besprechungen des Stabes einzuladen, und das mit «Wissen der obersten Stelle». Rudolf konnte sich mit Weibern abgeben, auf die Jagd gehen, den Ornithologen und Naturforscher oder gar den Schriftsteller spielen und die imposante Studienserie «Die österreichisch-ungarische Monarchie in Wort und Bild» redigieren, er konnte seine Freundschaft mit politisierenden jüdischen liberalen Journalisten in Wien und Pest hervorkehren, sich bei den Tschechen oder auch bei den Ungarn lieb Kind machen, wie es ihm beliebte, und er konnte haufenweise Abhandlungen über die Innen- und Außenpolitik fabrizieren – aber sein Vater ließ ihn nicht einmal in die Nähe der Macht kommen, und was auch immer Rudolf tun mochte, es hatte kaum Gewicht und keinen rechten Sinn. Ist es etwa möglich, daß Franz Joseph Angst vor Rudolf hatte? Oder vertraute er ihm nicht? Warum ließ er seinen Nachfolger nur mit Bleisoldaten spielen? Hat er ihn vielleicht besser gekannt, als man glaubt? War er besorgt um das Reich, dessen Geschicke er von ihm fernhalten wollte? Oder ging es nur darum, daß er als Herrscher von Gottes Gnaden nicht willens war, diese Gnade mit einem anderen zu teilen?

Doch in der Außenpolitik immerhin hatte Rudolf etwas mehr Bewegungsraum; schließlich war es die Epoche der geheimen Diplomatie. Hier könne man ihn nicht so leicht kontrollieren, dachte er bei sich, allerdings konnte er hier auch kaum größeren Schaden anrichten, denn die wahren Besitzer der Macht, wie zum Beispiel Bismarck, mißachteten ihn samt seinem gelegentlichen Eifer genauso wie den Herzog von Wales, den ebenfalls sich langweilenden, jagdbesessenen und umherreisenden Thronfolger. Die beiden fanden auch hübsch zueinander, bei der Bärenjagd in Görgényszentimre wie in den berühmt-berüchtigten Wiener Amüsierlokalen, obwohl Rudolf nicht nur mehr Intellekt besaß, sondern auch größere Ambitionen hatte als der geduldig auf den Thron wartende Edward. Übrigens war er sich seiner eigenen Machtlosigkeit bewußt, sonst hätte er sich nicht die Freiheit genommen, auf der Geburtstagsfeier des deutschen Kaisers in den Räumen der deutschen Botschaft sich streitsüchtig nur über ein einziges Thema auszulassen, über die französischen Wahlen, die am gleichen Tage stattfanden. Das war genau so taktlos, wie im Haus eines Gehenkten ständig vom Strick zu sprechen.

Bei den französischen Wahlen ging es nämlich vor allem um die Revanche gegen Deutschland. Wenn der ungewöhnlich populäre General Boulanger – der an jenem Tag tatsächlich in mehreren Provinzbezirken einen glänzenden Sieg davongetragen hatte – genügend Stimmen bekäme, hätte Frankreich einen neuen Diktator, denn Boulanger würde nicht lange fackeln, einen Staatsstreich vom Zaun zu brechen. Und falls er freie Hand bekäme, stünde ein neuer Krieg in Europa vor der Tür. Laut Augenzeugen verhandelte Rudolf lange und sichtlich erregt mit Graf Kálnoky, dem gemeinsamen – will heißen: österreichischen und ungarischen – Außenminister, und mit Fürst Metternich, dem ehemaligen Botschafter der Monarchie in Paris; er fragte sie regelrecht aus und verglich ihre Meinungen mit den aus eigenen Quellen bezogenen Informationen – immerhin konnte sich der österreichisch-ungarische Kronprinz eigene Recherchen leisten über Ereignisse, die er im In- und Ausland für wichtig hielt. Die Herren verhielten sich loyal zum deutschen Bündnis, für Boulanger hatten sie nur Spott übrig – wie sich später herausstellte, nicht ohne Grund. Doch Rudolf fühlte sich durch den vorläufigen Erfolg des Generals ermutigt, weil er kaum Einfluß auf das politische Leben seiner Heimat hatte und bei ihm jedes Streben in Europa, das Gleichgewicht der Mächte zu kippen, Hoffnungen weckte, der Monarchie vielleicht einen gewissen Spielraum zu verschaffen. Und wer weiß? In einer neuen Situation, die grundsätzlich neue Männer erfordert, würde vielleicht auch er eine Rolle bekommen.

Auf die internationalen Komplikationen können wir vielleicht später zurückkommen, jetzt aber wollen wir endlich die Ereignisse der Soiree abschließen, in der Hoffnung, dies nunmehr ohne Umschweife tun zu können.

Es hatte sich nämlich noch eine Szene auf dem Empfang abgespielt, die als bezeichnend und unheilverkündend weitergereicht wurde – falls wir bereit sind, den Memoiren der

Gräfin Larisch bezüglich des Intermezzos zwischen Stephanie und Mary zu vertrauen. Von diesem gewissen zweiten Vorfall berichtete die Frau des Botschafters, allerdings bezog sie ihre Information vom Personal, da sich die Szene im Treppenhaus oder in der Vorhalle abgespielt hatte, und zwar zwischen Rudolf und Stephanie, als sie das Gebäude verließen. Kurzum: Sie hatten sich gestritten. Worüber? Das deutete die Frau des Botschafters nur an, die dem Vorkommnis ohne Bedenken Glauben schenkte, sei es doch nicht zum erstenmal zu einer öffentlichen Eifersuchtsszene durch Stephanie gekommen, und außerdem war allgemein bekannt, daß es in der Ehe des Kronprinzenpaares nicht zum besten stand – und, sollte gerade die Gattin des deutschen Botschafters von der kleinen Baroneß nichts gewußt haben?

Die für die internen Vorgänge am Hofe auch von Amts wegen sich interessierende deutsche Botschaft war vielleicht zu jener Zeit auch über die Unterredung informiert, die ein paar Tage zuvor unter vier Augen zwischen Franz Joseph und seinem Sohn stattgefunden haben soll. Ein Kammerdiener, der ebenfalls die Ohren zu spitzen wußte, meinte, hinter der verschlossenen Tür (Türen) gehört zu haben, wie der Kaiser, außer sich, Rudolf anbrüllte: «Tu, was du willst, aber ich werde damit nicht einverstanden sein!» (Dann fügte er laut Aussage der Bestinformierten noch hinzu: «Du bist nicht würdig, mein Sohn zu sein!»)

Worauf Rudolf trotzig entgegnete: «Dann mußt du aber, was auch immer geschehen mag, die Verantwortung dafür tragen!»

Danach schlug er die Tür (Türen) wütend hinter sich zu und lief verstört davon.

Vorhang.

Hinsichtlich des Ausgangs gehört diese Szene am ehesten zum Genre des bürgerlichen Trauerspiels. Von Klischee zu Klischee stolpernd, schlängelt sich die Geschichte des unglückseligen Kronprinzen Rudolf, vielleicht auf verschlungeneren Pfaden als nötig, wie wir sahen, mühselig voran. Immerhin bildet sich die Legende allmählich heraus.

Wir sind nun nahezu hundert Jahre älter – und weiser – als die Akteure unserer Geschichte, so daß wir mehr über ihr Schicksal und über die Kräfte und Ereignisse, die ihr Leben leiteten, wissen als sie selbst, doch wir wollen daraus kein Kapital schlagen, sondern vielmehr bekennen, daß es keinerlei Bedeutung hat angesichts des Geschehens, das in seiner Banalität von elementarer Kraft ist: «Die Verliebten konnten nicht eins werden, da sie durch die Strenge eines unwirschen Vaters, durch Rang und Thron, der auf Rudolf wartete, voneinander getrennt waren, und deshalb warfen sie das leidvolle Leben von sich, und ihre Seelen vereinten sich im glücklichen Tod.» Man braucht nur daran zu glauben. Mary selbst glaubte vielleicht daran. Denn was gibt es Größeres, als wenn das Leben plötzlich die Literatur (?) nachahmt?

Zu jener argen Szene, deren letzte Worte der Kammerdiener (?) erlauschte, soll es selbstredend deshalb gekommen sein, weil Rudolf erklärt hatte, er wolle sich von Stephanie trennen und Mary Vetsera heiraten. Die namenlosen Autoren des modernen Volksmärchens – Journalisten? Wiener Fiakermänner? Näherinnen? Textilgroßhändler? für aristokratische Offiziere schwärmende bürgerliche Mädchen? die in anonymen Briefen vom schönen Rudolf ein Stelldichein erheischenden Apothekersfrauen aus der Provinz? – wußten mit sicherem Gespür, daß diese unheilverkündende Szene sich anbietet, den zweiten Akt abzuschließen.

Über den Inhalt des großen Auftritts kursierten freilich mehrere Varianten. Zum Beispiel: Rudolf habe Franz Joseph nicht freiwillig aufgesucht, sondern sei von ihm vorgeladen worden, da der Vater über den Papst von der Absicht des Sohnes, sich scheiden zu lassen, erfahren haben soll, denn der Kronprinz hätte insgeheim im Vatikan die Scheidung beantragt. Am melodramatischsten klingt die Version, wonach der Kaiser seinen Sohn aufgefordert hätte, mit seiner Freundin zu brechen, und Rudolf auch eingewilligt hätte, allerdings mit der Bitte, ihm zum Abschied noch eine Nacht mit ihr zu gewähren. In Budapest verbreitete sich die «ungarische» Interpretation: Franz Joseph hätte sich seinem Sohn deshalb entfremdet und ihn angeschrien, weil der Kronprinz – wir wissen ja: uns Ungarn hat er unter seinen Völkern am meisten geliebt! – sich für die ungarischen Interessen, für die Schaffung einer ungarischen Armee, eingesetzt habe.

Gleichwohl scheint am glaubwürdigsten, daß diese dramatische Unterredung ebensowenig stattfand wie die anderen theatralischen Szenen, durch die das Volk seinen in unerreichbarer Höhe thronenden Kaiser und dessen Familie zu verstehen suchte, indem es ihm die Rolle in einer kleinbürgerlichen Mythologie zuschrieb. Und von daher rührt das Rätsel: Ist es denn möglich, daß ein Prinz einen solch «bürgerlichen» Tod stirbt? Aus Liebe?

Versuchen wie einmal, uns zum Beispiel die Treppenhausszene zwischen Rudolf und Stephanie zu vergegenwärtigen: Nachdem sie in der Garderobe ihre Mäntel angezogen haben, begeben sie sich die Treppe hinunter, und Stephanie – in ihrer Leibesfülle starr schreitend oder auch wallend in ihrem bis zum Boden reichenden Abendkleid, auf dem Haupt die Juwelentiara oder gar einen ihrer berühmten mühlenradgroßen Hüte (geschmückt mit einem kleinen Obstgarten und dem dazugehörigen Kolibri, wie es Mode war in den achtziger Jahren) – poltert plötzlich los (da sie von der Abmagerungskur ohnehin gereizt ist) und beschimpft, gerötet vor Zorn, ihren schmächtigen Rudolf wegen des düsteren Blicks der Mary Vetsera («Ich werd's dir schon zeigen, daß ...», «ich bin nicht bereit, zu dulden, daß ...»), während der Ehemann verwirrt stottert oder sich in düsteres Schweigen hüllt, weil ihm der Kragen platzt und er das Trampel zum Teufel wünscht (oder sie beschwichtigt? «Etwas leiser, meine Liebe, man hört uns ja ...»), mit dem die Ehe die reinste Hölle ist ...

Da stimmt etwas nicht, die Szene tendiert allzusehr zum Lustspiel, sie ist zu «bürgerlich». Warum sollten sie sich gezankt haben? Was hatten sie sich noch zu sagen?

Vermutlich stritten sie gar nicht miteinander. Der Botschaftsrat Graf Monts schreibt in seinen Memoiren (selbstredend schrieb auch er welche), er habe sie – comme il faut – bis zum Tor geleitet, da jedoch in der Garderobe Stephanies

Hermelinmantel nicht gleich gefunden worden sei, habe er ein paar Minuten mit den Hoheiten geplaudert, auf die vor dem Tor bereits die Hofequipage wartete.

Es ging auf Mitternacht zu, doch für Rudolf war der Tag noch nicht zu Ende. Er empfing in seinen Gemächern auf der Burg Moritz Szeps. Szeps war Chefredakteur und Herausgeber des «Neuen Wiener Tagblattes», eine schillernde Figur – in den letzten Jahren gehörte er zur engsten Umgebung Rudolfs. Seine Zeitung war das Organ der liberalen Kreise, und selbst Rudolf benützte sie als Sprachrohr – was allerdings geheimgehalten werden mußte. Seine Briefe sowie seine mit einem Pseudonym oder mit Szeps' Namen gezeichneten Artikel brachte der legendäre, treue, greise Kammerdiener, sich durch das unbewachte Seitentor schleichend, über verschlungene Wege und oft den Fiaker wechselnd, in die Wohnung des Chefredakteurs, wo die hochrangigen Manuskripte von diesem eigenhändig abgeschrieben (und ein bißchen zensiert) wurden, damit Redaktion und Druckerei nicht den geringsten Verdacht schöpften. Wiewohl dies alles wie das emsige Treiben von Verschwörern in einem wildromantischen deutschen Roman anmutet, wobei nur der Dolch und die Vermummung und der Meuchelmörder fehlen, ist es dennoch ein authentischer Beitrag zum geheimen politischen Leben des Kronprinzen.

Der Kontakt war für beide Seiten wichtig, war doch für die von der Macht ausgeschlossenen österreichischen Liberalen die Thronbesteigung des zumindest theoretisch unablösbaren Prinzen die einzige Hoffnung, während für Rudolf Szeps und dessen Umgebung quasi die einzige Verbindung mit der wirklichen Welt boten. Was er wußte, stammte von ihnen; als «eigene Quelle», aus der er die Nachrichten über die französischen Wahlen geschöpft hatte, diente der Pariser Korrespondent von Szeps. Wer was und wieviel über diese Beziehung wußte, ist ungewiß, aber man kann es vermuten: war doch Wien die Stadt der offenen Geheimnisse.

Rudolf jedoch bemühte sich, die Verbindung geheimzuhalten, wenigstens sollte nicht publik werden, wie eng sie war und inwieweit es sich um eine «Zusammenarbeit» handelte; er mußte so vorsichtig sein, wenn er politisch nicht endgültig unmöglich werden wollte, war er ohnehin von Mißtrauen am Hof umgeben. Insofern ist nicht auszuschließen, daß nach dem aufgewühlten Tag und der peinlich verlaufenen Soiree – auf der zwar vielleicht nicht einmal Außerordentliches geschah, deren Atmosphäre dennoch von Spannung getränkt war – Rudolf zur gewohnten mitternächtlichen Stunde noch mit Szeps zu verhandeln wünschte. Aber gerade von diesem letzten Gespräch (wußte Rudolf etwa schon, daß es das letzte sein wird?) ist unter den Papieren von Szeps keine einzige Notiz zu finden, obwohl er alle Gespräche mit seinem politischen Medium ausführlich aufzeichnete; allerdings scheint dies nicht ausschlaggebend, hatte doch auch der Chefredakteur Grund genug, seine politischen Schriften zu stilisieren, ähnlich vielen anderen, die mit dem Selbstmörder Rudolf in Beziehung standen.

Über die Unterredung berichtete Bertha Zuckerkandl, die Tochter von Szeps. Damals war sie noch ein Backfisch, aber sie behauptet, sie könne sich gut an ihren verstört heimkehrenden Vater erinnern, der gesagt habe, er hätte Rudolf in einer schrecklichen Gemütsverfassung angetroffen. Der Kronprinz soll berichtet haben, daß der Kaiser ihm auf dem Empfang ostentativ nicht die Hand gereicht (gerade dies wäre keinem aufgefallen?) und ihn öffentlich gedemütigt hätte, so daß von nun an alle Fäden zwischen ihnen zerrissen seien und ihn nichts mehr an seinen Vater binde.

Mag diese eine politische Wende andeutende nächtliche Unterredung den Selbstmord (womöglich einen politischen Mord?) noch so plausibel motivieren, scheint uns der mit zittriger Hand Kognak einschenkende Habsburger Thronfolger, der wegen seiner fortschrittlichen Gesinnung aus dem Herrscherhaus verstoßene Königssohn, der in zwei Tagen Selbstmord begehen (oder einem Attentäter zum Opfer fallen) wird, doch eine romanhaftere Figur abzugeben, als man hätte erwarten dürfen, wiewohl solch ein Roman, vor dem Hintergrund des zusammengebrochenen Reiches, historisch vielleicht glaubwürdiger anmutet als die zu Tränen rührende Romanze der unglückselig Verliebten.

Doch diese Szene krankt vornehmlich nicht daran, daß sie uns unwahrscheinlich dünkt – nein, sie ist historisch durchaus glaubwürdig –, sondern vielmehr daran, daß der Burghauptmann (etwa der Hauptverwalter der Wiener Burg) von dem Besuch von Moritz Szeps rein gar nichts weiß. Dagegen weiß er von einem anderen Besuch, von dem der Mizzi Caspar (ebenfalls eine Klientin der Frau Wolf, wie auch Ella Somics), die angeblich bis zum Morgen bei Rudolf geblieben war.

Somit könnten wir eigentlich den lang geratenen Tag beenden, wenn uns nicht die vertrauliche Mitteilung von Dr. Florian Meißner in die Hände geraten wäre.

«K. R. hielt sich bis 3 Uhr früh in der Wohnung der Mizzi Caspar (Heumühlgasse 10) auf. Während seines Aufenthalts trank er eine Menge Sekt und gab dem Hausmeister, als er fortging, zehn Kronen Torgeld. Von Mizzi nahm er auf ungewöhnliche Weise Abschied, indem er ihr mit der Hand ein Kreuz gegen die Stirn schlug. Von Mizzis Wohnung ließ er sich gleich nach Mayerling fahren.»

Leider sehen wir da nicht ganz durch. Wir können nur hinzufügen, daß Rudolf sich nicht gleich nach Mayerling begab – möglicherweise handelt es sich um ein Mißverständnis, denn der Kronprinz fuhr tatsächlich erst am nächsten Tag zum Jagdschloß.

Und immer wieder die unheilverkündenden, romanhaften Vorzeichen – was soll man damit anfangen? Waren sie doch gemäß der Natur der Dinge erst nachträglich aufgefallen. Mizzi Caspar – die seit Jahren beständigste Freundin Rudolfs – erzählte ebenfalls erst später Dr. Meißner, daß der Kronprinz ein knappes halbes Jahr zuvor auch ihr mehrfach angeboten hätte, gemeinsam in den Tod zu gehen. Sie hätte ihn aber nur ausgelacht; und freilich auch Dr. Meißner verfaßte erst nachträglich seine Meldung an Baron Krauß.

Dieser in den Schlafzimmern von Frau Wolfs Klientinnen

schnüffelnde Meißner ist übrigens eine der finstersten Nebengestalten in der ganzen Geschichte; ursprünglich war er Rechtsanwalt, er erhielt kein festes Gehalt wie die übrigen Geheimpolizisten, er bekam einen «Stücklohn» – also stand es in seinem ureigenen Interesse, Informationen zu produzieren, immer mehr und mehr, mochten sie wie auch immer geraten. Wir können also nicht sicher sein, daß die Meldungen dieses Spitzels stimmen, wiewohl wir zugeben müssen, daß die zehn Kronen Torgeld (eine gewaltige, man kann wohl sagen, königliche Summe für diesen Zweck, was Wunder, wenn sich der Hausmeister genau daran erinnerte) sehr glaubwürdig klingen. Als sicher können wir nur annehmen, daß Meißners Bericht über Rudolf als Kopie auch Herzog Reuß erhielt – denn was sonst konnte jener «besondere Dienst» gewesen sein, in dessen Anerkennung Wilhelm eine bescheidene, aber immerhin offizielle kaiserliche Auszeichnung an einen Wiener Winkeladvokaten verlieh?

Zwei (eine größere und eine kleinere) mit Gras bewachsene Grabstellen, zwei einander zuneigende Holzkreuze (ein größeres und ein kleineres) – sie sind mit einem Blumengebinde vereint.

Das ist das Titelblatt der «Tragödie von Mayerling».

Die Broschüre erschien 1921 in Budapest – auf heute bereits verschlissenem und vergilbtem Zeitungspapier. Der namenlose Autor versprach, die «Wahrheit» – wie aus der Qualität des Druckerzeugnisses zu ersehen ist – dem breiten Publikum zu berichten. Zweiunddreißig Jahre sind seit 1889 vergangen, doch die Sensation von Mayerling lebt, ja noch mehr, sie wird neu belebt: Die geheimen Archive sind nun zugänglich, emsige Würmer versuchen sich an der Riesenleiche der Monarchie, und es gibt keinen Kaiser mehr, der verbieten könnte, daß das größte Geheimnis des einstigen Herrscherhauses an den Tag kommt: Warum starb Kronprinz Rudolf?

Es ist seltsam: Die Menschen haben plötzlich das Gefühl, Rudolfs Tod sei ein Zeichen gewesen, das man leider mißverstanden habe – das Tosen, mit dem sich das nahende Erdbeben angekündigt hatte –, und das Geheimnis seines Todes berge den Schlüssel in sich zu einem noch größeren Geheimnis: Warum starb die Monarchie? Warum ging die Welt der Monarchie unter?, die sich jetzt in den vor Hunger fiebernden Augen heimatlos gewordener Generationen zu der «guten alten Zeit» wandelt, zum Reich der Sicherheit und der wertbeständigen Krone. Was ist nun die Wahrheit des Todes von Rudolf? Was ist die Wahrheit der Monarchie?

Die Antwort: zwei hölzerne Kreuze (ein größeres und ein kleineres), die sich empfindsam einander zuneigen – im Gegensatz zu der anderen Metapher der Epoche: zu den im rechten Winkel angeordneten, stramm stehenden Kreuzen der Soldatengräber (damals sagte man: Heldenfriedhöfe). Anstelle von Gesichtern Symbole, nicht deutbare Verdichtungen. Die ausgereifte Ikonographie beweist, daß der Mythos bereits fertig ist. Es sind tragische Helden, sie opferten ihr Leben – die Soldaten für die Heimat, Rudolf (und freilich Mary) für die Liebe. Wer wagte, dies in Zweifel zu ziehen, da es doch klarer als die Sonne ist! Die Kraft der Banalität ist unbesiegbar: Sie macht aus dem toten Landser des verlorenen Krieges ein starres Heldendenkmal mit gezücktem Bajonett und aus dem zu Lebzeiten im goldenen Nebel schwebenden Prinzen von göttlicher Majestät einen gewöhnlichen Sterblichen, der zwar nicht so gelebt hat, aber so starb – aus Liebe! – wie ein ... «Er starb wie ein Schneidergeselle», soll Franz Joseph bitter gesagt haben, als er die Wahrheit (?) erfuhr. Das war das große Geheimnis der Habsburger.

War es das? Davon stürzte die Monarchie zusammen?

I wo, keineswegs. Wir sannen nur über den Rudolf-Mythos nach. Wie mag man die «Tragödie von Mayerling» in Budapest gelesen haben, im Jahre 1921, als die Stadt bereits überwiegend von Menschen bewohnt war, die noch Kinder oder noch nicht geboren waren, als der Kronprinz sein Gehirn durch die Kugel verspritzte. Wie ein Schneidergeselle –

dachte der Kaiser, der sich in seinem Nachfolger getäuscht sah und der, wie daraus ersichtlich, nicht unbedingt wußte, wie Schneidergesellen zu sterben pflegen. Sie wurden nämlich meistens von der Schwindsucht dahingerafft, oder, falls sie am Leben blieben, von einem Schrapnellsplitter in Doberdo getötet. Ein tödliches Liebesduett, ein doppelter Selbstmord – wie sehr mochte das als königlicher Luxus gewirkt haben! Die Welt der Abenteuerromane!

Ein kraftloser kaiserlicher Sproß wirft das Leben und das Reich für die Liebe von sich! Eine schauerlich morbide, blutigschöne, rührende Romanze, die obendrein wahr ist, da sie doch durch die Ruinen des Reiches Glaubwürdigkeit erlangt. Siehe, die domestizierte Geschichte. Rudolf, der «gewöhnliche Sterbliche», ist ebenso eine falsche Figur – aber genauso leicht zu verstehen! – wie der zementierte Honvédsoldat auf dem Hauptplatz Siofoks; und es ist genauso leicht, sich mit der zu tränenfeuchtem Kitsch stilisierten «Tragödie» zu identifizieren wie mit dem zur Statue erstarrten Heldentod. Ja noch mehr, nur so kann man sich mit ihm identifizieren – nur so kann man ihn begreifen.

Zweites Kapitel

Es ist ein Glück, daß die «Tragödie von Mayerling» in eine Epoche fiel, da das Fotografieren bereits gang und gäbe war, so daß wir immerhin etwas besitzen, woran wir uns klammern können, etwas Handgreifliches, Sichtbares. Damit wollen wir nun nicht sagen, daß die Fotografie in dieser relativ frühen Phase ihres Daseins die Wirklichkeit «treu» abgebildet hätte, aber sie verewigte die Gestalten wenigstens nicht so schematisch wie die üblichen Porträtmaler, sondern vermittelte die Fotografierten annähernd, wie sie waren, oder zumindest, wie sie zu erscheinen trachteten. Jedenfalls wäre man ohne diese fotografierten Beweise fast geneigt, daran zu zweifeln, daß die Akteure überhaupt gelebt haben – und das vor nicht allzu langer Zeit, denn Kindheit und Jugend unserer Großeltern liegen nur einen Handschlag zurück und noch diesseits der Grenze des familiären Gedächtnisses; wir benutzen noch eifrig die damals erzeugten Gegenstände und bewohnen die seinerzeit entstandenen Gebäude. Schauen wir uns also die Bilder an und vertrauen wir darauf, daß sie für uns aufschlußreich sein können.

Diese vollbusige Dame mit dem dichten Haarkranz zum Beispiel ist die Baroneß Mary Vetsera. Auch wenn es noch so überrascht, sie mochte damals etwa 16 oder 17 Jahre alt gewesen sein, als die Aufnahme entstand – etwa zur Zeit des Dramas von Mayerling. Sie trägt ein halbmondförmiges diamantenes Diadem, das in ihrem Haar beim Eröffnungsabend des Burgtheaters im Oktober 1888 so auffallend gestrahlt hatte. (Die Memoiren erwähnen es nur, weil es unschicklich an die kleinen Juwelentiaras erinnerte, die die Herzoginnen von Geblüt zu tragen pflegten, als Zeichen ihres Ranges.)

Sie war sechzehn bis siebzehn Jahre alt – heute wäre sie also noch eine Gymnasiastin. (Der Wahrheit zuliebe: auch damals hielt man sie für älter.) Mary war jedoch zu jener Zeit die «Glücksfee des Turfs» und gehörte zur besten Wiener Gesellschaft, über die die Modespalten der Blätter, die damals umfangreicher und bedeutsamer waren als heutzutage, regelmäßig berichteten. Sie hatten etwa die gleiche Funktion wie in unseren Tagen die «Schauspieler-Interviews». Was schmeichelt dem «einfachen» Menschen mehr, als durch ein bißchen Klatsch Einblick zu gewinnen in das Alltagsleben der Auserwählten, deren lieber langer Tag aus Bällen, Jagden, Pferderennen und exklusiven Modeschauen besteht. Doch kurios ist, daß das Leben der Mary Vetsera wohl tatsächlich mit solcherart Amüsements ausgefüllt war.

«Der Silberfuchs ist bei Baroneß Vetsera in Ungnade gefallen, allerdings ist der Zobel noch in Mode, da er schon im Garten Eden getragen wurde. Nun, dieses kostbare kleine Raubtier klammerte sich kürzlich auf der Pferderennbahn um den Hals der Baroneß den ganzen Nachmittag. Der winzige Kopf der kleinen Bestie schmiegte sich unter dem vielgepriesenen runden Kinn der Baroneß Mary eng am Hals an, während ihre Füße sorglos über dem Rücken baumelten. Das kleine Raubtier mit dem seidigen Pelz mochte sich ausgezeichnet gefühlt haben, da es sich während der langen Rennen nicht ein einziges Mal rührte, seine schwarzen Perlenaugen blitzten um die Wette mit dem Gefunkel der sprichwörtlichen Perlenzähne seiner Herrin.» So das «Wiener Tagblatt» (die Zeitung des Moritz Szeps, die bekanntlich Rudolf gehörte) irgendwann im Herbst 1888.

Man betrachtet ziemlich ratlos die Fotografien und sucht vergebens nach einer Spur verworrener Seelenverfassung, todbringender Liebe, nachtschwarzer Leidenschaft. Im Gegenteil, sie hat eher ein etwas dümmlich anmutendes Puppengesicht, das sie, entschlossen ins Profil gewendet, dem Fotografen offeriert, anscheinend, um ihr als besonders schön empfundenes, weiches, rundliches Kinn besser zur Geltung zu bringen. Gleichwohl sollten wir der Tatsache, daß wir auf den Bildern vergebens nach ihrer berühmten Schönheit suchen, keine Bedeutung beimessen, da die weibliche Schönheit doch zum guten Teil die Sache einer allgemeinen Übereinkunft ist. Folgerichtig können wir auf Grund dieser Bilder auch nichts über ihre «dunkel glühenden» Augen sagen. Wenn alle behaupten, ihr Blick «glühte», dann war es wohl so, und wir sollten es nicht bezweifeln. Doch auch aus der Entfernung von hundert Jahren ist den Aufnahmen zu entnehmen, daß das Modell die «Schönheit» hochmütig vertrat und alles genoß, was damit einherging, einhergehen mochte. Mary gefiel sich in der Rolle der «Glücksfee des Turfs». Dagegen kann von Schicksal und ähnlichen Dingen keine Rede sein. Sie macht sich nur ein wenig älter (wie dies damals, als die «Jugend» noch keine Tugend war, alle taten – so auch Rudolf), denn ihr höchstes Streben ist, endlich eine echte Dame zu sein.

Obwohl Gräfin Larisch (erinnern wir uns: die «Parze») von dem Mädchen wie von einer tragischen Statue spricht, und diese Sicht durchzieht generell ihre 25 Jahre zurückliegenden Erinnerungen, kann man dennoch den bereits zitierten und noch öfters zu zitierenden Memoiren der Gräfin entnehmen, mit welchen Augen die Wiener Gesellschaft die Baroneß sah: «... ihr Bild steht unauslöschlich in meiner Erinnerung, und ich brauche nur die Augen zu schließen, um sie in ihrer frischen Schönheit vor mir zu sehen! Sie war nicht groß, und ihre geschmeidige Gestalt und ihr vollentwickelter Busen ließen sie älter als achtzehn erscheinen. Ihr Teint war wunderbar zart, ihr kleiner, roter, genußfroher Mund öffnete sich über kleinen, weißen Zähnen, die ich Mausezähne zu nennen pflegte, und niemals wieder habe ich solche beseelten Augen gesehen mit so langen Wimpern und so feingezogenen Brauen. Ihr dunkelbraunes Haar war sehr lang, die Hände und Füße fein und klein, ihr Gang von einer verführerischen und unwiderstehlichen Grazie.»

Und ihre Augen? Welche Farbe hatten sie? würde man am liebsten fragen, liest man diese gefühlsbetonte Beschreibung. Doch dies bleibt uns Gräfin Larisch unverständlicherweise schuldig. Nun, die Augen Mary Vetseras waren blau – aber das wissen wir aus anderen Quellen. Wie auch die Tatsache, daß Mary Zigaretten rauchte! Unterschätzen wir dieses winzige Indiz nicht, denn es kann vieles verraten: eine pubertäre Extravaganz oder die orientalische Haremsatmosphäre des aus lauter Frauen bestehenden Hauses der Vetseras.

«‹Mary ist ein törichtes Kind›, rief Hanna aus dem Nebenzimmer, ‹mir scheint, sie ist dabei, das bißchen Verstand zu verlieren, das sie besitzt.›

‹Durchaus nicht›, gab Mary zurück.

‹Was ist denn los?› fragte ich wieder.

‹Nun›, sagte Hanna, legte den Pinsel nieder und kam in das Zimmer ihrer Schwester, ‹ich werde es dir sagen, aber du wirst niemals glauben, daß ein Mensch so närrisch sein kann. Denke dir, sie ist wahnsinnig verliebt in … ich verrate es nur dir, sie ist verliebt – in den Kronprinzen! Nun, was sagst du zu dieser Torheit? Und sie ahnt nicht einmal, wie lächerlich sie sich damit macht!›

Marys Augen funkelten auf, doch sie sagte kein Wort.

Hanna fuhr fort: ‹Ihre ganze Liebe zu dir geht auf das Konto deiner Verwandtschaft mit Rudolf. Sie redet sich ein, du sähest ihm sogar ähnlich. Erzähle ihr, was er ißt und trinkt, und sie wird an deinen Lippen hängen.›

‹Und wen geht es etwas an, wenn ich den Kronprinzen bewundere?› fragte Mary herausfordernd.

Welch seltsames Geschöpf Mary doch war! Instinktiv kokett, unbewußt skrupellos, auf nahezu orientalische Weise sinnlich und obendrein so liebenswürdig, daß alle sie ins Herz schlossen. Sie war für die Liebe geboren, und das Abenteuer in Ägypten mit dem englischen Offizier ließ sie zum Weib heranreifen. Sie kannte bereits die Glut der Leidenschaft.»

Die Larisch schreibt wie die Autoren der «Mayerling-Romane»; beschönigend, verheißend, andeutend, dennoch unmißverständlich. Wir müssen zugeben, daß ohne den jungfräulich verdorbenen, kindlichen Dämon die Legende des selbstmörderischen Kronprinzen keinen Pfifferling wert wäre. Geheimnis, Erotik, Tränen und hinreißende Leidenschaft – Mary liefert all diese unentbehrlichen Bausteine für eine zünftige Geschichte. Mehr über sie zu erfahren erübrigte sich eigentlich.

Aber man kann auch nichts Weiteres von Belang über sie ausfindig machen. Es ist sogar Gegenstand leidenschaftlicher Diskussionen, wie es ihr letztlich gelang, sich an den Kronprinzen heranzumachen, denn offenkundig trägt die Verantwortung für die ganze Tragödie derjenige, der sie einander vorstellte. Marys Mutter bezichtigt in ihren nur für ihren Wiener Bekanntenkreis und lediglich in einigen hundert Exemplaren gedruckten (aber dennoch unerbittlich beschlagnahmten) Erinnerungen Gräfin Larisch der Kuppelei – wahrscheinlich zu Recht, wie wir noch sehen werden –, denn in den letzten Monaten organisierte doch sie die Zusammenkünfte zwischen ihnen, und sie deckte die Schäferstündchen (das ist hier wohl der richtige Ausdruck), wobei sie sich kleinerer und größerer Lügen bediente, da das wohlbehütete herrschaftliche Fräulein sonst nicht ohne Aufsicht in der Stadt hätte umherstreunen können.

Natürlich weist die Larisch die Verantwortung von sich – ihre Memoiren lassen keinen Zweifel daran. Sie behauptet, Mary habe von sich aus den entscheidenden Schritt getan: Sie hätte an Rudolf einen Brief geschrieben, in dem sie ihm ihre Liebe gestand und ihn um ein Treffen bat. Die Gräfin soll lediglich bestürzt davon Kenntnis erhalten haben, und sie klage sich nur deshalb bitter an, weil sie die tragische Zukunft nicht vorausgeahnt und die Familie nicht alarmiert habe. Die Bestürzung wird wohl nachträglich übertrieben: die Wiener Aristokratie (selbst die seit zwei Jahren verwitwete, aber noch junge – kaum vierzigjährige! – und lebhafte Baronin Vetsera) führte, mit Rudolf an der Spitze, ein durchaus freizügiges Leben. Rudolf bekam wiederholt verlockende Liebesangebote (und je nach Laune ging er darauf ein), war doch der Kronprinz eine magische Figur, ein Star, ein Auserwählter – der Gesalbte der Zukunft, die Verheißung selbst, Brennpunkt aller Hoffnungen, das öffentliche Idol geheimer Sehnsüchte. Zu jener Zeit hatte sogar der Vorläufer Franz Josephs, der bekanntlich schwachsinnige Ferdinand, ein paar Verehrer.

Die Leidenschaft, die die «kleine Mary» Rudolf entgegenbrachte, mag jedoch mehr gewesen sein als nur der Ausdruck der gesellschaftlichen Ambitionen einer Klasse, des während des wirtschaftlichen Aufschwungs der Monarchie flügge gewordenen – weder österreichischen noch ungarischen, vielmehr österreichisch-ungarischen – neureichen Bürgertums! Die nicht gerade tief verwurzelte neue Klasse macht sich im Sturmschritt das Land, ja das Reich im wahrsten Sinne des Wortes zu eigen. Ihre Vertreter sind es, die Eisenbahnen bauen, die die allenthalben in der Monarchie nach Erzherzogen und Erzherzoginnen benannten «kaiserlichen» Ringstraßen, desgleichen die «Mietspaläste» der Wiener Ringstraße und sämtlicher ihr nachgebauten Ringstraßen und Ringgäßchen in Pest, Krakau und Prag, ja sogar in Tschernowitz bewohnen; sie erringen Titel und Ränge (wenigstens eine kleine Geheimratsschaft), ihre Frauen eignen sich die noch unlängst als aristokratisches Privileg geltende Mode an, und die Mode wird dank dieser Extravaganz und Marotte mit einem Schlag zu einem großindustriellen Unternehmen, ein unentbehrliches Requisit der Lebensform einer Klasse – das Sinnbild von Geld und Macht. Doch wahre Macht war damit nicht verbunden, man schlüpfte lediglich in ein Kostüm der Macht, und trunken von soviel Ehre, wiegte man sich im Kaiserwalzer, betäubt vom eigenen Erfolg.

Mary Vetsera trug den Instinkt des Aufwärtsstrebens in ihren Genen. Sie hatte sowohl väterlicher- als auch mütterlicherseits die grenzenlose Gier geerbt; dies verband die beiden Urgroßväter miteinander – den Geldwechsler aus Smirna und den Schuster aus Preßburg –, die sich im Leben zwar nie begegneten und zunächst auch nur von weitem die strahlende kaiserliche Sonne betrachten konnten.

In jenen Jahrzehnten, da man der verführerisch neuen Wissenschaft, der Erblehre – kurzum: dem Blut –, eine so überaus große Bedeutung beimaß, durchforschten, nach verräterischen Zeichen, man kann wohl sagen, nach dem Zeigefinger des biologischen Schicksals suchend, emsige Mayerling-Forscher bis ins kleinste den Stammbaum der Akteure dieses

Dramas, so daß wir dank ihrer Bemühungen Marys Vorfahren genauestens kennen, sogar besser als sie selbst. Vom Standpunkt unserer Geschichte aus wird es erneut ein Umweg sein, aber vielleicht doch nicht ganz ohne Nutzen und Lehre, wenn wir uns eiligst mit diesen Ahnen bekannt machen. Indessen können wir darüber nachsinnen, wie viele Zufälle und Gesetze (Ausnahmen und Regeln) ineinandergreifen mußten, damit die Geschichte ins Rollen kam, und wir können darüber meditieren, welch schamloser und banaler Situationen sich die Historie bedient.

Nun, Marys Großvater väterlicherseits, der Sohn des Preßburger Schusters, war bereits ein geschulter Mann, in den Jahren 1848/49 war er kaiserlicher Inspektor in seiner Geburtsstadt und hatte also maßgeblich Anteil daran, daß Preßburg vom Weg der zuverlässigen Treue gegenüber dem Herrscher nicht abwich. Es war das Verdienst seines energischen Auftretens (sprich: durch Erhängen des evangelischen Priesters Pál Razga), daß den Wirrnissen ein Ende bereitet wurde. Als die friedlichen Zustände wiederhergestellt waren, versprach Franz Joseph seinem treuen Anhänger ein Amt und einen entsprechenden Orden, doch der kaiserliche Inspektor ersuchte (da er die Einwohner der Stadt nicht noch mehr gegen sich aufbringen wollte), bescheiden, aber umsichtig, anstelle dieser Ehrungen lediglich um ein Stipendium für seinen meistbegabten Sohn, den viertgeborenen Albin, der auf diese Weise Student an der Diplomaten-Akademie in Wien und nach Abschluß des Studiums Diplomat wurde, das heißt Mitglied des exklusivsten Klubs jener Zeit, zu dem in der Regel nur Aristokraten von Geblüt Zutritt hatten. Gewiß, er war mit seinen neununddreißig Jahren nach vierzehnjähriger Dienstzeit nur Sekretär an der Gesandtschaft in Konstantinopel, aber auch dies scheint ein vielversprechender Rang gewesen zu sein, so daß der besitzlose Albin Vetsera das «reichste Mädchen von Konstantinopel», wie er selbst dem Kaiser schrieb, den er um die Einwilligung bat, die erst siebzehnjährige Helena Baltazzi heiraten zu dürfen, zur Frau bekam.

Albin Vetsera erreichte im Grunde durch diese Ehe, was

ihm das Schicksal aufgetragen hatte; als bläßliches, unbedeutendes, herzkrankes Schattenwesen zieht er mit seiner Gattin und der zusehends wachsenden Familie von einer Gesandtschaft zur anderen, bis er schließlich, als die Zeit herangereift ist, das (freilich) kleine Kreuz des Heiligen-Stephans-Ordens erhält und den damit verbundenen Rang eines Barons. Dies schuldete er seiner Gattin und dem Schicksal. Albin Vetsera wurde auf diese Weise ein ungarischer Adliger (mag es noch so grotesk klingen) und schrieb seitdem seinen Namen «Vecsera», wie es die ungarische Rechtschreibung verlangt; und er ließ das eine der beiden männlichen Kinder auf den Namen László, das andere auf Fery (sic!) taufen. (Der ältere starb bereits als kleiner Junge, er wurde ein Opfer der Flammen, die das Burgtheater vernichteten, der jüngere fiel 1916 an der russischen Front.) Baron Albin starb an einem Herzleiden zwei Jahre vor dem Tod seiner zweitgeborenen Tochter Mary, im Range eines Gesandten in Alexandrien, wo er auch begraben wurde.

Helene war der letzte Baltazzi-Sproß, der sich mit einem Baron (der sich zudem auf diesen Titel erste Hoffnungen machte) abfinden mußte; ihre jüngeren Brüder und Schwestern (insgesamt waren sie neun) gaben sich nicht mehr zufrieden mit einem niedrigeren Rang als dem eines Grafen beziehungsweise einer Gräfin. Auch dies weist darauf hin, wie sehr Ansehen und Vermögen des Vaters Themistokles Baltazzi gewachsen waren. Er nannte sich «Bankier» – was (angesichts der Verhältnisse im Türkischen Reich) eine ebenso grobe Verallgemeinerung war wie der Titel eines «Finanzrates» vor dem Namen des Urgroßvaters. Die Baltazzis befaßten sich seit Generationen ganz allgemein mit Geldmachen. Marys Urgroßvater hatte vom Fiskus die Zollaufsicht an der Brücke nach Galata samt anderen Regalien gepachtet, während ihr Großvater stiller Kompagnon des Wiener Hauses der Rothschilds bei diversen Unternehmungen des Eisenbahnbaus gewesen war.

Der italienisch klingende Name Baltazzi bedeutet auf türkisch «Holzhauer» – so nannte man die Ofenheizer des Serails, dies war allerdings schon im Mittelalter keine gewöhnliche Handarbeit, sondern ein Titel, ähnlich dem Oberstallmeister an den europäischen Höfen; ein Vertrauensposten, der mit mehr Einfluß verbunden war, als man es sich auf Grund der Bezeichnung denken mag. So finden wir denn auch im Stammbaum einen mythischen Urahnen, der irgendwann im achtzehnten Jahrhundert tatsächlich Ofenheizer beim Sultan gewesen sein soll. Ansonsten mochten die Baltazzis gräzisierte Italiener gewesen sein oder vielleicht sogar Armenier, wie es in Wien hieß; aber der bis 1450 nachweisbare Stammbaum ist genauso zweifelhaft wie der – hin und wieder – unerwartet auftauchende gräfliche Titel.

Begnügen wir uns damit, daß die an verschiedenen Militärakademien der Monarchie immatrikulierten Baltazzi-Sprosse mit den klangvollen Namen Alexander, Hektor, Aristides und Henry bereits diesen Titel trugen. Themistokles Baltazzi war nämlich – nicht anders als der Preßburger Vetsera – ein voraussehender Mann: er erwarb die österreichische Staatsangehörigkeit (wie nur?) und machte sich systematisch daran, seine Familie samt ihrem Vermögen aus dem zusammenstürzenden Reich des Sultans herüberzuretten. Seine Kinder mit olivbrauner Haut, schwarzem Haar und von Liliputanerwuchs erhielten Ehepartner aus der unbemittelten österreichischen oder ungarischen Aristokratie und pro Kopf zwei Millionen Kronen (eine märchenhafte Summe!) aus dem Familienerbe, damit man auf sie in der neuen Heimat nicht herabschaute.

Dennoch wollte man sie nicht mit offenen Armen aufnehmen. Den Söhnen gelang es erst auf dem Umweg über England, Zugang zu den besseren Kreisen zu finden, als sie nämlich mit ihrem noch heute legendären Rennpferd «Kisbér» das englische Derby – die größte Trophäe im Rennsport – gewonnen und dadurch die Bekanntschaft des Herzogs von Wales gemacht hatten; dies war der entscheidende Empfehlungsbrief für Wien, wertvoller als die märchenhaften zwei Millionen. Es brachte ihnen die Mitgliedschaft im Jockey Club (in dessen Garten sich Hektor später, im Jahre 1916, in die Schläfe schießen wird, um die letzten beim Kartenspiel gemachten Schulden seines Lebens «in Ordnung zu bringen») und verschaffte ihnen die Freundschaft der Aristokraten von Geblüt, durch deren Fürsprache man an den großen Treibjagden bei Gödöllő teilnehmen konnte und sogar zu den königlichen Fuchsjagden bei Káposztásmegyer eingeladen wurde. Alle Baltazzi-Sprößlinge waren schmächtig wie Jockeys, aber sie waren exzellente Herrenreiter, und bekanntlich war die Kunst des Reitens eine äußerst wichtige Tugend in besagtem Reich, dessen Kaiserin und Königin sich für die beste Reiterin des Landes hielt. Wen wundert es, daß der Rennstall als wichtigstes Statussymbol galt.

Von unten her (etwa von der Mitte der Gesellschaft aus gesehen) war dies der unübertreffliche Gipfel. Für den jungen Arthur Schnitzler, der sich damals noch mit der Medizin abplagt und nur im geheimen Dramen schreibt, ist «Henry Baltazzi das unerreichbare Idol». Er betrachtet ihn neidisch und schwärmerisch vom Nachbartisch her, als dieser mit einigen Freunden und mit grauem Sommerhut nach einem Renntag im Prater im Garten des Sacher zu Mittag speist. Später wird er als Modell für den Grafen in Schnitzlers «Reigen» dienen.

Doch von oben (von den eigentlichen Gipfeln) her gesehen, bot der Baltazzi-Clan bei weitem nicht diesen überwältigenden Anblick; bei Hofe, wo man in bezug auf Rang und Hierarchie sehr empfindlich war und hinsichtlich der gesellschaftlichen Position unerschütterliche Prinzipien vertrat, lösten das keuchende Streben nach oben und die Anbiederungsversuche Mißfallen und Verdacht aus; denn die Baltazzis hatten alle Mittel aufgeboten und dabei alles bisher Dagewesene weit übertroffen. Sie spielten häufiger Karten und verloren dabei mehr als die Aristokraten von Geblüt, sie ritten besser als alle anderen; und ihre Gestüte wetteiferten mit dem Ruhm derer von Lipizza und Bábolna. Frau Vetsera kaufte sich im Gesandtschaftsviertel, in der Nachbarschaft des Schwarzenberg- und des Metternichschlosses, einen Palast, der ebenfalls nicht von Pappe war.

Dennoch gelang es ihnen nicht, die gesellschaftlichen Barrieren zu durchbrechen. Obwohl sie alles versucht hatten und nicht mal ohne Erfolg. «Von ihrem Verhältnis zu Erzherzog Wilhelm und Herzog Esterházy wußte der ganze Hof. Niemand mochte sie, man fürchtete sie, weil sie über die kleinen und großen Skandale bestens informiert war.» Dies schrieb der bereits zitierte Graf Monts, Rat an der deutschen Botschaft, über die Baronin Vetsera, Marys Mutter. Und eine der Hofdamen von Königin Elisabeth, die ebenfalls beängstigend allwissende Gräfin Festetich, schreibt in ihrem Tagebuch über die Baltazzis: «Man muß sehr aufpassen. Das sind lauter kluge Leute ... alle haben gleichermaßen interessante und schöne Augen ... Sie sind Streber, und mir gefallen sie nicht, begeisterte Sportsleute, sie reiten famos, aber mir gefallen sie trotzdem nicht.»

In den Gartenlokalen schossen die mit lässiger Eleganz am Tisch sitzenden Baltazzis fortwährend über das Ziel hinaus. In ihrem maßlosen Eifer strebten sie stets nach dem höchsten Preis. Hektor suchte auffällig die Gunst der Katharina Schratt zu erheischen, mit einer Geringeren gab er sich nicht ab, obwohl es bereits als geschmacklos galt, anzudeuten, daß man von dem durchaus nicht geheimen Verhältnis des Kaisers zu der Schauspielerin wußte – denn die Künstlerin gehörte ja auf die Bühne, während der reiche Graf im Zuschauerraum seinen Platz hatte. Graf Baltazzi war jedoch in seiner Taktlosigkeit so weit gegangen (das war schon beinahe eine Verletzung der Intimsphäre), daß er der im komischen Fach glänzenden Schauspielerin den galanten Vorschlag machte, für ihren morgendlichen Spazierritt nach Belieben eines der Vollblutpferde seines Gestüts zu wählen. Doch der Wachsamkeit Franz Josephs konnte keiner entgehen. «Zunächst einmal bin ich mir gar nicht sicher, ob diese Pferde für dich zahm genug sind», schrieb er an Katharina Schratt am 7. Juli 1888, «fernerhin ist auch der Ruf des besagten Gentlemans nicht ganz makellos.» Denn Franz Joseph wußte auch das.

Doch die Reitkunst half eine ganze Menge; auf den Pferderücken gelang es doch hin und wieder, die Kluft zwischen Vermögen und gesellschaftlichem Ansehen zu überspringen.

Auch Helene bekam als berühmte Reiterin eine Einladung zur Jagd bei Gödöllő, wo die Hofaristokratie ein wenig ungezwungener miteinander verkehrte. Baronin Vetsera zögerte auch nicht, die Gelegenheit wahrzunehmen. «Es ist grausam, was diese Frau mit Rudolf anstellt!» soll Franz Joseph gegenüber Gräfin Festetich geäußert haben. «Beim Reiten heftet sie sich unaufhörlich an seine Fersen und weicht keinen Schritt von seiner Seite. Und heute überreichte sie ihm sogar ein Geschenk.» Und zwar ein silbernes Zigarettenetui, erfahren wir, wie auch der Kaiser, von der allwissenden Gräfin, in das sie sogar ihren Namen eingravieren ließ: Helene. Aber damit nicht genug, sie hatte auch einen zum Fidibus zusammengerollten Papierstreifen hineingelegt, der, wenn es stimmt, die Mitteilung enthielt: «Morgen vormittag halb zwölf bei mir.» Denn auch Helene strebte stets nach dem Höchsten.

Zur Zeit der vermutlich kurzlebigen Romanze zwischen dem jungen, noch ledigen Thronfolger und der Mutter Mary Vetseras war Mary erst sieben Jahre alt. Und trotzdem, das noch unreife kleine Mädchen ..., so könnte quasi naturgemäß der folgende Satz anheben, doch mag die «Tragödie von Mayerling» aus einem noch so billigen Stoff gewoben sein, sie ist dennoch nicht einfach konstruiert. Jedenfalls steht im Mittelpunkt einer ihrer möglichen Varianten Rudolf der Traumritter als der Gipfel der sexuellen gesellschaftlichen Ambitionen aller drei weiblichen Akteure der Story. Ein im rötlichen Halbdunkel flimmernder morbid-erotischer Roman, in dem eine Mutter, ihre Tochter und die verliebte Kupplerin miteinander wetteifern um den à la Byron verdorbenen, blassen und lebensverdrossenen Königssohn – um den Todeskuß, da der Lohn der Siegerin der Liebestod ist, die unübertreffliche Lust, die purpurschwarze Umarmung von Eros und Thanatos. Wir sollten erschauern.

Wahr mag immerhin sein, daß Mary nicht nur die selbstverzehrende Schwärmerei des kaiserlichen Bürgertums sowie die unentwegt aufblickenden, schwärmend und schmachtend schönen blauen Augen als Erbschaft erhielt, sondern gleichzeitig den konkreten Gegenstand des Schmachtens. Sie weiß, mit der entschlossenen Selbstgewißheit siebzehnjähriger, autogrammjagender Mädchen, daß sie dazu berufen ist, in der zwischen den Kulissen von Jagden, Bällen und Pferderennen sich abspielenden kaiserlichen Operette das große Liebesduett mit dem Tenor zu singen. Wie hätte sie sich da mit dem Prätendenten des portugiesischen Thrones abfinden können, den die nüchterner denkende und abgeklärte Frau Vetsera auf der Suche nach einer guten Partie für ihre Tochter ausersehen hatte. Gräfin Larisch stockte der Atem, als sie hörte, wie abfällig Mary über den Herzog von Braganza sprach. Welche Vermessenheit! Was denkt sich denn das Mädchen? Der Herzog hegt doch ernste Heiratsabsichten und ist schließlich von königlichem Geblüt!

Sicher spricht aus der Larisch die Eifersucht, denn früher war auch sie in Rudolf verliebt – und vielleicht liebt sie ihn immer noch. Nur ist sie gescheiter; es half nichts, daß sie die Lieblingskusine von Elisabeth war, sie wurde mir nichts, dir nichts verheiratet und auf die böhmischen Güter ihres Gatten verwiesen, damit sie die Wasser um Rudolf in Gödöllő nicht trübe ...

Aber lassen wir nicht zu, daß die Fabel in diese Richtung schwenkt; von der abenteuerlichen, schmerzlich langlebigen Gräfin (sie starb erst 1940 in einem Armenhaus in Augsburg – welch ein Los!) wird noch oft die Rede sein, zunächst scheint uns angebracht, zu den Tatsachen zurückzukehren, vorausgesetzt, daß wir die überaus zahlreichen ungewissen Informationen als Fakten betrachten können. Allerdings müssen wir vorausschicken, bevor wir uns näher in ihre Deutung vertiefen, daß diejenigen, die die «Wahrheit» erfahren möchten, enttäuscht sein werden. Denn statt die einzige wahrhaftige Wahrheit zu erfahren, müssen wir mit mehreren Wahrheiten vorliebnehmen. Und es ist nur ein schwacher Trost, daß jede einzelne ihren Zweck erfüllen wird, denn die Pointe der Geschichten ist immer die gleiche.

Wir unterbrachen unseren Bericht an der Stelle, da die kleine Baroneß (vermutlich) einen anonymen Brief an den Kronprinzen schreibt und darin beteuert, daß sie ihn liebe und sich nichts sehnlicher wünsche, als ihn kennenzulernen. Falls Rudolf geneigt sei, sich mit ihr zu treffen, möge er ihr poste restante antworten.

Das mag irgendwann im Oktober gewesen sein. Am 21. August 1888 hatte Rudolf seinen dreißigsten Geburtstag gefeiert – durchaus nicht in heiterer Stimmung, wie aus dem an Moritz Szeps, seinen fast einzigen politischen Freund, gerichteten Brief hervorgeht. «Dreißig Jahre ist ein großer Abschnitt, kein eben zu erfreulicher; viel Zeit ist vorüber, mehr oder weniger nützlich zugebracht, doch leer an wahren Taten und Erfolgen. Wir leben in einer schleppenden, versumpften Zeit; wer weiß, wie lange das noch so fortgehen wird ...? Nur werde ich mit den dahingehenden Jahren älter und verzagter. Die Tretmühle des Alltags macht mich mürbe. Und das ständige Bereitsein, mit dem mein Leben angefüllt ist, die ständige Erwartung, es komme endlich die Zeit der großen Reformen, saugt meine besten Kräfte auf ...» Mit diesem erschlaffenden, schon ein wenig lebensmüden dreißigjährigen Mann brachte ein ungnädiges Schicksal das schwärmerische Mädchen zusammen.

Mag nun diese Gemütsverfassung Ziererei oder das Echo einer in die innere Emigration gedrängten politischen Partei oder gar das erste Anzeichen von Zusammenbruch eines überstrapazierten sensiblen Nervensystems sein – uns ist sie allemal ein nützlicher Fingerzeig dafür, warum Rudolf den anonymen Brief beantwortet hat. (Falls der Brief wirklich keine Unterschrift trug oder auch vielleicht niemals geschrieben wurde, obwohl seine Existenz durchaus nicht ausgeschlossen ist ...) Der Kronprinz langweilte sich. Er hatte den Kaiser satt und auch die Thronanwartschaft, und er hatte das Scheindasein satt, das er zu leben gezwungen war: «Ich sch..ße auf die Herrschaft», soll er gesagt haben, «möge der Ferdinand weitermachen.»

Doch eine verliebte Frau ist eine greifbare Realität.

Er antwortete also der Unbekannten: Er erwarte sie jede Nacht zwischen zwölf und eins an der Ecke Marokkanergasse/

Salesianergasse (dort stand das Schloß der Vetseras). Falls Mary von zu Hause fliehen könne, wisse er, was zu tun sei. Nach der Tragödie von Mayerling verhörte die Polizei Josef Bratfisch, den Leibfiaker des Kronprinzen, der als Bote und Handlanger in diverse vertrauliche Angelegenheiten eingeweiht war und mit seiner nicht registrierten und mit keinem Kennzeichen versehenen Droschke seinem Herrn jederzeit zur Verfügung stand und jeden beliebigen Auftrag getreu ausführte. Er berichtete die Geschichte allerdings ein wenig anders:

«Er sagte aus, daß er die Baroneß Vetsera länger als drei Monate kannte und daß die Baroneß, als er ihr zum erstenmal begegnete, in Gesellschaft der Gräfin Larisch in seine Kutsche gestiegen sei. Etwa zwanzigmal, so erinnerte er sich, habe er die Baroneß in die Burg kutschiert. Mehrfach sei vorgekommen, daß er auf sie nachts in der Marokkanergasse habe warten müssen, um sie in die Burg zu bringen. Nach meinem allgemeinen Eindruck ist Josef Bratfisch ein glaubwürdiger Mensch, seine Behauptungen entsprechen der Wahrheit.»

Unterschrift: Baron Krauß, Polizeipräsident von Wien.

Aber fahren wir fort: Mary stahl sich eines Nachts im Oktober mittels des vom Pförtner des Vetsera-Schlosses, dem Vater ihrer Kammerzofe, entlockten Torschlüssels aus dem Gebäude, rannte bis zur Ecke und sprang dann, in Pantoffeln und im Nachthemd, über das sie den Morgenrock und einen Mantel geworfen hatte, und freilich mit sorgfältig verschleiertem Gesicht, in den bereitstehenden Fiaker. Bratfisch, der in der Abwicklung solcher Geschäfte geübt zu sein schien, sprach kein Wort, ja er drehte sich nicht einmal um – er zog nur die Zügel an, und die Pferde trabten los. Dann hielten sie, Gott weiß auf welches Zeichen, plötzlich an, und aus dem Dunkel trat der Kronprinz, stieg hinzu und setzte sich neben das Mädchen.

So zumindest kredenzt uns Gräfin Larisch die Geschichte dieser Bekanntschaft, wie sie selbst sie von Mary erfahren haben will. Doch ist keineswegs sicher, daß die Sache so vor sich ging. Der Herzog von Wales erinnert sich zum Beispiel, daß

Zwei Kronprinzen, Rudolf und der künftige Kaiser Wilhelm II.

Mizzi Caspar, die Rudolf auslachte,
als der Liebhaber ihr vorschlug, gemeinsam
in den Tod zu gehen

Mary, das berühmte Profil

Das Verlobungsbild von Rudolf und Stephanie

Die junge Witwe, Baronin Vetsera, geborene Helene Baltazzi

Graf Stockau und Gattin, die jüngere Schwester von Frau Vetsera

Alexander Baltazzi in einem historischen Kostüm

Josef Bratfisch, der «Leibfiaker» des Kronprinzen

er Rudolf im Teepavillon der Rennbahn in Freudenau Mary vorgestellt habe, die er von England her kannte als die Nichte des Derby-Siegers Baltazzi. Dagegen schrieb Frau Vetsera in ihren Memoiren die ganze Verantwortung der Gräfin zu – sie habe besagten Brief persönlich Rudolf überbracht und ihm das Mädchen aufgeschwatzt und es später in die Burg mitgenommen.

An der Tatsache der romantischen nächtlichen Kutschfahrten ändert dies allerdings nichts. Es ist nicht anzunehmen, daß Bratfisch gelogen hat. Doch es war auch kein so großes Geheimnis, wie man annehmen könnte und wie Rudolf und Mary glauben mochten. Angesichts der ersten, noch ungewissen Nachricht über den Tod des Kronprinzen wimmelte es in der Salesianergasse von schnüffelnden Reportern (einer wurde sogar verhaftet, weil er sich als Detektiv ausgab), kurzum: die Presse wußte, wo man die Story zu suchen hatte. Ihre Vertreter erhielten alsbald Kenntnis von dem Fiaker ohne polizeiliches Kennzeichen, nachdem sie die Ladenbesitzer der Straße sowie die Kellner des dem Schloß gegenüberliegenden Gasthauses ausgefragt hatten. Die nicht registrierte schwarze Droschke mag nicht weniger auffällig gewesen sein als die Hofkutsche mit dem Wappen. Bratfisch war schließlich ein stadtbekanntes Original, und alle, die es interessierte, mußten wissen, daß er ein Vertrauensmann des Kronprinzen war.

Nun, die Affäre zwischen den beiden nahm, ob mit der Larisch oder ohne sie, ihren Gang. Baronin Vetsera rekonstruierte ihren Ablauf anhand bestimmter Briefe, die Mary an eine nichtgenannte Freundin in Berlin (vielleicht ihre einstige Erzieherin) geschrieben hatte, die wiederum nach dem Tode des Mädchens, geplagt von Gewissensbissen, den ganzen Stapel an die Mutter zurückschickte. In den Briefen wird von nichts anderem als von Rudolf gesprochen – als wären sie für die späteren Ermittlungen verfaßt worden:

«Ich kann nicht leben, wenn ich ihn nicht sehe und mit ihm rede. Geben Sie sich, liebste Hermine, keine Mühe mit mir, ich weiß ohnehin, daß alles, was Sie sagen, gut und richtig ist, aber ich kann nicht anders. Ich habe nur zwei Freundinnen:

Sie und Marie Larisch. Sie sorgen sich um das Glück meiner Seele, die Marie tut alles, um mich zu verderben.»

Wie schade, daß diese wichtigen Briefe niemand je zu Gesicht bekam – nur gedruckt. Immerhin zeugen sie davon, daß Mary ihre Mutter einfallsreich zu hintergehen wußte: Sie hatte sich vor dem Ball das Haar gewaschen, und da es wenigstens so dicht und lang war wie das der berüchtigten Reklamediva Anna Csillag, konnte sie freilich nicht zu dem Tanzfest gehen, sie floh statt dessen mit nassem Haar zu Rudolf. Und falls ihr nichts Besseres einfiel, das Vortäuschen von Kopfschmerzen zeigte stets die erwünschte Wirkung. Oder zum Beispiel am 11. Dezember, als in der Oper der Nibelungenring mit dem «Rheingold» anlief, reichte sogar die abfällige Bemerkung: «Ich kann Wagner nicht ausstehen!» Und während sich Baronin Vetsera mit ihrer Tochter Hanna zur Oper kutschieren ließ, stahl sich Mary durch das Tor und lief zur Ecke Marokkaner-/Salesianergasse, wo Bratfisch sie außerhalb des Lichtkreises der Gaslaterne erwartete. Nach wenigen Metern verlangsamte der Kutscher die Fahrt, damit Rudolf sich zu ihr hinaufschwingen konnte, und nun ging es im Galopp hinaus nach Schönbrunn. Dort lustwandelten sie im gewaltigen Park, gewiß Hand in Hand, flüsterten sich gegenseitig süße Nichtigkeiten ins Ohr und schauten in der kalten Dezembernacht schwärmerisch ihrem gefrorenen Atem nach. Und als dann die Mama und Hanna aus der Oper zurückkamen, erwartete sie Mary brav zu Hause.

Mag diese sentimentale Szene dahingestellt bleiben, rätselhafter erscheint uns, daß der bekanntlich vielbeschäftigte, ja besessen arbeitende Rudolf stets gerade Zeit hatte und wenige Straßenecken vom Vetsera-Schloß entfernt schmachtend wartete, wenn Mary ohne vorherige Ankündigung plötzlich unter der Hülle der Nacht hervortrat. Nun ja, letztlich ist auch das eine Winzigkeit. Wir sollten daran keinen Anstoß nehmen.

Es leuchtet immerhin ein, daß die Sache ohne Handlanger nicht gelaufen wäre. Man fragt sich nur, ob außer der für diese Rolle klassisch prädestinierten Kammerzofe und der Gräfin nicht auch andere eingeweiht waren?

Falls wir die Sache ernst nehmen wollen, müssen wir auch Baronin Vetsera verdächtigen; gewiß tut die Larisch alles, um sie anzuschwärzen, aber die Baronin ist ihrerseits eifrig bestrebt, sich von den zwar nie laut geäußerten, aber vermutlich stadtweit im Flüsterton verbreiteten Anschuldigungen reinzuwaschen.

In der Tat ist schwer vorstellbar, daß der Baronin Vetsera, die über alle Skandale Bescheid wußte, gerade das verborgen blieb, was sogar der Lebensmittelhändler in der Straße zumindest ahnte! Sollte sich denn niemand gefunden haben, der ihr – sagen wir mal: aus Bosheit – die pikante Affäre erzählte?

Außer dem grenzenlosen Ehrgeiz – oder wäre es etwa ein zu verachtender Rang gewesen, die Geliebte des Kronprinzen und die Rivalin Stephanies zu sein? – mag Frau Vetsera noch einen anderen Grund gehabt haben, um das sich anbahnende Verhältnis wenigstens mit nachsichtigem Wohlwollen zu verfolgen. Wie sich später herausstellte, ließ die kostspielige Lebensweise der Familie Vetsera die aus Istanbul herübergeretteten Millionen rapide schrumpfen, so daß für eine gute Partie kaiserliche Hilfe willkommen gewesen wäre, die der verlassenen Geliebten zustand. Dieser Gedanke aus dem achtzehnten Jahrhundert paßte zwar nicht zum Hof von Franz Joseph, der bei einer einzigen Geliebten treu bis zum Tode ausharrte, aber auch die Baltazzis paßten nicht in den Rahmen, ja nicht einmal Rudolf. Und ebensowenig Elisabeth und ihre morganatische Kusine Gräfin Larisch, die für irgendwelche Dienste immerhin jene siebzigtausend Kronen (nach Meinung des Ministerpräsidenten hundertfünfzigtausend) von Rudolf entgegennahm, die im Schubfach des Kronprinzen bei seinem Ableben (samt den sechzigtausend, die Mizzi Caspar erhielt) von den insgesamt dreihunderttausend fehlten, die der Bankier Baron Hirsch ihm wenige Tage zuvor geliehen hatte. Lediglich für erwiesene Kuppeldienste scheint uns die Summe ein wenig zu hoch – vielleicht war sie als Abfindung gedacht. Aber dafür war sie wohl wiederum zu niedrig? Diverse Zeichen verraten allerdings – und freilich spielt auch die nicht ganz glaubwürdige Gräfin darauf an –, daß Rudolf bereits im Laufe des Januar von Mary freizukommen suchte, es aber nicht vermochte. Handelsminister Marquis de Bacquehem, der als erster sämtliche Telegramme der Habsburger las, erzählte im engeren Familienkreis (in dem es auch einen geheimen Tagebuchschreiber gab), den Fernschreiben sei zu entnehmen gewesen, daß die sich hinschleppende Affäre für Rudolf sehr unangenehm geworden war.

Das hieße jedoch, daß Rudolf – falls Bacquehem die Wahrheit sprach – auf raffinierte Weise umgarnt und verführt wurde. Auch so könnte man die Geschichte erzählen, und auch so entdröselte sich Faden um Faden, allerdings hätte diese Version einen Haken, nämlich den, daß Mary am Ende tatsächlich stirbt. Damit könnten wir beileibe nichts anfangen. Um die Verwirrung zu beheben, wären wir gezwungen, anzunehmen, daß statt ihrer Mutter womöglich Mary selbst es gewesen ist, die rein gar nichts von der Rankünе ahnte – oder vielleicht auch, daß von einem doppelten Liebesselbstmord keine Rede sein kann und Rudolf das Mädchen einfach tötete – was letztlich so oder so wahr ist – in seiner Verzweiflung oder gar Empörung, obwohl wir für letztere Vermutung am Charakter des schlaffen, enervierten und dekadenten Lebemannes erst noch einiges zurechtrücken müßten.

Leider nutzt uns das alles wenig – die «Wahrheit» sickert durch unzählige winzige Kanäle hindurch.

Nach dieser recht mageren Lehre wollen wir in jenen «Dokumenten» weiterblättern, die uns, wie es scheint, die echten Autoren dafür hinterlassen haben. Kehren wir also zu unserer Geschichte zurück, um so lieber, als diese schöne und romantische Liebe einstweilen nicht nur nicht (durch eine Kugel oder infolge eines Zerwürfnisses) zu Ende ist, sondern, wie man zu sagen pflegt, erst richtig zu sprießen beginnt.

«Heute bekommen Sie einen glückseligen Brief», schreibt Mary an ihre Vertraute nach Berlin, ohne das Schreiben, wie üblich, mit einem Datum zu versehen. «Denn ich war bei ihm. Marie Larisch hatte mich unter dem Vorwand abgeholt, einen Einkaufsbummel in der Stadt zu machen. Zunächst gingen wir zu Adèle, um uns fotografieren zu lassen, für ihn natürlich. Danach begaben wir uns zum hinteren Ausgang des Grand Hotels, wo Bratfisch schon auf uns wartete. Wir hüllten unsere Gesichter in die Boas, und fort ging es in sausendem Galopp – in die Burg.

Vor einer kleinen Eisentür erwartete uns ein alter Diener. Über dunkle Treppen führte er uns durch einen Irrgang von Gemächern und Korridoren zu einer Tür, wo er stehenblieb und uns aufforderte, einzutreten.

Als wir eintraten, streifte ein schwarzer Vogel, eine Art Rabe, meinen Kopf, und aus dem Nebenzimmer erklang eine Stimme:

‹Bitte, meine Damen, treten Sie ein, hier bin ich.›

Marie führte mich in das Nebengemach, stellte mich ihm vor, und sogleich waren wir in ein wienerisches Geplauder vertieft. Endlich sagte er: ‹Verzeihen Sie, aber ich möchte kurz mit der Gräfin unter vier Augen sprechen.› Daraufhin begaben sie sich in ein anderes Zimmer.

Indes sah ich mich im Raum um. Auf dem Schreibtisch lagen ein Revolver und ein Totenkopf. Ich nahm letzteren in die Hand und betrachtete ihn von allen Seiten. Plötzlich kam Rudolf zurück und nahm ihn mir erschrocken aus der Hand. Als ich ihm sagte, ich würde mich keineswegs fürchten, lächelte er ...»

Wir sind ratlos, ob wir diesen Bericht als authentisch hinnehmen sollen. Verschlungene Wege, Geheimtreffen, Totenkopf, Revolver. Ein bißchen viel des rätselhaft Theatralischen, und obendrein der unheilverkündende schwarze Vogel! Aber wir müssen zur Kenntnis nehmen, daß die Epoche selbst theatralisch war. Laut fotografischem Zeugnis ließ Rudolf seine Gemächer in der Burg mit Gegenständen ausstatten, die er von seiner nahöstlichen Reise mitgebracht hatte, so daß sein Arbeitskabinett mit den Palmen, geschnitzten Hockern, orientalischen Teppichen und den schweren Vorhängen, die zur Zierde dienten, an den Harem eines türkischen Paschas erinnerte. Mary erwähnt davon in ihrem Brief nichts – offensichtlich ist es ihr nicht einmal aufgefallen, da zu jener Zeit jeder bessere großbürgerliche Salon ganz ausgefallen und individuell eingerichtet war.

«Schwören Sie, daß Sie niemandem von diesem Brief erzählen werden, weder Hanna noch Mama, denn falls sie davon erfahren würden, hätte ich keine andere Wahl, als mich zu töten.»

Also doch kein auf wienerische Weise leichtes, frivoles Abenteuer, sondern die Vorausahnung der Tragödie und des Todes von der ersten Minute an. Mary weiß von ihrem Verhängnis, ja, sie teilt es sogar mit!, aber mit geschlossenen Augen läßt sie sich auf den Wellen der Leidenschaft dem Strudel ihres Schicksals entgegentreiben. Was soll dies «mich töten»?

Wie auch immer man diese Briefe befragt, sie passen nicht recht in das Gesamtbild; irgendwie sind sie zu «literarisch», aus ihnen spricht mehr als zulässig eine ungute Vorahnung. Und unversehens stellt sich die Frage, ob sie nicht erst nachträglich entstanden sind?

Aber vielleicht sind sie doch echt – zumindest zum Teil, denn andernorts überraschen sie uns mit ähnlichen Zeilen: «Ich würde Ihnen gern einen» (der Briefe Rudolfs, versteht sich) «schicken, aber Marie Larisch nimmt mir unverzüglich alle weg mit der Bemerkung, wir müßten äußerst vorsichtig sein.» Nun, dieser Satz beleuchtet derart kraß den Hintergrund dieses (Liebes-?) Dreiecks, daß wir geneigt sind, den ganzen, von niemandem berührten Briefstapel für den Beweis ihrer Glaubwürdigkeit zu halten.

Oder irren wir uns? Bezweckt dieser Satz einzig und allein, eine Erklärung dafür zu geben, wohin Rudolfs Briefe verschwunden sind, denn ihre Spur ist ganz und gar verwischt?

Dennoch: Um unsere Geschichte weiterzuspinnen, finden wir uns damit ab, daß Mary im gleichen Atemzug Liebe und Tod im Munde führt (ist doch die Liebe nur dann schön, wenn sie hoffnungslos ist), und versuchen wir, die sentimentale, ja sogar beschönigende Todessehnsucht mit der elektrisierenden Spannung des geheimen Liebesabenteuers der zwar unmündigen, aber um so frivoleren jungen Dame in Einklang zu bringen. Zu guter Letzt liebäugelt auch Rudolf unentwegt mit dem Tod. Mit künstlich (durch Alkohol? durch Drogen?) entfachten Todesahnungen dramatisiert er sein schlaffes Leben; ohne den (als Aufputschmittel? als Memento?) auf dem Tisch liegenden geladenen Revolver wüßte er vielleicht nicht einmal, daß er noch am Leben ist – ist doch die wichtigste Bestätigung des Lebens, daß man sterben kann. Daß man das Leben beenden kann – auf schöne, ästhetische Weise. Mit einer Großarie wie auf der Bühne. Mit einer leichten, eleganten Geste. Ist doch der Totenschädel ein ebenso unentbehrliches Requisit der Lebensrolle Rudolfs wie die für die Schäferstündchen und die Geschäfte eines Kronprinzen gleichermaßen geeignete Dekoration eines türkischen Harems.

Aber befassen wir uns nun lediglich mit Mary.

«Marie Larisch ist abgereist, so daß ich ihn nicht sehen kann. Ich verzehre mich vor Sehnsucht und kann es kaum erwarten, bis die Gräfin wieder da ist. Ich zähle die Stunden, denn seit ich ihn kenne und mit ihm gesprochen habe, wächst meine Liebe mehr und mehr. Ich zerbreche mir Tag und Nacht den Kopf, wie ich ihn wiedersehen könnte, doch das ist unmöglich ohne Marie.»

Nun ja, die Briefe klagen – (unser Verdacht ist nicht auszuräumen) vielleicht sogar eine Prise klarer als erforderlich – Gräfin Larisch an. Folglich entlasten sie Baronin Vetsera (die sie veröffentlichen ließ). Doch mangels sonstiger Beweise sehen wir uns gezwungen, den sich daraus ergebenden Kurs zu akzeptieren. Allerdings ist auch dies lediglich das Ergebnis von Folgerungen, da doch die Briefe, wie bereits berichtet, nicht datiert sind.

Zu der ersten Begegnung kam es demnach – das heißt laut Vermerk auf der Rückseite der im Fotoatelier Adèle gemachten Aufnahme – am 5. November 1888. Doch es erübrigt sich, zu sagen, daß auch das Originalfoto verlorenging, und die Platte soll gemäß Marys Wunsch vernichtet worden sein. An dramatischen Gesten mangelt es dieser Geschichte wahrlich nicht.

So kam es also am 5. November allem Anschein nach mit

Hilfe der Gräfin Larisch zu der Begegnung (oder etwa nur zum einander Bekanntmachen?), und zwar in der alten, im dritten Stock gelegenen Junggesellenwohnung Rudolfs, die er nach der Eheschließung behalten hatte. Zu jener Zeit wohnte er schon meistens wieder hier – getrennt von Stephanie.

Das Treffen hatte also stattgefunden, keiner der Anwesenden mochte Zweifel hegen über Zweck und Sinn sowie den weiteren Fortgang der auf diese Weise arrangierten Bekanntschaft. Die Umstände hatten es ziemlich offenkundig gemacht, worum es da ging – auch für Nehammer, den alten Lakaien, der, die belebten Treppen und Gänge meidend, die Damen über verschlungene, für intime Besuche ausgetüftelte Wege zu seinem Herrn geleitete.

Mochte die Situation noch so eindeutig gewesen sein, es kam nicht so – dies behaupten die Briefe –, wie es nach Logik der Dinge hätte kommen müssen. Statt dessen nahm eine seltsame – hinsichtlich des Vorlebens und des Temperaments der Beteiligten seltsame – platonische, aber um so überspanntere und überhitztere Romanze ihren Anfang, die (aus bloßem Spiel oder aus Ernst? aus Freude am Necken oder aus verfeinertem Gefühlsüberschwang?) oft unterbrochen oder zumindest verlangsamt, zwischendurch jedoch durch Geheimnistuerei auch angestachelt wurde: nächtliche Spazierfahrten bei einer von Bratfisch leise gepfiffenen Melodie, gestohlene Rendezvous am Nachmittag auf den verlassenen Pfaden im äußeren Prater, heiße Blicke in der Oper, schweißfeuchte Hände, Geflüster.

Was steckte dahinter? Und wie kann man all dies mit der (laut Baron Krauß) glaubwürdigen Aussage Bratfischs vereinbaren, wonach er innerhalb von drei Monaten – vom 5. November bis Ende Januar – die Dame wenigstens zwanzigmal in die Burg kutschiert habe? Wie man auch rechnet, wöchentlich wenigstens zweimal. Oder zu Beginn vielleicht seltener, später jedoch häufiger? Und überhaupt, wozu diese Geheimnistuerei?

Warum schickte Mary die für den Kronprinzen gedachten Briefe in einem an den Kammerdiener adressierten Kuvert, das von ihrer Zofe an den Boten weitergereicht wurde, damit dieser nicht erriet, wer der wahre Absender war; und warum adressierte Rudolf das Kuvert an Agnes Unger, Marys Zofe, und warum schickte er es auf ähnliche Weise über mehrere Hände in das Schloß der Vetseras. Obwohl sie doch, nicht wahr, bei aller Heimlichtuerei Telegramme miteinander wechselten, die, wie Rudolf wissen mußte, durch die Hände des Handelsministers gingen.

Und was mag in den Briefen gestanden haben? Was mögen sie einander geschrieben haben? Warum schrieben sie sich überhaupt, da sie sich doch häufig trafen? Vielleicht besprachen sie darin ihre Rendezvous? Oder hat womöglich Rudolf ein Liebesbekenntnis abgelegt? Schriftlich? Gerade er, der ja wissen mußte, daß alle seine Schritte von Detektiven überwacht wurden, verbarg er sich doch gerade vor den alles sehenden Augen und alles hörenden Ohren seines Vaters! Vor wem sonst hätte er sich verstecken sollen? Und warum mußte er sich gerade jetzt unsichtbar machen? Wußte doch von seinen früheren Affären die halbe Stadt. Übrigens interessierte sich Franz Joseph viel mehr für die politischen Liaisons des Kronprinzen – und Rudolf machte daraus kaum ein Geheimnis.

Wie man die Sache auch wendet, einen praktischen Grund hatte die Heimlichtuerei keineswegs. Baronin Vetsera hätte – wie sehr sie auch bemüht war, die Leser ihrer Memoiren vom Gegenteil zu überzeugen – an der Affäre kaum Anstoß genommen, und auch für Rudolf wäre die Entlarvung nicht mehr gewesen, als daß es die stets an seinen Fersen haftenden Detektive in der Spalte Abenteuer vermerkt hätten.

Dennoch war die Geheimnistuerei vonnöten – ja sie war besonders wichtig; sie kam einer Befriedigung gleich. Kann es eine größere erotische Erregung geben, als die Geheimpolizei eines mächtigen Reiches an der Nase herumzuführen?

Gewiß gibt es auch eine einfache, prosaische Erklärung. Auch darauf wollen wir eingehen – erst später, gegen Ende unserer Geschichte, wird sich erhellen, warum wir uns wegen des Ablaufs dieses Verhältnisses, wegen der Daten Gedanken machen. Dies zeigt zugleich, daß man im Grunde jede Geschichte am Ende beginnen sollte, denn die zum Finale führenden Ereignisse wechseln ihre Bedeutung je nachdem, für welche Pointe man sich entscheidet. Leider hängt das zumeist nur von der Wahl ab, in unserem Fall davon, wie wir den doppelten Todesfall erklären – denn der Tod an sich hat keinen Sinn. Er verlangt nach einer Erklärung. Doch die gibt es nicht.

Wir können ja nicht als Erklärung akzeptieren, was in einem nach Berlin geschriebenen Brief zu lesen ist: «Ich würde mein Leben hingeben, nur um ihn glücklich zu wissen! Freudig würde ich für ihn sterben, denn was kümmert mich mein eigenes Leben!»

Oder: «Wir einigten uns, daß wir, falls man unsere Begegnungen entdeckt, an einen geheimen Ort fliehen und nach einigen Stunden glücklichen Beisammenseins gemeinsam in den Tod gehen werden.»

Kann man das glauben?

Nein!

Und dennoch ist es so geschehen – zumindest im großen und ganzen.

In einem Brief berichtet Mary, sie habe vom Kronprinzen einen eisernen Ring erhalten. Eisen ist bekanntlich ein Zeichen für Treue. In den Ring seien folgende Initialen eingraviert: I.L.V.B.I.D.T. Mary weiß nicht, was die Buchstaben bedeuten, sie nimmt aber an, daß es die Anfangsbuchstaben eines geheimnisvollen (magischen?) Wahlspruchs sind.

Doch schon im nächsten Brief läßt sie die Freundin wissen, daß sie erneut beim Kronprinzen gewesen sei und Rudolf ihr den Sinn der rätselhaften Buchstaben erklärt habe: In Liebe vereint bis in den Tod.

Man ist verblüfft, mit welcher Wonne die beiden im Selbstmitleid schwelgen! Welche Gesten! Mit welcher Leidenschaft sie die Heldenrollen eines Liebesromans spielen.

Mary ist wunschlos glücklich. Der Freundin in Berlin verrät sie sogar ihr großes Geheimnis: Sie bekam von ihm ein Medaillon, das sie nunmehr an einer Kette um den Hals trägt.

Darin befindet sich lediglich ein kleines Stück eines Taschentuchs mit einem Tropfen Blut. Um es offen tragen zu können, gibt sie es als Geschenk der Gräfin Larisch aus, und sie legt es auch des Nachts nicht ab.

Ein Blutsvertrag à la Biedermeier.

«Wenn wir zusammen in einer Hütte leben könnten, wie glücklich wären wir! Wir reden unentwegt davon, und allein das macht mich glücklich!»

Vielleicht hatte Franz Joseph doch recht, als er sagte, Rudolf sei gestorben wie ein Schneidergeselle? Der Thronfolger der österreichisch-ungarischen Monarchie wiegte sich in der selbsttäuschenden Vorstellung, daß er ein vom Schicksal verfolgter unglücklicher Liebhaber sei! Und falls er nicht mit seiner Auserwählten in einer einsamen Waldhütte leben könne, möge ihn der selige Tod vom qualvollen irdischen Dasein erlösen.

Welch ein Widersinn!

Aus den Antworten zu schließen, warnte die Freundin aus Berlin sie nachdrücklich in jedem Brief, auf sich aufzupassen, damit kein Unglück geschehe. Mary versuchte die Freundin zu beruhigen und versicherte ihr, daß sie sich nicht zu sorgen brauche.

Gegen Mitte Januar traf dann der letzte Brief ein:

«Liebe Hermine!

Heute muß ich Ihnen ein Geständnis machen, daß Sie sehr verärgern wird. Gestern war ich von sieben Uhr bis abends um neun bei ihm.

Wir hatten beide den Kopf verloren, und jetzt gehören wir einander mit Leib und Seele.

Ich hoffe nur, daß ich Samstag nicht zum Ball gehen muß, sondern gleich wieder zu ihm fliegen kann!»

Auch dieser Brief ist nicht datiert, aber es scheint sicher, daß er am 14. Januar geschrieben wurde. Denn der 13. Januar ist in Marys Notizbuch, in dem sie alle Tage vermerkte, an denen sie mit dem Kronprinzen zusammentraf, auffallend gekennzeichnet – behauptet Baronin Vetsera.

Tags darauf ging Mary zu Rodek, dem teuersten Wiener Juwelier, und kaufte dort ein goldenes Zigarettenetui – schon wieder ein Zigarettenetui! –, in das sie die folgenden Worte eingravieren ließ: «13. Januar – ich danke meinem Schicksal!»

Leider ist das Zigarettenetui abhanden gekommen, wir wissen davon nur vom Hörensagen. (Zuletzt wurde es vom Grafen Hoyos gesehen – Rudolf hatte ihm daraus am letzten Abend eine Zigarette angeboten.) Nichtsdestotrotz wollen wir annehmen – da unsere Geschichte diesen dramatischen Höhepunkt nicht missen darf –, daß am 13. Januar etwas Bedeutungsvolles geschah: gleichviel, ob sie an diesem Tag «eins wurden» oder sich mit dem Tode vermählten. Oder auch nur, daß sie sich zur Flucht entschlossen hatten – denn es ist bei weitem nicht belegt, daß sie nach Mayerling gingen, um dort zu sterben.

Der 13. Januar war jedenfalls eine Wende. Wie auch immer ihr Verhältnis gewesen sein mag, an diesem Tag gelangte es an einen Punkt, von dem aus es keine Steigerung mehr gab; die Vorahnung eines baldigen Endes war aufgekommen.

Noch zwei Wochen verblieben ihnen bis zum Tod. Vielleicht wissen sie es schon.

Draußen fällt Schnee, die unvermeidlichen Detektive und die für unsere Geschichte nicht minder unentbehrlichen Droschkenkutscher tippeln wahrscheinlich frierend auf der Straße hin und her. Von fernher tönt Ballmusik – der Kaiserwalzer –, vermischt mit Lärm und Lachen. Im Zimmer verbreitet sich der Duft des Parfüms. Das Personal zündet das Feuer im Kamin an, damit der Widerschein auf dem Revolverlauf rätselhaft aufblitzen kann. Die Akteure richten die dunkelroten Samtvorhänge, zünden die Kerzen an, ordnen die wächsernblassen Blumengewinde, setzen dann eine schmerzlich betroffene, andächtige Miene auf, richten ihre Blicke auf das glückverheißende Jenseits, fassen sich an den Händen und stellen sich in Positur wie auf einem Ölbild.

Wie nun ist dieser Kronprinz?

Der Kronprinz ist schneidig, der Kronprinz ist fesch, der Kronprinz ist jung. Der Kronprinz ist ein Ritter ohne Furcht und Tadel. (Er war es.) Der Kronprinz ist die Zukunft selbst, verkörpert Hoffnung und Verheißung. Seine Existenz ist das Unterpfand für das Fortbestehen des Reiches.

Für kleine Kinder ist er gleichsam das Christkind persönlich; das himmlische Ebenbild aller kleinen Kinder – wie ihr Papa das Ebenbild des himmlischen Vaters ist. So ist der Kronprinz – wenigstens in der österreichisch-ungarischen Monarchie – ein goldlockiger kleiner Junge im Soldatenrock. Ist er doch der allererste Soldat, der allererste Untertan seines Vaters, der allererste …

In gewissem Sinne ist also der Kronprinz der Vertreter des Volkes beim Thron. Es ist daher seine Pflicht, ein geeignetes Objekt der ihm entgegengebrachten Liebe und Schwärmerei zu sein, denn durch ihn liebt das Volk den Staat – was wiederum die allererste Pflicht des Volkes ist.

Da er also verpflichtet ist, den Staat zu verkörpern, wird er vom ersten Augenblick seines Daseins an von den gewöhnlichen Sterblichen getrennt. Der Kronprinz ist ein auserwähltes Geschöpf. Sein Privileg (und seine Verpflichtung) sind das nie verblassende Strahlen, die jedweden Schattens bare Anziehungskraft und Scharfsinnigkeit, die freilich eine Zugabe der Schönheit (deren Ideal man nach ihm ausrichtet) und der Berufung sind, was wiederum sein Los ausmacht.

Der Kronprinz ist also ein Symbol.

Wie sein Leben, so ist folgerichtig auch sein Tod von symbolischem Charakter.

Aber wie soll man als Symbol leben und – vor allem – sterben?

Eigentlich besteht darin die größte Schwierigkeit unserer Geschichte: man weiß nicht, was der Tod Rudolfs symbolisiert – was er bedeutet. Sein Tod hätte von himmlischen und irdischen Zeichen – von Überschwemmung, blutigem Regen und Erdbeben – begleitet sein müssen. Aber dem war nicht so.

Würden Städte zusammenstürzen, Kühe blutige Milch spenden oder Kälber mit zwei Köpfen zur Welt bringen, würde eine Frau in Hermannstadt Kaninchen gebären – und danach das Reich krachend zusammenbrechen, wäre das folgerichtig. Aber es geschah nichts.

Rudolf starb, aber es ereignete sich nichts.

Dafür gibt es nur zwei Erklärungen: der Kronprinz ist nicht gestorben, er hält sich nur verborgen (und in der Tat wird er noch jahrzehntelang hie und da auftauchen, in der Gestalt eines in einen verstaubten Mantel gehüllten Wanderers, der in gottverlassenen Gehöften in der Tiefebene anklopft, um seinen Durst zu stillen), oder er war ein anderer als der, der er zu sein schien, dann aber ist die ganze Thronerbschaft ungültig. Für immer.

Rudolf war eben nicht Rudolf.

Und als er starb, geschah nichts.

Drittes Kapitel

Erzherzog Rudolf Franz Karl Joseph kam am 21. August 1858 unweit von Wien auf Schloß Laxenburg zur Welt – nach zwei Mädchen endlich ein Thronfolger! Franz Joseph soll vor Freude geweint haben.

«Hundert und ein Kanonenschuß! So lautete der lakonische Befehl, der per Telegramm übermittelt wurde ... an den Hauptflügeladjutanten, der ihn in alle größeren Ortschaften des Landes weiterleiten ließ. Und als tags darauf die Kanonen oder mangels dieser die Mörser losballerten, zählten alle neugierig die Schüsse, wobei nach dem einundzwanzigsten Knall das Herz eines Zählenden zu schlagen aufhörte, das eines anderen Eiferers noch schneller zu klopfen begann. Bum! dröhnte der zweiundzwanzigste Schuß, worauf in allen Völkersprachen der Monarchie aus innerstem Herzen Hurrarufe hervorbrachen, die die nachfolgenden Geschützdonner übertönten, die Wolken oder den blauen Himmel zu zerreißen drohten und den Thron des himmlischen Vaters umschwirrten, um vielfachen Segen auf den neugeborenen Thronfolger herabzuflehen» – schreibt in seiner Chronik «Der König und das Vaterland» Péter Simon, Professor eines ungarischen königlichen Obergymnasiums, um dann in seiner grenzenlosen Ergebenheit schwärmerisch hinzuzufügen: «Ich glaube, wenn der Kronprinz nach der Krönung des Vaters zum ungarischen König an einem 21. August geboren worden wäre, hätte man ihn bestimmt auf den Namen István getauft.»

Hundert und ein Kanonenschuß, und am nächsten Tag der kaiserliche Befehl:

«Ich möchte, daß mein mir von Gottes Gnaden geschenkter Sohn gleich bei seinem Eintritt in diese Welt zu meiner wakkeren Armee gehören möge, aus welchem Grunde ich ihn zum Besitzer meines 19. Linieninfanterieregiments ernenne, welches von nun an den Namen ‹Kronprinz› tragen soll.» Gegeben zu Laxenburg am 22. August 1858, Franz Joseph.

Vier oder fünf Tage später Galavorstellung im Burgtheater: Auf der Bühne, in den Kulissen antiker Ruinen, saß auf einem Säulenkapitell und in einen altertümlichen Umhang gehüllt die beliebte Schauspielerin Julia Rettich und kritzelte als Muse der Geschichte mit einer goldenen Rute auf eine Marmorplatte: 21. August 1858. Dann erhob sie sich und deklamierte:

Jahr und Tag schrieb ich darauf,
leer des Marmors übrige Fläche,
sorgend für Platz im voraus,
damit man seine hehren Taten vermerke.

Einige Tage zuvor war im Zeremoniensaal des Schönbrunner Schlosses plötzlich der große Kronleuchter herabgestürzt. Wenn jemand daruntergestanden hätte, wäre er gewiß erschlagen worden. So aber gab es nur einen großen Scherbenhaufen und abergläubische Panik. Die Glasscherben wurden beiseite geräumt, doch der Schrecken schwebte noch lange im Raum. Warum der Kronleuchter herabgestürzt war, konnte man auch später nicht herausfinden.

Als Rudolf dreißig Jahre später starb, schlichen sich die älteren Kammerdiener eine Zeitlang ängstlich unter den schweren Lüstern davon.

Als Habsburger und noch dazu als Thronfolger geboren zu werden, war – wie dies aus den die Geburt begleitenden irdischen und himmlischen Leucht- und Klangzeichen zu ersehen ist – Schicksal, ja Verhängnis. Nämlich vorfabriziertes Leben.

Nach diesem Stoßseufzer soll nun naturgemäß die Erläuterung dieses Lebens und Schicksals folgen, wenigstens skizzenhaft die wichtigsten Momente herausgreifend und jene Einflüsse hervorhebend, die eine solch entscheidende Wende in der ursprünglich glatt erscheinenden und tatsächlich so begonnenen Laufbahn des Kronprinzen auslösten, so daß der Weg letztlich nicht auf den Thron, sondern nach Mayerling führte.

Auf diese Weise wäre mit Recht zu erhoffen – vorausgesetzt, es gelingt uns, mit gebührendem Geschick oder, sagen wir mal, wie erforderlich, den «Stoff» (will heißen, das Leben Rudolfs beziehungsweise das, was wir dafür halten) zu schichten –, daß sein Tod gleichsam selbstverständlich erscheinen wird. Wir könnten somit vielleicht erreichen, daß der Leser den Selbstmord – oder wenn man will, den Mord, gleichviel, ob er aus politischen Gründen oder aus Liebe geschah, falls wir uns für diese «Lösung» entscheiden – als logischen Ausklang empfindet. Kurzum, wir könnten das Rätselspiel (oder gar Rätsel) so weit plausibel machen, daß in ihm die Lösung enthalten ist – nicht anders wie in den fachgerecht konstruierten Kriminalromanen.

Wir beabsichtigen jedoch, die Geschichte Rudolfs auf andere Weise vorzutragen, und nicht einmal nur aus dem Grunde, weil dieser Aufbau ökonomischer zu sein verspricht, sondern vornehmlich, weil wir dem «Verhängnis» ein wenig skeptisch gegenüberstehen, haben wir doch die seit hundert Jahren angehäufte «Rudolfiana» durchstöbert. Mit anderen Worten, wir hoffen unsere Unvoreingenommenheit eher bewahren zu können, wenn wir nach der obigen kurzen Überleitung seinen Lebenslauf überspringen und von der Geburt Rudolfs sogleich erneut zu den Ereignissen des Jahres 1889 zurückkehren. Auf die für ihr Verständnis nötigen Informationen wollen wir lieber zwischendurch, eventuell Umwege in Kauf nehmend, zurückgreifen.

Nun wollen wir also den Faden dort wieder anknüpfen, wo wir ihn nach dem Abend bei Herzog Reuß abreißen ließen.

Königin Elisabeth, die damals den Wiener Hof nur schwer – ja überhaupt nicht! – ertragen konnte, hielt sich nicht deshalb in der Residenzstadt auf, um am Empfang bei Herzog Reuß anläßlich des Geburtstages Wilhelms II. teilzunehmen. Die auch noch mit fünfzig Jahren sprichwörtlich schlanke, wunderschöne und wahrhaft königliche Frau (dies gehört zwar nicht hierher, aber den Namen Elisabeths kann man nicht niederschreiben, ohne ihre Schönheit zu erwähnen) lebte damals vornehmlich auf der Insel Korfu (dort wird sie später zu Rudolfs Gedenken eine Statue errichten lassen), während sie in Wien höchstens auf der Durchreise für ein paar Tage oder Wochen auftauchte. Diesmal jedoch machte sie ihre Stippvisite nicht auf der Durchreise in die Schweiz, sondern sie kam zum Weihnachtsfest und vielleicht auch wegen ihres Geburtstages nach Wien, wo sie ein Familienereignis bis Ende Januar verweilen ließ: die Verlobung ihres jüngsten Kindes, der Erzherzogin Maria Valeria, mit dem Erzherzog Franz Salvator. Von der längst aufgelösten kaiserlichen Ehe war nur soviel übriggeblieben: Bei familiären Anlässen und bei wichtigen Staatsakten war Elisabeth gewissenhaft zugegen und erfüllte ihre zeremoniösen Pflichten. (Dafür duldete Franz Joseph diszipliniert allerhand, so die tätowierten Anker auf ihrer Schulter, die sie aus Griechenland mitgebracht hatte.) Maria Valeria war übrigens ihr liebstes Kind, das einzige, in dessen Leben sie mehr oder weniger die Rolle der Mutter gespielt hatte, soweit sie dazu imstande war, und sie kam in dessen Kinderzimmer nicht nur wie eine zuweilen hereinplatzende blendende Erscheinung.

Das im engen Familienkreis veranstaltete Verlobungsmahl fand am 29. Januar, einem Dienstag, statt – zwei Tage nach der Soiree in der deutschen Botschaft –, abends um sechs Uhr, im Familienflügel der Hofburg. Eingehalten wurde die von höchster Instanz (dem Kaiser persönlich) gebilligte Sitzordnung; demnach sollen vierundzwanzig Personen um den Tisch gesessen haben, darunter auch der Botschafter des Deutschen Reiches mit Gattin, als Zeichen dafür, daß das Bündnis zwischen der Monarchie und Deutschland – zumindest in den Augen des Herrschers – nahezu familiär, das heißt unauflöslich war. Allerdings ist fraglich, für wen diese ostentative Einladung gedacht war. Für den überheblichen, zugleich jedoch eifersüchtigen Wilhelm? Für den mißtrauischen Bismarck? Oder womöglich für den sich nahezu offen deutschfeindlich gebärdenden Rudolf, damit er endlich das Unverrückbare zur Kenntnis nehme («... der Leitstern unserer Politik ist Deutschland») und, den Gesetzen des Hauses Habsburg und dem Willen des Familienoberhauptes gehorchend, erst gar nicht versuche, eigene Politik zu machen? Diese Frage wüßten wir wohl nur dann zu beantworten, wenn wir wenigstens ahnten, worum es bei besagtem stürmisch verlaufenden Verhör zwischen Franz Joseph und Rudolf ging, vorausgesetzt, daß es tatsächlich stattfand, was allerdings wahrscheinlich ist. Doch leider wissen wir auch das nicht genau, wie so vieles andere. Sprachen sie etwa über Politik? Franz Joseph pflegte freilich nicht seine Politik mit dem Sohn zu diskutieren – so ist anzunehmen, daß er Rudolf durch solche Zeichen (Andeutungen), wie die Einladung von Reuß zu dem Familienereignis, seine Meinung wissen ließ. Oder ging es um Familienangelegenheiten? Um Stephanie und Mary? Kurzum: tatsächlich um die Scheidung? (Dieses Thema kam also zur Sprache?) In dem Fall mag der Sinn des trauten familiären Abendessens darin gelegen haben, die konfliktfreie innere Harmonie zwischen dem Familienoberhaupt und dem Thronfolgerpaar zu demonstrieren, was allerdings in den Augen von Reuß durchaus von politischer Bedeutung war. Nun, die familiären und politischen Angelegenheiten der Habsburger konnte man schon immer schwer voneinander trennen.

Doch einstweilen wartete man beim Verlobungsdiner auf den Kronprinzen, wiewohl die Verlobten samt den nächsten Angehörigen im einstigen Saal des Zaren Alexander, wo die Feier angesetzt war, bereits eingetroffen waren. Der Obertruchseß hatte die Situation mit scharfem Blick sofort erfaßt und begann, um nicht offenkundig werden zu lassen, was vielleicht noch nicht allen aufgefallen war, das Gedeck für Rudolf vom Tisch zu entfernen. Doch der Kaiser hieß ihn mit einer Handbewegung innehalten:

«Er kann noch kommen, vielleicht im letzten Augenblick.»

Franz Joseph, der in seiner übertriebenen Gewissenhaftigkeit und Besorgtheit sich sogar persönlich um die Sitzordnung des Diners gekümmert hatte, wußte natürlich nur zu gut, da er ja über alles informiert war, warum sich Rudolf verspätete. Noch in den frühen Morgenstunden mußte er – er galt nämlich auch als ein berühmter Frühaufsteher, was Wunder, wenn er sich um alles sorgte – eine Nachricht erhalten haben, die tags zuvor, exakt 11 Uhr 50, als Fernschreiben beim Polizeipräsidenten Baron Krauß vom Wachposten in Margareten eingetroffen war:

«Seine Kaiserliche Majestät Kronprinz Rudolf übertrat soeben ungehindert die Grenze des Fünften Bezirks, um seinen Weg in Richtung Schönbrunn fortzusetzen. Margareten – Carl Wiligut.»

Man wartet also noch auf Rudolf, die Erzherzoge und Erzherzoginnen unterhalten sich comme il faut; während Franz Joseph, der als einziger unter den Anwesenden ahnt, wo Rudolf steckt (und demnach weiß, daß es sich lohnt zu warten), offenkundig ein wenig gereizt ist: Diese Verspätung, mag der Grund dafür noch so scheinheilig sein, ist immerhin ein Zeichen, daß mit Rudolf etwas nicht stimmt. Er ist unbeherrscht, unzuverlässig, hysterisch. (Was sind das für Sachen, daß er sich's plötzlich anders überlegt und seine Zeiteinteilung über den Haufen wirft, um nach Mayerling zur Jagd zu fahren?) Er benimmt sich unberechenbar. Er, der Kaiser, wird sich seinetwegen erneut genieren müssen (was denn: der Kaiser geniert sich doch nicht, wer auch sollte über ihn den Stab brechen, vor wem sollte er erröten?) vor Herzog Reuß (vor einem anderen Kaiser), da ja der Botschafter auch dieses Zuspätkommen nach Berlin melden wird (immerhin hat er ihn nur eingeladen, damit Reuß seine Meldung machen kann), zudem hegt dieser Bismarck starkes Mißtrauen gegenüber Rudolf wegen dessen jüdischer Freimaurer-Freunde, und womöglich stimmt es sogar, was man ihm neulich gemeldet hat, daß nämlich auch sein Sohn unter die Freimaurer gegangen sei? Zweifelsohne führt er ein freizügiges Leben, und dies zeugt ja von schädlichem Einfluß. Freilich soll er sich austoben, aber mittlerweile könnte er trocken werden hinter den Ohren! Und jetzt obendrein diese Scheidungsgeschichte! Daraus wird selbstredend nichts, denn reicht es nicht, daß er sich bereits mit seinen verworrenen Ideen am Hof unbeliebt gemacht hat? Wie könnte man ihn auch nur in die Nähe der Staatsgeschäfte gelangen lassen? Seinen Vogelspleen, die Ornithologie, kann man noch irgendwie vertuschen oder seiner Jagdleidenschaft ankreiden, was immerhin bei den Habsburgern als Familienerbe gilt. Aber die politischen Spielereien! Will er denn Bismarcks Verstand überlisten? Da kommt das unruhige, böse Blut der Mutter zum Vorschein. Nichts als Trotz! Und dieser neuerliche Flirt mit den Ungarn ... Die Bescherung ist nicht ausgeblieben, in Budapest wimmeln die Straßen von demonstrierenden Massen. Was wollen denn diese Magyaren noch? Freilich ist es leicht, Rudolf in allerlei Affären hineinzuziehen ... ja, die maßlosen Ausschweifungen, der Alkohol, die Juden, die Freimaurer und die liberalen Journalisten ... welch eine Gesellschaft ...! Seine Gesundheit ist untergraben, und das nutzen diese Strolche weidlich aus. Wie auch immer ... kann man Rudolf nach all dem gerade die Armee anvertrauen ...? Und so weiter und so fort – grollte bei sich (vielleicht), besorgt in seiner Eigenschaft als Vater und (was davon nicht zu trennen ist) als Kaiser, Franz Joseph.

Vermutlich war dem so, denn die Türsteher, die Truchsesse und die übrigen Lakaien, die jeweiligen Augen- und Ohrenzeugen der privaten Geschichte, von denen offensichtlich (von wem sonst?) Baron Krauß seine ausführlichen Informationen über den Ablauf des Diners bezog, vermochten ja nicht in den Gedanken des Kaisers zu lesen, da selbst die dichter am Thron Stehenden sie nicht erahnten – und auch Bismarck, dessen Informanten (zum Beispiel der Bruder Elisabeths) sich ja aus diesen höheren Kreisen rekrutierten, nur lückenhafte Nachrichten erhielt. Worauf stützten sich also die Kenntnisse Franz Josephs, und wieviel verstand er davon, als Herrscher über fünfzig Millionen Untertanen und als Despot seiner Familie – man weiß es nicht. Er war ein verschlossener, in sich gekehrter Mensch und auch im Kreise der Familie die Statue seiner selbst.

Als jedoch Stephanie, die Gattin des Kronprinzen – etwas

verspätet –, durch die Tür trat, schaute er vermutlich gespannt zu ihr. Sie sah sicher blaß und verstört aus, und ihre Augen waren gerötet vom Weinen – wenn wir die Aussage eines gewissen Püchel, des Lieblingskammerdieners des Kronprinzen, der Rudolfs Telegramm eine halbe Stunde zuvor der sich zum Diner rüstenden Stephanie übermittelt hatte, richtig deuten. «Die durchlauchtige Frau hielt in der einen Hand das Telegramm aus Mayerling, während sie in der anderen ihr Tülltuch zusammenpreßte. Sie stand mit gesenktem Kopf einige Schritt von mir entfernt. Ihr Gesicht spiegelte Trauer und Besorgnis. Und eine Träne kullerte ihr die Wange herab. Dann sagte sie, vor sich hin starrend: ‹Mein Gott, was soll ich bloß machen? Woher soll ich den Mut nehmen, allein vor den königlichen Hoheiten zu erscheinen!› »

Das Telegramm war nachmittags um fünf in Alland aufgegeben worden, in einem Telegrafenamt, das Mayerling am nächsten lag. Da die notwendigen Vorkehrungen nicht getroffen worden waren – Auffüllen der Batterien mit Säure und so weiter –, konnte Schuldes, der eilig zu Rudolf beorderte Hoftelegrafist, die im Jagdschloß installierte Anlage nicht sofort in Betrieb setzen. (Seine unlängst aufgefundenen handgeschriebenen Memoiren scheinen zu bestätigen, daß sich der Kronprinz urplötzlich für die Reise entschieden hatte, oder vielleicht wollte er sie geheimhalten?) Im Telegramm stand:

«Sag bitte Papa, daß ich ihn untertänigst ersuche, mir zu verzeihen, wenn ich beim Diner nicht zugegen sein kann, aber angesichts einer schweren Erkältung möchte ich die Reise lieber unterlassen und mit Joseph Hoyos hierbleiben. Es umarmt dich liebevoll Rudolf.»

Der Zug, mit dem Rudolf vom nahe gelegenen Bahnhof in Baden noch zum Diner hätte fahren können, war längst abgefahren, als das Telegramm aufgegeben wurde.

Es bleibt zu fragen (wüßten wir darauf eine Antwort, wären ja alle Fragen gelöst): Hatte Rudolf erst jetzt, also nachmittags um fünf, beschlossen, nicht nach Wien zum Familiendiner zu fahren, sondern in Mayerling zu bleiben und Selbstmord zu begehen? (Vorausgesetzt, daß es tatsächlich Selbstmord war –

was noch in der Schwebe ist.) Oder war das späte Telegramm im Grunde Teil eines wohldurchdachten Plans und hatte nichts anderes zum Ziel, als es bewirkte: jedweden Einmischungsversuch zu vereiteln. Es ist möglich, daß dem so war. Mußte Rudolf doch damit rechnen, daß man in Wien, wenn auch nicht nach ihm, so doch gewiß nach Mary suchen würde – denn das Mädchen war, was wir allerdings noch nicht erwähnten, selbstredend mit ihm im Schloß. Diesen Umstand konnte außer den Eingeweihten (wobei freilich von Belang ist, wer in die Details und in welche eingeweiht war) mit Gewißheit noch keiner kennen, wiewohl nicht wenige zumindest eine Ahnung davon hatten.

Zu ihnen gehörte zum Beispiel Frau Vetsera selbst, die bereits zu dieser Zeit, Dienstag nachmittag, Baron Krauß und sogar den Ministerpräsidenten wegen des Verschwindens ihrer Tochter alarmiert hatte. Der Polizeipräsident und Graf Taaffe einigten sich sodann – während sich in der Burg die Mitglieder des Habsburger Hauses zum Verlobungsdiner rüsteten –, daß es vorerst am besten sei, gar nichts zu unternehmen, da doch Rudolf spätestens zum Beginn des Festessens ohnehin in Wien sein werde, und dann kläre sich diese auch ohne polizeiliche Maßnahmen sich reichlich peinlich anlassende Geschichte gewiß auf. «Mayerling ist nicht mehr mein Rayon ...», wehrte Krauß etwas verlegen ab, als Frau Vetsera und einer der Baltazzi-Brüder ihn drängten, etwas zu unternehmen.

Dann geschah genau das, womit Rudolf von vornherein rechnen konnte: Statt Anordnungen fabrizierte man nur Akten und Notizen. Nach anfänglichem Zögern – denn die von Mary hinterlassenen Spuren waren, wie wir sehen werden, ziemlich verwirrend – kriegte man heraus, daß sich das verschwundene Mädchen mit Gewißheit in der Gesellschaft Rudolfs befand, der sich wiederum aller Wahrscheinlichkeit nach in seinem Jagdschloß in Mayerling aufhielt. Nach Rudolf zu fahnden sei aber, da er der Herrscherfamilie angehöre, verboten, und außerdem lohne es nicht aus obigen Gründen. Also müsse man warten.

Zwei so wohlinformierte Männer wie Taaffe und Krauß benötigten weder scharfen Verstand noch viel Phantasie, um zu diesem Schluß zu kommen. Obendrein hatte Gräfin Larisch, die immer nervöser wurde (liefen womöglich die Dinge doch nicht nach «Plan»?), ihnen alles oder fast alles erzählt von dem, was sie wußte, da auch sie im Polizeipräsidium erschienen war, und sie wußte, wie wir bald erfahren werden, sehr viel. Wahrscheinlich alles oder fast alles mag auch das Personal der Burg gewußt haben, aber diesmal war ausnahmsweise niemandem eingefallen, die Dienstboten zu befragen.

Rudolf mußte jedenfalls wissen, daß sein Aufenthalt, besser, ihr Aufenthalt, kaum länger als einen Tag verborgen bleiben konnte, am Dienstagnachmittag war also irgendeine Aktion vonnöten – denn sonst würde man sie früher oder später holen. Um dies abzuwehren, war vielleicht das Telegramm gedacht, wenn unsere Folgerung richtig ist. (Dabei müssen wir freilich davon ausgehen, daß alles nach Plan verlief, mit anderen Worten, daß es einen «Plan» gab und Rudolf von vornherein nicht die Absicht hatte, nach Wien zurückzukehren.)

Die Reise nach Mayerling war in der Tat kein Geheimnis, Rudolf hatte sie lediglich tarnend in eine kleine Nebelwolke gehüllt. Von dem Ausflug wußte in der Burg außer dem Personal sicher auch Stephanie. Denn er hatte sich von ihr unmittelbar vor der Reise plötzlich mit den Worten verabschiedet, sie würden sich Dienstag beim Festessen wiedersehen. Er hätte gern von seiner einzigen Tochter Abschied genommen, aber man verwehrte ihm den Zutritt zur Kinderstube, weil Erzherzogin «Erzsi» gerade «thronte», wie später die Kammerzofe der Kronprinzessin (wer sonst?) zu berichten wußte.

Rudolf war guter Laune, als man ihn zuletzt in Wien gesehen hatte, obwohl er den ganzen Vormittag seinem Adjutanten gegenüber über Kopfschmerzen klagte. (Vielleicht nur, um ihn irrezuführen und einen Vorwand für die plötzliche Abreise zu schaffen?)

«Ein wenig Waldluft wird mir guttun – und vielleicht gelingt es mir, irgendein Wild zu erbeuten», sagte Rudolf fröhlich und verschwand für immer aus der Burg.

Stephanie war also gezwungen, allein zum Familienessen zu gehen, obendrein mit einer schlechten Nachricht! Für sie muß es ein peinlicher Augenblick gewesen sein; das kann man sogar aus ihren Memoiren, die sie als alte Frau schrieb, heraushören (obwohl sie ein langes Leben hatte – sie starb erst im Jahre 1945, in Oroszvár).

«Als ich den Saal betrat, spürte ich, wie sich alle Blicke auf mich richteten. Der Kaiser und die Kaiserin empfingen mich mit der Frage, wo Rudolf sei, worauf ich erwiderte, er habe sich erkältet und wolle sich schonen. Bereits seit einiger Zeit habe er sich unwohl gefühlt und kränklich ausgesehen, und ich sei um ihn sehr besorgt. Doch ich wagte weder meine Befürchtungen zu äußern noch zu bitten, einen Arzt nach Mayerling zu entsenden.»

Wieso die Aufregung? Wegen einer geringfügigen Erkältung? Wegen eines Schnupfens? Das ist unwahrscheinlich. Oder war Rudolf von gebrechlicher Gesundheit, so daß man sich bei jedem Niesen sorgen mußte? Gleich einen Arzt rufen? Mitnichten, wiewohl er in der Legende selbstredend als ein verträumter, blasser junger Mann erscheint – mit trockenem Husten und Blutstropfen im Taschentuch und so weiter. Ferner: Eine plötzliche Erkältung vor einem Familienessen hat stets den Beigeschmack einer Ausrede, lag möglicherweise darin das Übel?

Aber warum mußte Stephanie bangen? Vielleicht, weil die Thronfolgerin fürchtete, für diese «Erkältung» verantwortlich gemacht zu werden? Kurzum – obwohl wir nur auf Vermutungen angewiesen sind und, was noch schwerer wiegt (oder auch leichter!), auf den Hofklatsch, der immerhin (gestehen wir es, bevor uns andere den Vorwurf machen) das «Rätsel von Mayerling» durchzieht – also kurzum: das Abendmahl hatte etwas bezwecken sollen. Sagen wir mal: die Versöhnung des Thronfolgerpaars?

Das mag für Stephanie Grund genug gewesen sein, sich zu sorgen; und dies nicht nur, weil in der Burg von vornherein alle, sogar das Personal – so ungerecht ist das Leben! –, auf seiten des eleganten, schlanken und (wenigstens früher mal) leichtfüßigen, geistreichen und schönen Rudolf standen und nicht auf ihrer, der «kuchengesichtigen, langweiligen flämischen Kuh», sondern auch, weil – falls dies stimmt – die zweifellos vernachlässigte Thronfolgerin selbst in einer Liebesromanze Trost und Balsam suchte. Der in ihren vertraulichen Briefen erwähnte «Hamlet» – wieviel Sehnsucht mag sich in der dicklichen und ewig schlechtgelaunten Stephanie angehäuft haben! – war vermutlich ein gewisser Graf Potocki, übrigens Vater von mehreren Kindern. Und falls dies Rudolf zu Ohren gelangte, dachte vielleicht Stephanie bei sich, hätte sie allen Grund zu bangen ...

Das ist freilich ein Unding; nicht, daß Rudolf dies spitzbekommen könnte, sondern anzunehmen, daß dieser «Hamlet» irgendwen interessierte. Die Scheidung dagegen – falls sie tatsächlich zur Sprache kam und sie nicht nur bürgerlicher «Tratsch» von Lakaien unterschiedlichen Standes und Ranges war, die ihre Herren sich wie ihresgleichen dachten –, nun, die Scheidung ist allerdings eine andere Frage! Sie ist eine ernste Sache – insbesondere, wenn es dabei um einen werdenden apostolischen König geht. Darob mochte sich Stephanie fürwahr beunruhigen.

Sollen wir nun erneut das geräuschvolle Gespräch zwischen Vater und Sohn unter die Lupe nehmen? Dann ist zu befürchten, daß uns diese Spur lediglich im Kreis herumführt. Wir werden nichts Neues finden. Sehen wir uns lieber das Abendessen näher an.

Nach Bekanntwerden des Telegramms wurde das nun wahrlich überflüssige Gedeck für Rudolf offenkundig abgeräumt, und die Familie hätte sich ohne weiteres zu Tisch begeben können – doch ein Gast fehlte immer noch: der joviale Herzog Philipp von Sachsen-Coburg-Gotha, Rudolfs Jagdkumpan. Er traf schließlich, mit etwas Verspätung, doch noch ein – und zwar direkten Wegs aus Mayerling, wo er gemeinsam mit dem Kronprinzen gejagt hatte! Er bekräftigte, daß sein Schwager sich tatsächlich auf der Reise nach Mayerling erkältet habe, und ergänzte das Telegramm mit der Vermutung, daß eine Lungenentzündung nicht ausgeschlossen sei, da die nur selten geheizten Öfen in den Zimmern wenig Wärme spendeten.

Wieso der Herzog auf Lungenentzündung kam, ist uns nicht bekannt, da er doch vor wenigen Stunden noch mit Rudolf beim Tee gesessen und gesehen hatte, daß die Erkrankung nicht allzu schwer war. Womöglich hatte ihm dies Rudolf selbst mit auf den Weg gegeben, um seinem Fernbleiben größeres Gewicht zu verleihen und die in den Plan als Täuschungsmanöver aufgenommene Erkältung glaubwürdiger erscheinen zu lassen. Vermutlich hatte Rudolf simuliert; schon an dem Morgen, als die Gäste zu der einige Tage zuvor verabredeten Jagd eingetroffen waren, empfing sie der Kronprinz mit verbundenem Hals, und erklärend äußerte er zu Coburg und Hoyos: Er sei entgegen seiner Gewohnheit nicht mit dem Zug nach Mayerling gefahren, sondern habe den ganzen Weg in der Kutsche zurückgelegt (dies erwies sich während der Fahndung als zutreffend), obendrein habe er auf dem schlechten und zudem verschneiten und vereisten Weg aussteigen müssen, um den Wagen anzuschieben, wobei er sich erhitzt und folglich schlimm erkältet hätte.

Sollen wir es glauben oder nicht? In Rudolfs Äußerungen fand auch der bedingungslos treue und wie Coburg bis zum Schluß völlig arglose Hoyos «viel Unverständliches» – freilich erst nachträglich, als er nach den Schrecknissen zu sich gekommen war und seine Memoiren niederschrieb, in denen er versuchte, über die Ereignisse der zwei Tage in Mayerling ausführlich zu berichten. «Die Geschichte war ein wenig rätselhaft», schreibt er, «und deshalb enthielt ich mich weiterer Fragen.»

Da wir uns bewußt sind, daß die Schilderung des Verlobungsessens für das erzherzogliche Paar durch die ständigen Unterbrechungen ein wenig schleppend verläuft, wir andererseits das große Ganze der Geschichte nicht aus den Augen verlieren möchten, müssen wir, in unserer Erzählung nunmehr bei entscheidenden, ja sogar verhängnisvollen Augenblicken angelangt, endlich den Schluß ziehen, obwohl er sich wahrscheinlich aus dem bisher Gesagten von selbst ergibt: Rudolf hatte sich nicht urplötzlich zu der Reise entschlossen (dies mochte nur so scheinen) und auch Mayerling nicht überstürzt unter den in der Umgebung von Wien gelegenen Schlössern gewählt. Dieses kleine Jagdschloß war sein trauter Unterschlupf, doch wichtiger mag gewesen sein, daß es der Hauptstadt am nächsten und dennoch an einem verborgenen Ort lag und obendrein leicht, schnell und – vor allem – aus mehreren Richtungen zu erreichen war. Aber wollte sich Rudolf tatsächlich verbergen? Durfte er überhaupt hoffen, daß ihm dies möglich war?

Gelänge uns, es aufzuklären, könnten wir daraus auf wesentliche Dinge schließen. Immerhin schien er wenig darauf zu vertrauen, daß er die Reise ganz und gar verheimlichen konnte – daher der tarnende Nebelvorhang.

Aber keineswegs mag die Reise ein plötzlicher Entschluß gewesen sein (wobei allerdings ihr ursprüngliches Ziel fraglich bleibt), waren doch zur Entführung des Mädchens Vorbereitungen vonnöten (wollte er sie also von vornherein mitnehmen, und wenn ja, wozu ...?), und außerdem hatte Rudolf Gäste zur Jagd nach Mayerling und Umgebung geladen. (Als Statisten? Zeugen? Applaudierer des großen Schauspiels?) Den Grafen Hoyos hatte er schon eine Woche zuvor darauf angesprochen (also etwa eine Woche nach dem auf dem goldenen Etui verewigten und allen Anzeichen nach tatsächlich verhängnisvollen 13. Januar), als sie im kaiserlichen Jagdrevier von Orth an der Donau jagten:

«Lieber Hoyos, wenn Sie Lust haben und es Ihnen Ihre Zeit erlaubt, kommen Sie gegen Ende der nächsten Woche nach Mayerling; wir werden im Wienerwald ein paar Ricken erlegen, den genauen Tag kann ich Ihnen noch nicht nennen, weil ich sehr viel zu tun habe.»

Am 26. Januar ließ er ihn durch den «Hofleibjäger» Wodicka auch den Tag wissen: «Kommen Sie am 29. Januar zusammen mit Herzog Philipp von Coburg, der ebenfalls eingeladen ist.»

Die Vorbereitungen (was sie noch außer der Jagd bezweckten, bleibt weiterhin ungeklärt) verliefen also nicht gerade geheim, aber auch nicht von Paukenschlägen begleitet. Handelte es sich doch um einen kleinen Jagdausflug, und das war gewiß eine alltägliche Sache bei Hofe. Und zwar in dem Maße, daß laut dem von Franz Joseph während seiner langjährigen Herrschaft eigenhändig geführten Tagebuch nicht weniger als 48 tausend und 345 Stück Großwild erlegt werden konnten (das Kleinwild zählte er nicht). Rudolf selbst brachte es, allerdings in einer viel kürzeren Zeitspanne, auf fast 800 Hirsche. Dies nimmt sich durchaus zwerghaft aus im Vergleich mit der damals bereits tobenden Jagdwut des späteren Thronfolgers Franz Ferdinand, dem bis zu seinem einundfünfzigsten und zugleich letzten Lebensjahr – falls es zutrifft – mehr als eine halbe Million Wild zum Opfer fiel. (Nur nebenbei bemerkt: jeder Habsburger war ein großer «Nimrod».) Summa summarum: nichts konnte weniger auffallen als eine kleine Jagd. Und auch der Schauplatz mußte nicht stutzig machen, da doch jeder, der sich für das Treiben des Kronprinzen interessierte, wissen mußte, daß Rudolf häufig das nichtssagende kleine Schloß (es war eher ein größeres Gartenhaus) aufsuchte. Allerdings in den letzten Jahren zumeist allein (um seine anonym erscheinenden Artikel für das Blatt von Szeps zu schreiben) und nicht wie früher, da er samt seiner Frau und einer großen Gesellschaft für Tage hinausfuhr und sogar seine Lieblingszigeunerkapelle aus Temesvár mitnahm.

Wie geht es nun vor sich, wenn der Erzherzog ohne Aufsehen eine Reise unternimmt?

«Es ist zu vermerken», schreibt Baron Krauß in seinem Bericht, «daß Inspektor Habrda mittels seiner Agenten in der Burg erfahren und mir bereits am frühen Morgen gemeldet hat, der Kronprinz werde heute nach Mayerling fahren, um dort ein paar Tage mit der Jagd zu verbringen, die Stunde der Abfahrt aber werde geheimgehalten; ebenfalls bemerkenswert, daß, auffallend und abweichend vom Gewohnten, statt des üblichen Personals inklusive Koch nur ein paar Leute, darunter die alte Köchin Máli (Amalie) und ein Küchenmädchen namens Kathi, mitfahren werden.»

Der Polizeipräsident macht sich – obwohl noch nichts passiert ist, außer daß das Mädchen von zu Hause verschwand, und obwohl er vermutet, wo es sich aufhält – sogleich Notizen über den Kronprinzen. Offenbar, um sich zu decken. Weil er eben glaubt, daß Rudolf mit dem Verschwinden des Mädchens etwas zu tun hat. Aber unabhängig davon: Alles ist wichtig, was sich um den Kronprinzen ereignet, denn jederzeit kann vorkommen, daß der Kaiser eine Meldung verlangt. Nicht umsonst ist Krauß Polizist. Und ein guter Polizist ist auch Inspektor Habrda (deshalb wird er später einen überaus wichtigen Auftrag in der Mayerling-Affäre bekommen – vielleicht bereitet er sich schon darauf vor, das Erbe von Baron Krauß als Wiener Polizeipräsident anzutreten). Ja, er ist ein ausgezeichneter Polizist, auch die nebensächlichsten Details entgehen seiner Aufmerksamkeit nicht. Und sicher gilt das Lob seinem Adlerauge – in jenem mit «auffallend» beginnenden Nebensatz in dem Bericht seines Chefs. Und in der Tat: weder Dienstboten noch Waffenmeister, weder die üblichen zwei Köche mit den erforderlichen Küchenjungen noch der Kellermeister und auch kein Konditor, wie bei anderen Anlässen, nur die alte Máli und die Kathi – anscheinend ein bislang unbekanntes und daher unverdächtiges Küchenmädchen. War da nicht etwas im Schwange?

Und wenn Inspektor Habrda obendrein gewußt hätte, was Rudolf am Vorabend auf dem Wege zum Empfang in der deutschen Botschaft seinem Kammerdiener gesagt hatte!

«Loschek, Sie kommen mit mir nach Mayerling!» Dabei hätte ab Montag früh Püchel den Dienst verrichten müssen. Aber Rudolf vertraute wohl nur Loschek. (Zu Recht: Loschek war verschwiegen wie das Grab, dagegen war Püchel vermutlich ein Mann von Krauß.)

Loschek wartete also Montag früh auf Püchel, übergab ihm den Dienst in der Burg, doch anstatt nach Hause zu seiner Frau zu gehen, traf er Reisevorbereitungen und begab sich dann in Wodickas Gesellschaft zum Bahnhof, um nach Mayerling zu fahren und dort im Schloß die zu Rudolfs Empfang erforderlichen Vorbereitungen zu treffen. Unterwegs kehrte er noch in die nach Kohldampf riechende Küche von Bratfisch ein, um dem «Leibfiaker» eine schriftliche Mitteilung seines Herrn zu überreichen. Laut polizeilicher Aussage Bratfischs stand darin, daß er um halb elf mit seiner Droschke an der Augustinerrampe warten solle, an jenem Seitenflügel der Burg, in dem sich besagte Eisentür befand.

In schöner Folge greifen also die Zahnräder des «Planes» ineinander, nunmehr sind wir uns nahezu sicher, daß es den «Plan» gab. Obwohl Rudolf offensichtlich des öfteren improvisiert, den Fahrplan ändert, den Zeitpunkt der Abfahrt immer wieder verschieben läßt – aber dies vielleicht nur, um das Personal im ungewissen zu belassen. Es ist jedoch auch möglich, daß etwas dazwischenkam, so daß nicht alles nach «Plan» verlief. Unerwartete Ereignisse als Störfaktoren? (Schon damals? Womöglich hatten gerade sie dazu geführt, daß der Ausflug tragisch endete?)

Wollte Rudolf dem Schicksal oder Habrda ein Schnippchen schlagen? Der freilich selbst nicht wußte, welche Rolle er in diesem ungeschriebenen Stück zu spielen hatte.

Wir würden mehr – ja alles! – wissen, wenn wir wüßten, ob Rudolf tatsächlich nach Mayerling fuhr, um dort zu sterben. So aber strengen wir uns vergebens an, vergebens starren wir auf den nahezu lückenlos rekonstruierbaren Lebensweg Rudolfs, bis uns die Augen flimmern – wir sehen nur sinnlose Punkte und einander kreuzende verworrene Linien, aus dem Spinngewebe entwirrt sich kein Plan, der für den alles verständlich macht, der die Umrisse erkennt.

Als dann am Dienstag gegen acht Uhr früh die beiden nichts ahnenden Kronzeugenkandidaten in Mayerling eintreffen, empfängt sie Rudolf im Hausmantel und (wie wir schon wissen) mit verbundenem Hals. Er hatte bereits die Nacht hier verbracht. Doch den beiden Gästen war sogleich etwas aufgefallen: «Als wir das Jagdschloß erblickten, bemerkte der Herzog und machte mich darauf aufmerksam, daß die Fensterläden zur Landstraße und zum Tor verschlossen waren, als wäre das Schloß unbewohnt.» (Vielleicht dachten die vom Badener Bahnhof mit einer Mietdroschke ankommenden Gäste für einen Augenblick, sie seien vergebens herausgefahren, da der Kronprinz womöglich gar nicht in Mayerling ist, benahm er sich doch in letzter Zeit ziemlich unberechenbar!)

Vielleicht war dies – das Verschließen der Fensterläden – Rudolfs letzter Versuch, um Inspektor Habrda irrezuführen. Übrigens hatte er der örtlichen Gendarmeriewache verboten, sein Eintreffen wie gewöhnlich ihren Vorgesetzten zu melden. Vor dem Schloß stand nicht einmal ein Wachposten, wie es die Vorschrift verlangte. (Mußte doch Rudolf wie alle gekrönten Häupter in den achtziger Jahren ständig ein Attentat befürchten – den Dolch oder Bomben von Anarchisten.) Auch die in Mayerling eingerichtete Fernschreibstation wurde nicht in Betrieb gesetzt – ebenfalls auf Rudolfs ausdrückliche Anweisung. (Obwohl der Telegrafist, wie bekannt, sich anders erinnerte.)

Nach so vielen Vorsichtsmaßnahmen mag der Kronprinz geglaubt haben, daß es ihm gelingen würde, soweit dies in seiner Lage überhaupt möglich war, seinen Aufenthaltsort geheimzuhalten. Dennoch konnte er nur mit ungestörter Ruhe für einen Tag rechnen. Doch was nicht alles geschieht an einem einzigen Tag?

«Als wir ankamen», heißt es weiter in der langen und peinlich detaillierten Rechtfertigung des Grafen, in der er zu beweisen trachtet, er habe von den Absichten Rudolfs nichts gewußt, «gingen wir in das sogenannte Billardzimmer, das sich im Erdgeschoß befindet, unmittelbar rechts vom Eingang des kleinen Schlosses, wo wir, wie man uns sagte, frühstücken würden. Nach etwa fünf bis zehn Minuten erschien der Kronprinz in Hauskleidung, wünschte uns herzlich einen guten Morgen und setzte sich mit uns an den Frühstückstisch. Während des Essens erzählte er, wie sehr er sich erkältet und daß er schon gestern gedacht habe, er werde ernsthaft erkranken und nicht in der Lage sein, mit uns an der in der Umgebung von Glashütte geplanten Jagd teilzunehmen, wo steile Berghänge zu erklimmen seien. Sich zu schonen habe ihm übrigens auch Loschek empfohlen. Das Frühstück verlief dennoch in einer fröhlichen Atmosphäre, wonach der Kronprinz uns mit dem gewohnten lustigen Jagdgruß entließ. So brach ich denn mit Herzog Coburg allein zur Jagd auf …»

Indessen im Nebenzimmer die Baroneß Vetsera … Deren Anwesenheit Rudolf gegenüber den Jagdgästen verheimlichen mußte und von deren dortigem Aufenthalt sie keine Ahnung hatten, bis sie sie vierundzwanzig Stunden später – nunmehr tot – zu Gesicht bekamen.

Was macht mittlerweile im Nachbarzimmer die siebzehnjährige Mary? Was macht sie am Morgen nach der ersten gemeinsam verbrachten Nacht? Liegt sie in dem breiten, großen Nußbaumbett (davor ihre schwanengefiederten warmen Hausschuhe, wie sie sie am Vorabend von den Füßen streifte) und spielt mit der Schleife ihres nagelneuen Nachthemdes? Oder betrachtet sie die Decke im Licht des fünfarmigen silbernen Kandelabers? (Die Fenster sind klein, das gewölbte Zimmer geräumig, aber niedrig, und Ende Januar um acht Uhr früh ist der Himmel noch verhangen.) Ist sie glücklich? Oder verzweifelt? Bedenkt sie, daß es für sie keine Umkehr gibt? Oder hält sie noch der Rausch umfangen? Vielleicht geht ihr im Kopf herum, womit sie den Tag ausfüllen wird? Ihr fällt ein, daß man sie zu Hause bereits sucht, wird man sie nicht aufspüren, bevor sie ihren Plan ausführen können? (Haben sie denn einen Plan?) Schreckt sie keinen Augenblick zurück? Ist sie noch vom Fieber erhitzt, vom Rausch durchdrungen, oder wird sie schon vom Frost geschüttelt? Denkt er noch an ihren Plan – an diesem kühlen, grauen und bleiernen Morgen? Wie anders mag jetzt dieses Zimmer sein als am Abend zuvor, da es eingehüllt war in das betörende, seidig warme Dämmerlicht der gelb flackernden Kerzenflammen! Im morgendlichen Licht kann man zum Beispiel gewiß sehen, wie bedrückend die dunkle, glasgrüne, mit gelben Arabesken überwucherte Tapete in Wahrheit ist. Die Wände des selten geheizten Hauses strahlen Kälte aus, der abends noch freundliche und ermutigende, ja bluterhitzende Ofen ist am Morgen lauwarm, gleichgültig nüchtern. Vielleicht nimmt auch Mary gerade das Frühstück zu sich? Und ist es nicht enttäuschend und ernüchternd, daß sie nach der ersten gemeinsam verbrachten Liebesnacht allein frühstücken muß? (Oder hat Rudolf an dem Tag zweimal zum Morgen gegessen?) Und wer trug ihr das Essen auf? Loschek, der eingeweihte, treue Diener, war mit den Herren beschäftigt. Eventuell jene gewisse, unbekannte «Kathi», die Inspektor Habrda ins Auge fiel? Vielleicht war sie kein Küchenmädchen, sondern eine zu Marys Diensten beorderte Zofe? Kann man denn ohne Kammerzofe, ohne Lakaien, ohne ein neues Nachthemd, ohne die schwanengefiederten Hausschuhe nicht einmal sterben? Oder vielleicht wollten sie gar nicht sterben? Oder mußten sie aus einem anderen Grunde sterben? Darf denn – der Kronprinz! für eine Liebesnacht sterben? Vielleicht war es doch ein Zufall (Unfall)? Wenn sie jedoch nicht nach Mayerling gegangen sind, um zu sterben, warum dann die komplizierten Vorbereitungen, die naiven Täuschungsmanöver? Letztlich hat Rudolf doch die Kugel abgefeuert, die man im Holz des schön geschnitzten Nachtschrankes nach langwierigem Suchen fand! Nebenbei: Wo ist die zweite Kugel geblieben, die Mary zugedacht war? Oder fiel nur ein Schuß? Und nicht einmal aus Rudolfs Revolver? Sondern?

Wir werden sehen.

Einstweilen sollten wir möglichst bald zum Verlobungsessen zurückkehren. Aber das können wir noch nicht, denn von nun an verlaufen mehrere Handlungsstränge parallel. Wir kommen der Zuspitzung des Dramas näher. Nicht ganz vierundzwanzig Stunden verbleiben den Liebenden noch.

Bevor wir einen Abstecher nach Wien machen, um zu sehen, wie die Nachricht Coburgs über die «Erkältung» Rudolfs gewirkt hat, scheint uns nicht unnütz, zusammenzufassen, was wir von den Ereignissen dieses Dienstags, des letzten Tages, wissen.

Nun, wie man aus dem Bisherigen ersehen kann, ist uns sozusagen alles – bis ins Detail – bekannt. Ausgenommen freilich die wesentlichen Dinge; zum Beispiel, womit die «Liebenden» die Zeit verbrachten, nachdem Rudolf die beiden Jäger mit einem fröhlichen Jagdgruß ihres Weges ziehen ließ; ging er zu der vielleicht noch schlummernden Mary zurück? Alles, was von diesem Augenblick an bis zum anderen Morgen in Mayerling geschah, verliert sich im nebulösen winterlichen Dämmerlicht.

Vielleicht schrieben sie Briefe? Abschiedsbriefe?

Ein Förster, ein gewisser Ratschek, erinnerte sich tatsächlich, als man während des Verhörs in ihn drang, Loschek habe ihm einige Briefe in die Hand gedrückt mit der Bitte, sie zur Post zu bringen. An wen sie adressiert waren, «das hab ich nicht nachgeschaut». Im Jahre 1923 tauchte dann die Kopie eines dieser Briefe auf (der Adressat ist leider unbekannt), der nur damals geschrieben sein konnte. Vorausgesetzt, er ist echt, was er allerdings zu sein scheint. Wenn er also authentisch ist und wirklich von der Hand Rudolfs stammt, dann ist gewiß, daß spätestens Dienstag vormittag, aus welchem Grunde auch immer, die Entscheidung gefallen war. Folgende Zeilen liest man darin:

«Wie gern möchte ich Dir mein Herz ausschütten. Aber jetzt drängt schon grausam die Zeit, mir bleibt nur noch wenig, ich muß sie nutzen. Mary sitzt neben mir, und ihr glücklicher Frohsinn reißt mich mit. In diesen Stunden bin ich glücklich. Herzliche Grüße von R.»

Kein Zweifel, das ist ein Abschiedsbrief. Es wäre gut zu wissen, wem er galt und warum er sich nicht unter den anderen Abschiedsbriefen befand. Jedenfalls weiß derjenige, der dies schrieb, daß er sterben will – aber er wartet noch fast einen ganzen Tag, bis er abdrückt. Auf wen zielt er?

Gewiß nicht auf seine Jagdgefährten, die währenddes auf einem Hochsitz hockten, bei gemächlich rieselndem Schnee in Decken gehüllt, und den ganzen Vormittag kein einziges Wild sichteten.

In Wien – etwa zur gleichen Zeit, als die Herren ihren Posten bezogen – saß Polizeipräsident Baron Krauß schon in seinem Büro am Schottenring und las einen Brief, der bereits am Vorabend eingetroffen und von der Kammerzofe der Gräfin Larisch befördert worden war. All das vermerkte der Polizeipräsident auf dem Kuvert, das er zudem mit der Notiz versah, er habe den Brief erst vormittags um halb zehn geöffnet – damit andeutend, daß er, was auch immer der Brief enthielt, die daraus gewonnenen Informationen noch nicht habe verwenden können. Falls also etwas geschehen sein sollte (wovon er im Augenblick keine Ahnung habe) – könne er dafür keinesfalls verantwortlich sein.

Nachdem er die mit einem Bleistift niedergeschriebenen Zeilen signiert hatte, nahm er sein Taschenmesser hervor, ließ die schmale Klinge an der Klebstelle hineingleiten und schlitzte das Kuvert mit einer entschlossenen, aber auch bedachten Bewegung auf. Offenbar erkannte er sogleich die ein wenig verworrene Handschrift der Gräfin. Es war nicht der erste Brief, den er in diesen Tagen von ihr erhalten hatte.

«... der Inhalt des Briefes ist für mich nicht ganz klar, aber aus den Prämissen scheint hervorzugehen, daß Gräfin Larisch die Absichten des Kronprinzen kannte und im Auftrage des Besagten agierte. Nachträglich fällt mir ein, daß Frau Gräfin Larisch mich gestern gefragt hatte, ob man alle Vorkommnisse Seiner Majestät melden, das heißt, ob auch er von der Flucht der kleinen Vetsera in Kenntnis gesetzt werden müsse. Es wäre nämlich wünschenswert, wenn diese Meldung nicht zu erfolgen hätte. Also war sie in Wirklichkeit nicht zu mir gekommen, um von den Ereignissen zu berichten, sondern lediglich, um sich selbst zu schützen!»

Baron Krauß ahnt sogleich, welche Absicht dahintersteckt.

Eine Stunde später werden ihm Gäste gemeldet: Frau Baronin Helene Vetsera und ihr Bruder Graf Alexander Baltazzi. Selbstredend empfängt Krauß sie unverzüglich.

Frau Vetsera ist nunmehr ernsthaft besorgt um den Ruf ihrer Tochter (von Selbstmord wird einstweilen nicht die Rede sein – jeder sorgt sich vornehmlich darum, daß die Sache nicht an die Öffentlichkeit kommt, da alle, und das zu Recht, lediglich an eine verantwortungslose Affäre denken). Graf Baltazzi redet von Genugtuung. Krauß, der schon alles weiß (wenigstens glaubt er das), versucht den Besuchern angst zu machen – er spielt auf die Rolle der Gräfin Larisch an (die immerhin eine Verwandte oder zumindest ein Außenglied der Herrscherfamilie ist); er besteht auf offiziellen Formen, auf einer ordnungsgemäßen Anzeige, im stillen Glauben, die Familie schrecke davor zurück wegen des damit unvermeidlich einhergehenden Skandals. Und falls nicht – dann ist er wenigstens gedeckt. Er habe alles sofort weitergemeldet und sei korrekt vorgegangen.

Doch Baron Krauß täuscht sich in seinen Erwartungen.

Graf Baltazzi läßt sich in seiner Erregung zu einer kampflustigen, ja wahrhaft revolutionären Äußerung hinreißen:

«Dürfen sich denn die Habsburger in diesem Land alles erlauben?» – Und damit erstatten sie doch offiziell Anzeige über das Verschwinden des Mädchens. Die mütterliche Fürsorge hatte obsiegt. Möge es zu einem Skandal kommen, wichtig ist nur, daß die Polizei das Mädchen findet, wo immer es sich aufhält, und nach Hause bringt.

Jetzt gibt es keinen Ausweg mehr, Baron Krauß, mag ihm die Angelegenheit noch so peinlich sein, muß etwas unternehmen.

Aber bevor er etwas in Bewegung setzt, was vielleicht nicht wiedergutzumachen ist, hat er einen rettenden Einfall. Er wendet sich an Baltazzi:

«Meines Erachtens wäre es am zielstrebigsten, wenn der Herr Graf selbst nach Mayerling führe, um sich persönlich zu überzeugen, ob der Verdacht begründet ist!»

In dem verschneiten Tal von Mayerling beginnt ein erregtes, emsiges Treiben. Jetzt verwirren sich die Fäden unserer Geschichte vollends, und die Zeugen zeigen sich verunsichert, sie flüstern nur noch, oder sie schweigen. Der zusammenfassende Bericht von Baron Krauß ist offensichtlich lückenhaft. Als wolle eine unbekannte Hand die Spuren des Nachmittags vorsätzlich verwischen.

Die Abenddämmerung war über den Ort hereingebrochen, im Schloß brannten schon die Lichter, als eine geschlossene Kutsche in den Hof des Jagdschlosses einbog. Dem Wagen entstieg ein Herr (laut anderen Zeugen, zwei Herren), der sich unverzüglich zum Kronprinzen begab. (War es Baltazzi, der von Rudolf seine Nichte «zurückverlangte»?) Ein heftiger Wortwechsel war zu vernehmen (durch die dicken Wände hindurch? oder durch das Fenster? waren sie denn offen? im Januar? oder gar durch die Ritzen der Tür? Horchte jemand, indem er sein Ohr an eine Ritze drückte?), dann, nach etwa einer halben Stunde, entfernte sich die Kutsche samt ihrem Fahrgast (oder ihren Fahrgästen). Wenig später erschien ein alter Pfarrer. Er verbrachte mehr als eine Stunde bei Rudolf. Weder davor noch danach hat man ihn je in Mayerling gesehen. Auch kannte ihn niemand dort – jedenfalls wird sein Name von niemandem erwähnt.

Von einem Schuß wird nichts gesagt – auch in diesen apokryphen Legenden nicht.

Dagegen wird ein Arzt genannt (war er vielleicht der andere Fahrgast in der Kutsche? – oder eben der eine?), der angeblich schon einmal an diesem Nachmittag in Mayerling gesehen worden war. Ja noch mehr, er soll auch noch danach etliche Tage lang regelmäßig ins Schloß gekommen sein, und zwar, um Baltazzi zu pflegen, denn der Graf soll während des Wortstreits einen Bauchschuß erlitten haben. Zum erstenmal wird nun von einem Schuß gesprochen – den allerdings niemand gehört hat. Über Alexander Baltazzi kriegten jedoch fleißige Mayerling-Forscher heraus, daß er erst 1929 verstarb; von Hektor wissen wir, daß er 1916 Selbstmord beging – und von deren Bruder Henry erwies sich, daß er sich zu jener Zeit in Paris aufhielt. Also ist das Drama um die Version, daß Alexander den Bauchschuß nicht überlebte, auf alle Fälle ärmer geworden.

Wenn jedoch der Arzt nicht zu Baltazzi geholt werden mußte, zu wem dann? Vielleicht zu Rudolf? Ihn hatten im Laufe des Tages und auch noch am Abend mehrere gesehen; aber keiner erwähnt, daß es außer dem roten Halstuch ein übriges Zeichen seiner Erkrankung gegeben hätte. So verlagert sich unser Verdacht unwiderruflich auf den geheimen Gast des Schlosses, auf Mary. Dies scheint eine durchaus rationale Vermutung, so daß es auch nicht überrascht, wenn von ihr im Legendar keine Spur zu finden ist: Der jungferlich verdorbene und wollüstige Engel des Todes darf natürlich nicht krank sein! Doch die bis heute unermüdlichen (wissenschaftlichen) Erforscher des «Rätsels von Mayerling» suchten immer schon nüchterne und vernünftige Erklärungen für den Doppeltod. Warum sollte ihr Auge nicht auf dem Arzt hängenbleiben! Ausgehend von der (richtigen) Annahme, daß, falls Rudolf aus irgendeinem Grunde einen Arzt benötigte, nur ein Militärarzt in Frage gekommen wäre, fanden sie eine überraschende Spur: Der Leitende Arzt der Mayerling nächstgelegenen Militärheilanstalt, des 3. Garnisonshospitals in Baden, war vom Fach her Gynäkologe, mag dies bei einem Militärarzt noch so verwunderlich sein.

Aus dieser Tatsache ergibt sich nur eine Folgerung (vorausgesetzt freilich, daß sich tatsächlich ein Arzt im Schloß aufhielt): An jenem Nachmittag benötigte man in Mayerling keinen praktischen Arzt, sondern einen Gynäkologen und Frauenarzt. Das heißt, daß ... aber halten wir inne, bevor wir einen weiteren Schritt tun in unseren Folgerungen. Denn es ist bei weitem nicht sicher, daß Mayerling von einem Arzt aufgesucht wurde.

Wie auch zweifelhaft ist, daß diese geschlossene Kutsche, in der Baltazzi (oder ein anderer) saß, auf den Hof des Jagdschlosses fuhr. Dennoch wollen wir die Szene nachvollziehen: Der Graf springt aus dem Wagen und richtet an den ihm entgegeneilenden Coburg, später auch an Hoyos, aufgeregt die Frage: «Wo ist das Mädchen?», der freilich darauf nur mit einer Gegenfrage antworten kann: «Was für ein Mädchen?»

Im weiteren ertönen – laut dem apokryphen Legendar – harte Worte. Darauf kommt es zum Duell, und zwar zwischen dem sich statt Rudolf ritterlich verhaltenden Hoyos und Baltazzi – und schließlich zu dem Bauchschuß.

All das «wissen» wir von Ritter Ernst Planitz, einem deutschen Journalisten und gemeinsamen Ahnen aller Rudolfologen, der sich bereits wenige Wochen nach den Ereignissen am Schauplatz einfand und das ganze Dorf mit Fragen malträtierte. Damals sammelte er die Scherben zusammen, die er später in den oben erwähnten Skizzen zusammenfügte und in Berliner Blättern publizierte, die dann Baron Krauß zu beschlagnahmen nicht müde wurde. Über Mayerling die Wahrheit oder die Unwahrheit zu verbreiten war gleichermaßen untersagt.

In der Umgebung erzählte man übrigens viel interessantere Geschichten, als sie Planitz darbot – so von einem eifersüchtigen Jäger und seiner hübschen Frau, vom Handgemenge betrunkener Männer, von einem Genickschlag mit einer Sektflasche (möge man wählen) und von um das Schloß schleichenden preußischen Agenten – zu welcher Legende möglicherweise der im Dorf recherchierende Ritter Planitz den Anlaß gab.

Die letzten Absätze waren wider unsere Absicht schlechthin winzige (möglicherweise schier überflüssige) Stränge eines neuerlichen Zickzacks unserer immer verschnörkelter werdenden (wir geben es zu: immer verworreneren) Geschichte. Wir wollen sie im weiteren Verlauf nicht beachten. Sie geben nicht mehr her, als daß immerhin erneut etwas passierte. Etwas war in Mayerling geschehen, während die beiden hochherrschaftlichen Gäste in den Bergen jagten, und zwar etwas Gewichtiges, denn sonst besäßen wir ja genauere Informationen; zumindest Baron Krauß hätte etwas spitzbekommen. Später, gegen Ende, wenn wir trotz unserer Weigerung wahrscheinlich doch gezwungen sein werden, einen Tod zwischen den vielen möglichen von Rudolf und Mary zu wählen, wird vielleicht auch dieser verworrene Nachmittag in Mayerling einen Sinn erhalten, und dann wird auch der Leser leichter entscheiden können (?), ob oder ob nicht ein Arzt das Jagdschloß aufsuchte, und wenn ja, wen er dort versorgte. Vorausgesetzt freilich, daß uns dies dann überhaupt noch interessiert.

Bis dahin wollen wir jedoch zu den Tatsachen zurückkehren – mögen sie noch so farblos sein.

Nun: Wenn es auch kein übermäßig interessanter Fakt ist, so steht doch zweifelsfrei fest (und darum wollen wir ihn beachten, weil Tatsachen in dieser Geschichte selten vorkommen), daß – während Baron Krauß nach dem peinlichen Besuch des Grafen und der Baronin Vetsera seine Unterlagen hastig zusammenraffte und schnurstracks zum Ministerpräsidenten eilte, um Meldung zu erstatten – Herzog Coburg (vermutlich enttäuscht) vom Hochsitz heruntergeklettert und mit leeren Händen, ohne Beute, ins Jagdschloß zurückgekehrt war, um zusammen mit Rudolf nach Wien zu fahren, da man auch ihn zum Familienessen geladen hatte. Graf Hoyos dagegen weilte noch einige Stunden im Wald.

Rudolf empfing den von der Jagd kommenden Herzog äußerst herzlich und erzählte ihm, daß er den ganzen Tag gearbeitet und keinen Schritt aus dem Haus getan habe, seine Erkältung dennoch schlimmer geworden und er daher nicht in der Lage sei, nach Wien zu fahren. Er bat seinen Freund, ihn zu entschuldigen (an Stephanie wird er erst später ein Telegramm schicken) und seinem kaiserlichen Vater eine Botschaft zu überreichen, dann «verstummte er, sichtlich nervös und die Hände reibend; man sah ihm an, daß er über etwas nachdachte». Da sich Coburg jedoch nun auf den Weg zum Bahnhof machen mußte, sagte er ihm schließlich nur noch, er möge dem Kaiser seinen Handkuß übermitteln.

Mit dieser dürftigen Botschaft betrat also Philipp Herzog von Sachsen-Coburg-Gotha, Gemahl der zweiten belgischen Prinzessin und Rudolfs Schwager, jenen Saal, in dem sich die Erzherzoge und Erzherzoginnen zum Verlobungsdiner versammelt hatten. (Endlich gelingt es uns, zum Ausgangspunkt dieses Kapitels zurückzukehren.) Coburg schritt, militärisch zackig, zu Franz Joseph und meldete, was wir bereits wissen, daß nämlich der Kronprinz leider am Abendessen nicht teilnehmen könne und daher sich entschuldigen möchte, er sei in der Kutsche nach Mayerling gefahren und habe sich auf der Landstraße über Breitenfurt schlimm erkältet. Ferner sei es auch im Schloß sehr kalt, da in den selten geheizten Räumen die Öfen kaum Wärme spendeten. Möge Gott verhüten, daß er sich womöglich noch eine Lungenentzündung zuziehe.

Bei diesen Worten wechselten die Erzherzoge bedeutungsvolle Blicke – meldete der in nächster Nähe stehende Lakai dem Baron Krauß, lag es doch in der Natur der Dinge und der Lakaien, daß dem Polizeipräsidenten über ein Ereignis um so ausführlicher berichtet wurde, je belangloser es war (aber das haben wir wohl schon erwähnt). Erzherzog Wilhelm jedoch (seinen Namen nannte Gräfin Festetich im Zusammenhang mit der Gräfin Vetsera, nicht wahr?), nun: Erzherzog Wilhelm, der womöglich schon mehr von den skandalträchtigen Vorkommnissen der vergangenen zwei Tage wußte, als man aus der scheinbar so harmlosen Mitteilung von Herzog Coburg erfahren konnte, hatte doch der Polizeipräsident am Montag bei ihm zu Mittag gespeist – kurzum, dieser nunmehr zum drittenmal genannte Erzherzog Wilhelm «biß sich auf die Lippe», um die vertrauliche Information von Baron Krauß zu zitieren. Also er biß sich auf die Lippe! Bestimmt vor Wut. Damit sein gegen Rudolf gehegter Zorn, ja sein Haß und seine Verachtung gegenüber dem frechen und liederlichen jungen Mann, dem miserablen Soldaten nicht aus ihm hervorsprudelten. Vermochte doch dieser Rudolf nicht einmal ein Regiment ordnungsgemäß zu befehligen und sprach dennoch mit ihm über die Modernisierung des Heeres – gerade mit ihm! Was nur möglich ist, weil der Franzl, sein Vater, ihn nicht richtig an die Kandare nimmt und ein Auge zudrückt, wenn er mit ernsten Dingen sein fragwürdiges politisches Spiel treibt. Der Himmel möge Österreich davor bewahren, daß dieser verkommene Geck jemals den österreichischen Thron besteigt! (Allerdings ist allein der Gedanke daran Majestätsbeleidigung – und der Erzherzog erkühnt sich dazu auch nicht einmal in Gedanken. Jedenfalls steht außer Zweifel, daß Erzherzog Wilhelm Rudolf von ganzem Herzen verabscheute.)

Er vermochte seine Erregung nicht ganz zu ersticken, da er aber auf den Kaiser Rücksicht nehmen mußte, sagte er lediglich:

«Es ist unbegreiflich, wieso der Kronprinz gerade über Breitenfurt nach Mayerling fahren mußte!»

«Wahrscheinlich deshalb», entgegnete der ahnungslose Coburg, «weil sich die durch das Helenental führende Straße in einem äußerst schlechten Zustand befindet. Ich habe es mit eigenen Augen gesehen und kann Eure Majestät versichern, daß der Weg unbegehbar ist.»

«Was Sie nicht sagen!» brauste Erzherzog Wilhelm, der grauhaarige General, auf. «Ich dagegen kann Eure Majestät versichern, daß zwar der Zustand des Helenentaler Weges zweifellos äußerst schlecht, daß er aber unbestritten immer noch besser ist als der der Breitenfurter Straße. Ich erwarte also eine Erklärung, wieso Seine Majestät dennoch über Breitenfurt fahren mußte? Etwa nur, um sich zu erkälten?»

Inzwischen hatte sicher auch der deutsche Botschafter von der sich zuspitzenden Diskussion Wind bekommen und rückte deshalb unauffällig näher, um besser zuhören zu können. Der Kern der Sache war ihm freilich klar, wirkte er doch am eifrigsten dafür, Rudolf am Hof zu isolieren und ihn in den Augen des Heeres unmöglich zu machen. Er hatte auch dabei seine Hand mit im Spiel, daß der Kronprinz von wichtigen Angelegenheiten ferngehalten wurde und man ihn, statt zum Kommandierenden General, zum Inspekteur der Infanterie machte und zu frustrierenden Grenzbesichtigungen entsandte. Während Rudolf die jenseits der fernen galizischen Grenze sich sammelnden russischen Streitkräfte durch sein Fernrohr betrachtete, bekam Erzherzog Albrecht in Wien Gelegenheit, alles zu unterbinden, was jener vorgeschlagen hatte. Doch das war ganz in Ordnung, denn Deutschland brauchte (einstweilen) den Frieden im Osten und durfte sich nicht um Österreichs willen in einen Krieg verwickeln lassen. Möge Österreich stark und gesund sein, allerdings nicht so stark, um eine selbständige Politik zu betreiben und nach Frankreich zu schielen. Und in Berlin war man fast geneigt, den Kronprinzen für einen Spion, für einen französischen Agenten zu halten. Deshalb streckte Bismarck seinen langen Arm von Berlin nach Wien aus und versuchte, über den Kronprinzen eine Glasglocke zu stülpen.

Vermutlich durchschaute Reuß den Grund der allgemeinen Erregung und Nervosität. Ging es doch im Pester Parlament bei der fast zur Regierungskrise führenden Diskussion über die Wehrgesetzvorlagen um die Einheit der Armee, um die

Zukunft der Wehrkraft der österreichischen Monarchie, also um die Zukunft des Reiches, da doch das Reich der Habsburger – wie dies nicht nur die Anwesenden wußten, sondern sehr wohl auch Rudolf, der es sogar niedergeschrieben hatte – zu jener Zeit durch eine übernationale Armee zusammengehalten wurde. Wußten denn die Herren bereits von der rebellischen Rede des Grafen Károlyi? mochte Reuß bei sich denken. Und was führte der Kaiser im Schilde? Hatte er schon Gegenmaßnahmen getroffen? In Pest drohte die Straße, der Mob, die Politik an sich zu reißen.

«Eh, streiten wir uns nicht», warf Erzherzog Otto jetzt versöhnlich dazwischen, vielleicht hatte er den mißbilligenden Blick Franz Josephs aufgefangen oder auch nur den sich nahenden deutschen Botschafter bemerkt, «damit können wir an der Sache nichts mehr ändern.»

Doch da ergriff Erzherzog Albrecht das Wort, «der Sieger von Custozza», «der Löwe von Novara», «der Held von Mortara», der Altersvorsitzende des erzherzoglichen Standes, dem Franz Josephs jüngere Brüder und Neffen, Vettern und Onkel, die Veteranen verlustreicher Feldzüge, angehörten, der reaktionärste der Habsburger und einstiger Militärverweser in Ungarn. Offensichtlich hatte er beschlossen, das Thema zu beenden.

«Bedauerlich, daß der Kronprinz gerade jetzt, da der Anlaß so überaus wichtig ist, durch Erkältung von unserem Kreis ferngehalten wird!»

(«Der Marschall ist ein nervöser, voreiliger, dummer, böser und unbeholfener Greis. Vorgestern benahm er sich mir gegenüber derart unqualifiziert, daß ich mich krank melden und alles hinschmeißen wollte – endgültig, aber der Kaiser bat mich, ihm zuliebe in der Armee zu verbleiben, so daß ich meine Absicht aufgab.» Rudolf)

«Sein Zustand muß wahrlich äußerst ernst sein», fuhr der Erzherzog fort, «schon gestern war er zu einer militärischen Beratung nicht erschienen, die Herren warteten länger als eine Stunde vergebens auf ihn!» Dann mochte er zu Franz Joseph geschaut haben, der bis dahin kein einziges Wort gesagt hatte, denn er fuhr fort: «Wo doch allgemein bekannt ist, mit welcher Hingabe und Begeisterung der Kronprinz seine militärischen Aufgaben versieht. Gewiß ist er ernstlich erkrankt, sonst hätte er kaum diese wichtige Besprechung versäumt oder zumindest eine Nachricht zukommen lassen, daß er nicht daran teilnehmen könne und man auf ihn nicht warten solle ...»

Daraufhin verstummte der Chor der Oheime; wer auch hätte wagen sollen, das Gespräch fortzuführen? Schwieg doch der Kaiser selbst – oder hatte etwa der Informator von Baron Krauß gerade dessen Worte nicht vermerkt? –, und sein Schweigen muß unmißverständlich gewesen sein.

Indessen fragten sich alle, wen Rudolfs Fernbleiben verletzen mußte? Und Franz Joseph hatte vielleicht überlegt, ob nicht «der Pista Károlyi», der alte Jagdkumpan seines Sohnes, dahintersteckte, da er selbstredend über den Fortgang der Wehrgesetzdebatte in Pest im Bilde war. Wäre nicht denkbar, daß Rudolf selbst diese Rede inspiriert hatte und daß er seinem Ratschlag nicht gefolgt war? Will er sich doch in Ungarn zum König krönen lassen? Aber diese Ungarn fressen ja seinen leichtgläubigen Sohn bei lebendigem Leibe auf! Ganz davon zu schweigen, daß dies das Ende Österreichs, «Finis Austriae», bedeuten würde. Greise Länder kann man nicht umgestalten – lediglich bewahren. Wie das friedliche Alter – vor der krakeelenden Jugend. Franz Joseph war um die Zukunft seines Reiches besorgt. Morgen würde er noch früher aufstehen und mit doppelter Kraft arbeiten. Jeder möge seine Pflicht erfüllen! Auch Rudolf! Dann könne nichts Schlimmes geschehen.

Das war ein Augenblick in der plötzlich eingetretenen Stille, da eine Frau hätte dazwischenfahren müssen, um die Situation zu retten. Sagen wir mal, Elisabeth. Wahrscheinlicher ist jedoch, daß es der Obertruchseß war, der den Herren half, über den peinlichen toten Punkt hinwegzukommen. Er trat durch die Tür und meldete, daß angerichtet sei!

Die Uhr schlug sieben.

Es war gerade sieben Uhr abends, als der von der Jagd heimgekehrte und zum Abendessen umgezogene Graf Hoyos und Rudolf sich im Billardzimmer an den Tisch setzten. Dank dem Grafen ist es uns möglich, von diesem Abendessen – von Rudolfs letztem Abendessen – ebenso ausführlich zu berichten wie von dem in der Burg. Wir wissen, daß es zur Vorspeise Gänsepastete gab, worauf die Suppe folgte, sodann Roastbeef und Hirschbraten und zuletzt Kuchen und daß all dies der Kronprinz mit (für einen sich zum Sterben Rüstenden) gutem Appetit verzehrte, da die Gerichte sehr schmackhaft waren, obwohl sie – wie der Kronprinz bemerkte – nicht von einem Koch, sondern lediglich von einer Hausgehilfin (bekanntlich der alten Máli) zubereitet worden waren. Auch dem Wein wurde zugesprochen, aber maßvoll. Uns ist bekannt, daß sie unter anderem über den erstaunlichen Instinkt der Jagdhunde sprachen, über die gerade stattgefundene und die für den kommenden Tag geplante (?) Jagd – und so weiter und so fort –, über lauter Nichtigkeiten, von deren ausführlicher Schilderung der Leser verschont bleiben möge. «Der Kronprinz kam mir irgendwie weich und mild vor, was sich vornehmlich in seinen Äußerungen widerspiegelte, und er betörte mich neuerlich durch sein zauberhaftes Wesen.» Man kann also sagen, daß sich Rudolf in guter Verfassung befand. Hoyos betonte es zwar nicht ausdrücklich, aber man entnimmt seiner Beschreibung, daß er den Freund seit langem nicht so fröhlich erlebt hatte, so ausgeglichen und leger. Er war außerstande, zu begreifen, daß sich der gleiche Mann wenige Stunden danach eine Kugel durch den Kopf jagte.

Ein Umstand jedoch, der in den Memoiren von Hoyos erwähnt ist, scheint uns interessant, nämlich, daß die Wehrgesetzdebatte im Budapester Parlament auch in Mayerling zur Sprache kam. Während der Unterhaltung zeigte Rudolf Hoyos sogar drei Telegramme, die allesamt «der Pista Károlyi» aus Budapest geschickt hatte. «Jetzt freilich betreibt er Mohrenwäsche, da er ein schlechtes Gewissen hat», soll der Kronprinz über Károlyi gesagt und dann abgewinkt haben. Er sei nicht einmal verärgert gewesen, habe die Telegramme in die Tasche geknüllt und dann das Thema fallengelassen. Obwohl Károlyis Rede Rudolf in der Tat arg kompromittiert hatte; die Freundschaft zwischen ihnen war so allgemein bekannt, daß viele den Kronprinzen für den eigentlichen Verfasser der Rede hielten, in der Károlyi sich dem zentralen Willen widersetzte. Seine ein wenig schieläugig politisierenden ungarischen Anhänger nützten dies freilich weidlich aus. Wo doch der Kronprinz als Anhänger der einheitlichen Armee des einheitlichen Reiches den ungarischen Nationalismus ebenso verabscheute wie zum Beispiel den der österreichischen Deutschen. Beide bedrohten Österreich, das nur dann eine Chance zum Überleben hatte, wenn es sich weder von den Deutschen noch von den Ungarn und auch nicht von anderen enteignen ließ; wenn es «österreichisch» blieb. Wenn es seine Einheit bewahrte. Und das galt freilich auch für die Streitkräfte. Rudolfs «Sympathie» für die Ungarn nährte sich gerade aus der Erkenntnis, daß unter allen Völkern der Monarchie allein der innerhalb seiner Landesgrenzen in die Minderheit geratene Nationalismus der Ungarn vor den Karren des Reiches gespannt werden könne. Weil sie keine andere Wahl hätten, als sich für die Einheit Österreichs stark zu machen. Warum gaben sich die Ungarn damit nicht zufrieden?

Nur, daß unter den vielfachen Plänen zur Verjüngung des altersschwachen Reiches tatsächlich auch die Variante auftauchte, Rudolf zum ungarischen König zu krönen – und auch der Kronprinz liebäugelte zuweilen mit dieser Idee. In seiner Ohnmacht, in seiner Verbitterung? Wenn aber Rudolf noch zu Lebzeiten seines Vaters ungarischer König werden wollte, dann erhielt auch die Forderung nach einer selbständigen ungarischen Armee einen anderen Sinn ...

«Der Hof bemühte sich, die Wahrheit mit nahezu augenfälligem Ungeschick zu vernebeln. Der Hof wollte den Kronprinzen mit aller Kraft als Selbstmörder hinstellen. Mein Gott, was gab es da schon zu verheimlichen?» fragt Mikszáth, obwohl er wahrlich ein nüchterner Kopf war. Allerdings konnte er die Memoiren des Grafen Hoyos noch nicht kennen. Dort steht wörtlich:

«Die Sache» (nämlich die Wehrgesetzdebatte) «ist fatal», sagte der Kronprinz, «aber der betreffende Herr» (Pista Károlyi) «hat ein sonderbares Naturell, ihm darf man so etwas nicht übelnehmen. Zuerst steht er auf und hält eine Rede gegen die Wehrgesetzvorlage, um mir dann ein Grußtelegramm zu seiner Annahme zu schicken.»

Verschwörung ...? Verschwörer ...?

Lächerlich.

Was mag jedoch in den beiden anderen Telegrammen gestanden haben? Und – vornehmlich! – was telegrafierte Rudolf an Károlyi? Wir wüßten es, wären die Telegramme erhalten geblieben, aber wir besitzen lediglich den Ordner, in dem sie einst aufbewahrt wurden. Er ist jetzt leer, der Inhalt verschwunden. Allerdings zusammen mit anderen Akten. Waren da zielstrebige Hände am Werk, oder wurden sie ein Opfer der Geschichte? Wie dem auch sei, Graf Károlyi setzte sich tags darauf in den Wiener Schnellzug, stieg aber, als er in Preßburg vom Tode Rudolfs erfuhr, unverzüglich in den Gegenzug, um schnurstracks nach Budapest zurückzukehren.

Vielleicht wird es uns noch gelingen, die «Verschwörung» zu entlarven (obwohl die Sache bei weitem nicht so erregend ist, wie man vielleicht annimmt), aber nun drängt uns die Zeit. Es verbleiben nur noch wenige Stunden im Leben Rudolfs – und freilich auch in Marys.

Von diesen wenigen Stunden werden zumindest dreißig Minuten durch das Zigarettenrauchen nach dem Abendessen ausgefüllt; indessen einigt sich Rudolf mit Hoyos, am nächsten Tag, wenn Coburg wieder zurückgekehrt sei, gemeinsam zu frühstücken. Der Graf bietet dem Kronprinzen liebenswürdigerweise an, ihm, wenn nötig, mit Taschentüchern auszuhelfen, doch Rudolf lehnt das Angebot ab, da sein Vorrat bis zum Morgen ausreiche. «Es mag etwa neun Uhr gewesen sein, als der Kronprinz sich mit den Worten vom Tisch erhob, er wolle jetzt seinen Schnupfen pflegen, er gab mir dann mit gewohnter Herzlichkeit die Hand und zog sich mit einem Gutenachtgruß zurück. Ich konnte nicht ahnen, daß ich ihm zum letztenmal die Hand gedrückt hatte.»

«Loschek, ich möchte bis morgen früh nicht gestört werden! Verstehen Sie? Nicht einmal, wenn der Kaiser selbst nach mir verlangte!» sagte Rudolf und trat in das Schlafgemach, wo ihn Mary erwartete. Mary, die zwei Tage im Haus verbracht hatte, ohne daß jemand gesehen hätte, wie sie gekommen und aus der Kutsche gestiegen war. Sie war da, aber niemand hörte sie sprechen, weder weinen noch lachen.

Allerdings hatte auch niemand den Schuß (die Schüsse?) gehört.

Schließlich waren die Wände dick genug.

Und das Schicksal macht alles unsichtbar.

Erst nach vierzig Jahren war dem bis dahin ergeben schweigenden Loschek doch noch eingefallen, daß er in seiner Kammer, die an das Schlafgemach des Kronprinzen grenzte, noch lange – die ganze Nacht hindurch! – gehört habe, wie Mary und Rudolf in ernstem Ton miteinander sprachen. Aber was sie sagten, worüber sie sprachen – das habe er nicht heraushören können, bis er vom Schlaf übermannt worden sei.

«Die in Banana am 16. Dezember abgesandte und gestern in Brüssel ausgelieferte Kongo-Post brachte keine Nachricht über Stanley, es scheint daher mehr und mehr gewiß, daß dem mutigen Reisenden etwas zugestoßen ist ... Die letzten, vom Juni datierten Nachrichten hatten bereits gemeldet, daß es in jener Gegend für sechs- bis siebentausend Europäer keine ausreichende Nahrung gibt ... Je tiefer die Expedition ins Innere des Landes vordrang, um so schwieriger wurde es, die vielen Menschen zu versorgen. Alle Zeichen deuten darauf hin, daß der brave Reisende dem Hungertod zum Opfer fiel. In Afrika hält man nicht einmal für ausgeschlossen, daß Stanley auf eine arabische Bande stieß, eine gut ausgerüstete und disziplinierte Gruppe, die Sklaven zu erbeuten trachtete und die ihn und seine Begleiter niedermetzelte.» *Aus: «Egyetértés», Freitag, 27. Januar 1888*

«In unserer Morgenausgabe berichteten wir bereits, daß die Einwohnerin Amál Saslak, wohnhaft in Wien, Vereinsgasse 32, erschossen aufgefunden wurde. Nun erfahren wir folgende Details über diesen Fall: Das unglückselige, in Győr gebürtige Mädchen war 22 Jahre alt und lebte erst seit kurzem in Wien. Hier entwickelte sich zwischen ihr und dem ebenfalls aus Ungarn stammenden Schmiedegesellen Vencel Bartos ein Liebesverhältnis. Doch das ausschweifend lebende Mädchen liebäugelte auch mit anderen Kavalieren und weckte damit die Eifersucht des Liebhabers. Den gestrigen Nachmittag verbrachten die beiden bei bester Stimmung in der Wohnung der Saslak. Abends gegen sechs Uhr erschoß Bartos zunächst seine Geliebte, dann stieg er auf das Fensterbrett der im vierten Stock gelegenen Wohnung, jagte sich selbst eine Kugel in den Schädel und stürzte sogleich auf die gepflasterte Straße.» *Aus: «Egyetértés», Sonntag, 29. Januar 1888*

«Aus Petersburg erreicht uns soeben unter dem heutigen Datum der telegrafische Bericht, daß Nihilisten in Batum ein Raubattentat verübten. Zwei als Eisenbahnschaffner verkleidete Nihilisten überfielen den Hauptkassierer der transkaspischen Eisenbahn, Sidorow, verletzten ihn mit Dolchstichen lebensgefährlich und beraubten ihn. Sie entwendeten aus der Kasse 12000 Rubel. Einer der Räuber, ein gewisser Ragosin, wurde festgenommen. Doch das Geld befindet sich bei seinem Kumpan, dem die Flucht gelang. Ragosin gestand, daß er der nihilistischen Partei angehöre und das Geld für nihilistische Ziele verwendet werden solle.» *Aus: «Egyetértés», Donnerstag, 2. Februar 1888*

«Die deutsche Kriegsanleihe von 200 Millionen wurde von den Russen mit einer Anleihe von 300 Millionen beantwortet. Obwohl das halboffizielle ‹Journal de Saint Petersbourg› dies leugnete, wird in bestinformierten Berliner Kreisen bekräftigt, daß die russische Regierung in den letzten Tagen in Paris mit Finanzleuten über eine Anleihe von 300 Millionen verhandelt habe und daß die Verhandlungen in Bälde einen günstigen

Abschluß finden würden.» *Aus: «Egyetértés», Freitag, 3. Februar 1888*

«Krakau, den 3. Februar. Aus Rußland trafen hier durchaus zuverlässige, äußerst kriegerische Nachrichten ein: Auf allen polnischen Bahnhöfen führen zahlreiche Militärausschüsse Flächenmessungen durch, um festzustellen, wieviel Soldaten in den Bahnhöfen und der unmittelbaren Umgebung Platz finden könnten. Das Militär ist fest davon überzeugt, daß die russische Armee spätestens in zwei Wochen vorrücken wird, um gegen Preußen oder Österreich-Ungarn in Defensivstellung zu gehen.» *Aus: «Egyetértés», 4. Februar 1888*

«Der König in Budapest. Seine Majestät der König fährt mit einem Sonderzug Donnerstag früh 5 Uhr 32 in Gödöllő ab und trifft 6 Uhr 19 in Budapest ein. Diesmal wird es seitens der Hauptstadt keinen offiziellen Empfang geben. Doch der König gibt um 10 Uhr im Budaer Burgschloß eine allgemeine Audienz.»

«Bei den höfischen Jagden trat infolge der kalten Witterung bereits eine Pause ein. Die für heute geplante Jagd, zu der zahlreiche Gäste zum Sammelplatz nach Megyer gekommen waren, konnte nicht mehr durchgeführt werden. Auch morgen wird es keine Jagd geben.» *Aus: «Pesti Napló», Donnerstag, 8. November 1888*

«Eine herzlose Mutter in Nagyvárad hat ihrem Sohn die Nase abgebissen. Frau M. Z., die ohnehin ob ihrer Zanksucht berüchtigt ist, war, weil ihr kleiner Junge nicht zur Schule gehen wollte, so sehr in Rage geraten, daß sie das Kind überfiel, es mit Schlägen traktierte und ihm schließlich ein Stück der Nase abbiß. Gegen sie wurde ein Untersuchungsverfahren eingeleitet.» *Aus: «Pesti Napló», Freitag, 9. November 1888*

«Salisbury über den Frieden. – Die gestrige Rede des Ministerpräsidenten Lord Salisbury, die unsere Agenturen ausführlich wiedergaben, ist eine politische Offenbarung, die größtes Aufsehen erregen wird. Englands Ministerpräsident glaubt fest an die Aufrechterhaltung des Friedens, da seiner Ansicht nach all diejenigen, von denen die Bewahrung des Friedens abhängt, den Frieden ernsthaft und aufrichtig wünschen. Eine Gefahr für den Frieden könne höchstens entstehen, wenn irgendeine gewalttätige Volksbewegung die Kräfte, die für den Frieden eintreten, durcheinanderbrächten. Das ist eine deutliche Anspielung auf die inneren Verhältnisse in Frankreich, so daß laut Salisbury höchstens eine innerfranzösische Revolution den friedlichen Prozeß der internationalen Verhältnisse bedrohe. Nichtsdestotrotz laufen die allgemeinen Äußerungen des englischen Ministerpräsidenten ebenfalls auf das hinaus, was die Staatsmänner des Kontinents unentwegt beteuern, daß man nämlich aufrüsten und die Wehrkraft stärken müsse. Allerdings bedauert Salisbury diesen Zustand, da er dazu führe, daß allein fünf Staaten gezwungen seien, etwa 12 Millionen Mann unter Waffen zu halten. Dies sei eine traurige Tatsache, erschüttere aber nicht das Vertrauen Salisburys in die Aufrechterhaltung des Friedens. Dennoch betont er, daß einige Staaten nicht nur zwecks Selbstverteidigung rüsten würden, sondern auch, weil ein Teil ihres Volkes eifrig den Krieg wünsche. Diese Anspielung kann sich aber nicht bloß auf die Franzosen beziehen. Mit gleichem Recht gilt sie für die Russen, deren Presse bekanntlich hemmungslos gegen den Frieden hetzt. Salisbury ging noch auf die diversen Komplikationen in Ostafrika und in Asien ein, hob aber hervor, daß die Affäre Sackville die guten Beziehungen zwischen England und den Vereinigten Staaten nicht trüben werde. Interessant ist ferner, was Salisbury über die inneren Verhältnisse seines Landes sagte. Dabei bezog er sich vornehmlich auf die Verhältnisse in Irland und gab seinem entschlossenen und unerschütterlichen Willen Ausdruck, daß die gegenwärtige Regierung den Iren keine Zugeständnisse machen werde.» *Aus: «Pesti Napló», Samstag, 10. November 1888*

«Russische Okkupation auf dem Balkan. Der Korrespondent der ‹Times› in Konstantinopel teilt telegrafisch mit, das Petersburger Kabinett habe unlängst eine Note an die Pforte gesandt, in der es heißt, daß, falls die in Serbien auftretenden Unruhen zum Aufstand führten, was das Kabinett allerdings für unwahrscheinlich halte, und falls infolgedessen Österreich-Ungarn Serbien besetzen würde, Rußland sich dann der Verpflichtung enthoben fühlte, das Territorium des Balkans nicht zu okkupieren, da dieser Akt ohne die Verletzung der russischen Interessen unaufschiebbar wäre.» *Aus: «Pesti Napló», Mittwoch, 14. November 1888*

«Sarah Bernhardt und ihr Ensemble trafen Dienstag nachmittag halb sieben aus Wien in Budapest ein. Die Künstlerin nahm mit ihrem Ensemble und ihrem Impresario Maurice Grau im Grand Hotel Hungaria Quartier.» *Aus: «Pesti Napló», Mittwoch, 14. November 1888*

«Der Wehrausschuß im Parlament begann unter Vorsitz von László Tisza die Verhandlung des einschlägigen Gesetzentwurfs …

Thaly äußerte, es sei bedauerlich, wenn von dem Recht einer militanten Nation wie der ungarischen nicht geredet werde. Das Gros der Nation habe darauf nicht verzichtet und werde auch nie darauf verzichten, und die Partei, zu der er gehöre, habe sich zur Aufgabe gemacht, alles zu tun, um diese nationale Forderung zu erfüllen. Er könne also weder von seiner parteilichen noch von seiner privaten Gesinnung her den Entwurf annehmen, der die gemeinsame Armee aufrechterhalten möchte und in dem sogar eine gewisse Tendenz zur weiteren Verschmelzung enthalten sei, so daß die Armee, von der da die Rede ist, im Grunde keine gemeinsame, sondern eine einheitliche Armee sei. Eine Stellungnahme zu den Details der aufgeworfenen Fragen möchte sich der Redner noch vorbehalten, um dann für diejenigen Ansichten zu votieren, die den seinen am nächsten kommen.» *Aus: «Pesti Napló», Donnerstag, 15. November 1888*

«Seit Sonntag raffte der Tod drei große ungarische Wissenschaftler dahin. Sonntag war es Lenhossék, gestern Henszlmann und heute János Hunfalvy. Eine traurige Woche: ein trauriges Jahr, das die Blätter so oft zwingt, schwarz umrandet zu erscheinen.» *Aus: «Pesti Napló», 6. Dezember 1888*

«Paris. Die Börse befreite sich allmählich von dem Einfluß der Ereignisse, so daß sogar der Kurs der Panama-Papiere stieg, was als Zeichen gewertet wird, daß Vertrauen in eine Rettung überall vorhanden ist. In den Räumen der Panama-Gesellschaft herrschte auch heute Geschäftigkeit. In den Hallen wurden Urnen aufgestellt mit der Aufschrift, die Interessenten werden gebeten, ihren Stimmzettel einzuwerfen. Ferner sind Listen im Umlauf, in denen sich die Zuständigen verpflichten, sowohl auf Einlösung der Papiere als auch auf Amortisation bis zum Ausbau des Kanals zu verzichten und eine bindende Zusage zur Zeichnung von neuen Aktien zu machen.» *Aus: «Egyetértés», Mittwoch, 19. Dezember 1888*

«Sansibar, den 23. Dezember. Die Portugiesen trugen am oberen Sambesi einen Sieg über den Bonga-Stamm davon. General Castillo nahm Reijaza ein und zerstörte es.» *Aus: «Pesti Napló», Montag, 24. Dezember 1888*

«Traum. Der neueste Roman von Émile Zola, ‹Traum›, erschien bei Singer und Wolfner in der Reihe ‹Universale Romane› in ungarischer Sprache. Béla J. Fái besorgte die Übersetzung, und da erübrigt sich jede weitere Anpreisung. Die beiden Bände kosten 1 Forint.» *Aus: «Pesti Napló», 24. Dezember 1888*

«Die Joachim-Konzerte werden wegen der Landestrauer verlegt, und zwar das erste Konzert vom 1. auf den 4. Februar, einen Montag, und das Kammerkonzert mit Joachim, Hubay und Popper findet nicht am 4., sondern am 8. Februar, einem Freitag, statt. Die gelösten Karten behalten ihre Gültigkeit.» *Aus: «Nemzet», Freitag, 1. Februar 1889*

«Wir warnen die ‹Pesti Napló› – die in ihrer heutigen Abendausgabe sich nicht geniert, angesichts des schweren Schlages, den das Herrscherhaus traf, das Volk durch grauenhafte Verdächtigungen aufzuwiegeln und die Regierung zu beschuldigen –, daß alles seine Grenzen hat. Wer in der Lage, wie wir sie heute haben, nicht weiß, was er jenen Gefühlen schuldet, die auch uns in diesem Augenblick verbieten, die Unhaltbarkeit solcher Verdächtigungen zum Gegenstand einer Diskussion zu machen und die Anschuldigungen in ähnlichem Ton zu beantworten, der verliert den Anspruch, von ernsthaften Menschen beachtet zu werden, die dem Interesse ihrer Heimat nicht mit Sensationsmache dienen. Auf dem Niveau derjenigen, die Fensterscheiben einschlagen, unsere journalistischen Pflichten zu erfüllen, ist nicht unsere Sache. Wir wissen uns mit denen einig, die ihr Vaterland mehr lieben als ihre Leidenschaften ...» *Aus: «Nemzet», Samstag, 2. Februar 1889*

«Die verwitwete Kronprinzessin sandte fünf goldene Knöpfe, die der Kronprinz Rudolf längere Zeit getragen hat, an Mór Jokai. Die verwitwete Kronprinzessin überraschte Jókai über das Oberhofmeisteramt mit diesem Geschenk, das sie dem Dichter als ‹Andenken an ihren unvergeßlichen Mann› zugedacht hat.» *Aus: «Vasárnapi Újság», 3. März 1889*

Viertes Kapitel

Rudolf war, wie bereits erwähnt, ein Frühaufsteher. Zum einen, weil das Amt des Thronfolgers, falls man es ernst nahm (und Rudolf tat es, wie alles im Leben), viel Arbeit verlangte, die er noch vermehrte, indem er aus purem Eifer und aus Wohlwollen (oder um der eigenen Herrschaft den Weg zu ebnen?) Fleißaufgaben übernahm; zum andern stand er wohl deshalb so früh auf, weil er nicht schlafen konnte. Denn wie müde er sich fühlte, wie ausgebeutet und erschöpft sein Organismus auch war, die Nerven, die von der in Jahren angestauten Spannung zitterten, ließen sich stets nur für wenige Stunden beruhigen. In diesem Zustand befand sich Rudolf seit Wochen, womöglich seit Monaten. Am Heiligabend bekam er (unter dem Weihnachtsbaum) Weinkrämpfe, er war gereizt und grob – man erkannte ihn nicht wieder. Vorzeichen des Nervenzusammenbruchs? An jenem Montagmorgen kam noch die durch das Wartenmüssen ausgelöste Erregung hinzu: Schließlich rüstete er zum Selbstmord (wenn es stimmt). Oder wenigstens zur Entführung eines Mädchens. Und dies mußte – was auch immer der Grund dafür gewesen sein mag – zumindest mit einem riesigen Skandal enden, unabhängig davon, ob es gelang oder nicht. Wer schon würde an einem solchen Tag das Bett lange hüten können?

Nun saß Rudolf, nachdem er am Abend zuvor viel Sekt und Kognak getrunken, die Nacht mit Mizzi verbracht und nur wenige Stunden geschlafen hatte, bereits früh um sieben an seinem Schreibtisch, wie gewöhnlich, und erledigte Akten. Denn alles mußte so ablaufen wie sonst auch, damit keiner spitzbekam, was man im Schilde führte. Nur der Kronprinz selbst war nicht so wie sonst. Der allwissende Herzog Reuß meldete an Bismarck: «... dem diensthabenden Adjutanten sei aufgefallen, daß der Kronprinz entgegen seiner Gewohnheit sich nur oberflächlich und flüchtig mit den ihm vorgelegten militärischen Angelegenheiten befaßte.» Anscheinend ging ihm der «geheime Plan» durch den Kopf, denn wenn auch nichts anderes, so hatte er zumindest die Entführung im voraus geplant. Sie mußte mit der Präzision eines Stabsoffiziers ausgearbeitet werden; zu ihrer Durchführung wurde wenigstens ein Dutzend Menschen benötigt, die (obwohl sie weder voneinander noch von der ihnen zugedachten Rolle wußten und wahrscheinlich nicht einmal ahnten, daß sie an der Durchführung eines Plans, an einem großangelegten Manöver teilnahmen), die also, genau aufeinander abgestimmt, an mehreren Schauplätzen zwischen Wien und Mayerling zu agieren hatten.

Loschek und Wodicka saßen bereits im Zug, der mit ihnen in Richtung Baden ratterte, und Bratfisch, der um halb elf das Mädchen an der Augustinerrampe in seine Droschke aufnehmen wird, war vermutlich ebenfalls schon von zu Hause aufgebrochen, um im Stall die Pferde einzuspannen. Mary Vetsera schlief wahrscheinlich noch (zu dieser frühen Stunde), oder sie tat so, als schliefe sie, um die Baronin zu täuschen, denn das erregende Abenteuer ließ gewiß auch sie kein Auge zumachen.

Mit der Durchführung des «Plans» hatte man übrigens schon Tage zuvor begonnen. Am Samstag war in Wien die Gräfin Larisch eingetroffen – angeblich, um für die vorgesehene Reise zur Riviera Kleider zu bestellen. Da sie jedoch bereits am Montagabend (auf telegrafischen Befehl ihres Mannes, der ihre häufigen Reisen nach Wien satt hatte) nach Pardubitz zurückkehrte, ohne auch nur einen Modesalon aufgesucht zu haben, ist man geneigt, auf einen wohlbedachten Zufall zu schließen. Immerhin kam gelegen, daß sie sich in Wien aufhielt. Sobald sie ihr telegrafisch bestelltes Appartement bezogen hatte, begann ein emsiges Treiben im Grand Hotel Imperial. Mary Vetsera und Rudolf gaben sich an diesem Samstag quasi die Klinke in die Hand. Doch wir wollen nicht den Anschein erwecken, als wüßten wir alles genau. Der Tagesablauf ist in Ermangelung zuverlässiger Zeugen leider nicht zu rekonstruieren. Gewiß ist nur, daß an diesem Wochenende in dem Hotelzimmer die Fäden zusammenliefen und eine dramatische Szene auf die andere folgte.

Hier die erste:

«... ich wollte gerade nach Jenny klingeln, als sie überraschend in den Salon stürzte. Das Mädchen schien aufgewühlt und flüsterte mir zu:

‹Der Kronprinz ist gekommen!›

Kaum hatte sie dies ausgesprochen, als eine hochgewachsene Gestalt im Offiziersmantel den Raum betrat. Es war mein Vetter. Rudolf hatte den Mantelkragen hochgeschlagen und die Mütze tief in die Stirn gezogen. Einige Augenblicke starrte ich ihn verwundert an, dann trat er auf mich zu, küßte mir die Hand und sagte:

‹Ich hoffe, Marie, du wirst mir diesen ungewöhnlichen Besuch verzeihen.›

Ich schwieg. Der Vetter lächelte ironisch.

‹Mir scheint, du hast Mamas weise Lehren, sich in jeder Situation zu beherrschen, vergessen. Du schaust mich an wie ein verwirrtes Schulmädchen.›

‹Die Ehre deines Besuchs kommt mir ein wenig zu überraschend›, sagte ich.

‹Liebe Marie, ich muß dich unbedingt sprechen.›

Er setzte sich, legte aber den Mantel nicht ab.

‹Ich möchte kurz erklären, warum ich gekommen bin. Ich glaube, für dich ist mein Verhältnis zu der kleinen Vetsera kein Geheimnis. Nicht wahr?›

‹Man munkelt ja›, sagte ich vorsichtig.

‹Diese Antwort gereicht der Erziehung, die du bei meiner Mutter in Gödöllő genossen hast, zur Ehre. Aber mich kannst du nicht täuschen, Marie, du weißt alles!›

‹Nun, vielleicht, aber ich kann es nicht glauben.›

‹Du bildest dir doch nicht etwa ein, daß es sich um eine platonische Freundschaft handelt?› fragte der Kronprinz. ‹Wenn aber doch, dann möchte ich deinen Irrtum korrigieren. Die Sache ist keineswegs harmlos. Im Gegenteil, ich befinde mich wegen dieser Liaison in einer sehr heiklen Lage. Marie, ich rechne mit deiner Hilfe …!›

Eine Weile blickte er mich starr an und fuhr dann fort:

‹Nichts fällt den Männern leichter, als sich mit einer schönen Frau einzulassen. Mary ist ja wahrhaftig ein kleiner Teufel. Das schlimme ist, daß sie den Kopf verloren hat! Wenn du sie nicht zur Vernunft bringst, ist sie imstande, eine Dummheit zu begehen und einen Skandal zu entfesseln. Das muß verhindert werden!›

‹Du hast doch schon so viele Weiber von dir abgeschüttelt, wieso nicht Mary?›

‹Ganz einfach, sie läßt sich nicht abschütteln!› sagte Rudolf wütend. ‹Ich habe mir die Lunge aus dem Hals geredet, sie zu bewegen, Miguel von Branganza zu heiraten. Diese Lösung würde mir zupaß kommen, denn ich glaube, ich bin für die Rolle des Hausfreundes prädestiniert.›

Der Kronprinz erhob sich aus seinem Sessel, trat ans Fenster und trommelte nervös gegen die Fensterscheibe. Dann trat er plötzlich zu mir und ergriff meine Hand. Als ich seine unglückliche Miene gewahrte, fühlte ich mich an seine Mutter erinnert, wie sie einmal weinend vor mir stand, und nun war mir klar, daß ich ihm meine Hilfe nicht verwehren durfte.

‹Rudolf, ich werde dir helfen!›

‹Ich wußte, daß ich auf dich zählen kann!› sagte er. ‹Hör zu, Marie, ich habe keine Zeit, dieses Liebesspiel weiterzuspielen, ich habe Wichtigeres zu tun. Ich kann mich nicht der Liebelei hingeben, ich führe Großes im Schilde und muß meine ganze Kraft darauf konzentrieren.›

Er ließ meine Hand los und begann im Zimmer auf und ab zu gehen. Jede Bewegung zeugte von seiner aufgewühlten Seele.

‹Oh, wie habe ich dieses Leben satt!› rief er. ‹Du weißt ja, wie abstoßend unser Leben ist; du hast einen Blick hinter die Kulissen getan, du weißt nur zu gut, welch armselige Puppen wir alle sind! Wir treiben Mummenschanz, um das Volk zu ergötzen, indessen tanzen wir nach der Pfeife anderer. Und weh uns, wenn wir wagen, uns auch nur einmal natürlich zu geben! Wozu bin ich auf die Welt gekommen? Marie, wer bin ich schon …?›»

?????????

In den Erinnerungen der Marie Larisch geht die Szene weiter, aber wir wollen sie hier unterbrechen, da wir ohnehin die Absicht hegen, daraus noch reichlich zu zitieren.

Rudolf – der demnach ein zynischer, leichtsinniger und enervierter Lebemann war und sich nun unbedingt von dem peinlich gewordenen Verhältnis lösen wollte – jagte danach aus dem Hotel davon; zunächst zu dem Präparator, der die auf Jagden entlang der Donau erbeuteten Adler ausstopfte, dann zum Prater, wo er sich wahrscheinlich mit Mary traf und ihr mitteilte, daß die Durchführung des Plans angelaufen sei – obwohl nicht ausgeschlossen ist, daß Mary (falls sie gekommen war) geradewegs von der Larisch kam (und es ohnehin wußte), denn angeblich war sie im Laufe des Tages im Appartement der Gräfin aufgetaucht und hatte (falls wir der Gräfin glauben wollen) sie ebenfalls um Hilfe gebeten, die die gutherzige Dame auch ihr nicht verwehren konnte. Nach einer knappen halben Stunde springt Rudolf erneut in seine Kalesche und fährt vom Schauplatz geheimgehaltener Rendezvous zurück in die Stadt zu Adjukiewicz, dem gefragten Porträtmaler. Im Atelier des Malers hängt über einer Puppe sein Rock (damit der Meister auch in Abwesenheit des Modells arbeiten kann), in dessen Tasche man nach Rudolfs Tod einen kompromittierenden Brief der Gräfin Larisch finden wird (freilich blieb sein Inhalt unbekannt). Er schwingt sich auf das hölzerne Pferd – es entsteht nämlich ein Reiterporträt –, aber auch diesmal hat er weder Geduld noch Zeit, sich lange malen zu lassen; er eilt zurück in die Burg, um sich umzuziehen (und Püchel den bei der Gräfin Larisch [?] endgültig festgesetzten Termin des Jagdausfluges nach Mayerling mitzuteilen und Wodicka anzuweisen, davon den Grafen Hoyos in Kenntnis zu setzen), denn in den erleuchteten Sälen der Burg wird Herzog Reuß erwartet. Franz Joseph gibt ein Abendessen zu Ehren des Geburtstages von Kaiser Wilhelm, bei dem Rudolf selbstredend nicht fehlen darf. Anschließend wird er noch auf einer Soiree erwartet. Als er sich vom Tisch erhebt, hakt er gehorsam (wie auch sonst) Stephanie unter und läßt sich dann in den Palast der Herzogin Croy fahren. Nun, das sind die letzten Tage eines selbstmörderischen Prinzen.

Während Rudolf, aus «freudigem» Anlaß des Geburtstages seines ihm meistverhaßten Feindes, den Rehrücken verzehrt und sich, mit dem Lächeln eines Verbündeten auf den Lippen, mit dem deutschen Botschafter unterhält, wiewohl er von den vielen Laufereien des Tages noch stark aufgewühlt ist und vor lauter Nervosität kaum einen Bissen hinunterkriegt, den er womöglich unverdaut verschlingt – nun, etwa um diese Zeit, also sehr bald, erhält Rudolfs Plan ein Leck.

Die in Gesellschaft ihrer Zofe von der Eisbahn (oder vielleicht aus dem Prater) heimkehrende Mary wird von ihrer Mutter aufgeregt empfangen. Diese bedrängt die Tochter, alles zu gestehen, da sie ohnehin alles wisse! Es war also eingetreten, was früher oder später eintreten mußte: irgend jemand – zufällig war es die im gegenüberliegenden Palast wohnende greise Herzogin Taxis – hatte die nächtlichen Kutschfahrten verraten. Mary schweigt verbissen, vergebens, denn die Zofe gibt unumwunden alles zu; sie berichtet auch von dem bei Rodek bestellten goldenen Etui, und Frau Vetsera hört ihr (wie sie beteuern wird) verblüfft zu. Sie hat bis dahin rein gar nichts gewußt, sondern geglaubt, das Ganze sei die Schwärmerei eines unschuldigen Backfisches. Letztlich muß Mary ihre kleine Eisenkassette öffnen, in der sie ihre geheimen Schätze aufbewahrt; zum Vorschein kommt ein eisernes Zigarettenetui mit der Inschrift «Rudolf» (von dem das Mädchen behauptet, es von der Larisch erhalten zu haben, was freilich nicht stimmt), ferner eine Aufnahme Rudolfs aus dessen Kindheit (!) und ein vom Oktober datierter Brief, in dem der Kronprinz das Mädchen zu einem Rendezvous einlädt, sowie Marys wenige Tage zuvor niedergeschriebenes Testament – das allerdings von dem in verstörter Stimmung zusammengetroffenen

Familienrat als wenig ernsthaft abqualifiziert wird und so lange völlig unbeachtet bleibt, bis das Mädchen am Montag von zu Hause verschwindet. Zunächst erregt am meisten das goldene Etui die Gemüter:

«Ahnst du nicht, wie sehr dich das kompromittiert?»

Das Verdikt der Helene Vetsera lautet Stubenarrest.

Doch allzu streng bewachte man Mary nicht, denn das Mädchen floh noch am gleichen Tag aus dem Haus und stürzte zu der Gräfin Larisch ins Grand Hotel, wahrscheinlich, um sie über den Verlauf der Dinge zu unterrichten, der den Plan über den Haufen zu werfen drohte. Aber es ist auch möglich, daß die nun folgende Szene im Hotel erst am anderen Tag stattfand, also am Sonntag. Wir sagten bereits: an diesen zwei Wochenendtagen geschahen derart viele Dinge, und das Gedächtnis der sich Erinnernden wurde von so vielen Motiven beeinflußt, daß es unmöglich ist, die Reihenfolge der Ereignisse, die vielen sich kreuzenden Besuche und Begegnungen zu rekonstruieren, auch was den Kronprinzen betrifft, der von den Beamten des Baron Krauß überwacht wurde; allerdings war er in jenen Tagen, da er die Entführung des Mädchens plante, kreuz und quer durch die Stadt gefahren, wodurch ihm anscheinend gelungen war, die Behörde zu verwirren. Gelegentlich hatte man ihn aus den Augen verloren.

Nun also das Appartement der Gräfin Larisch im Grand Hotel:

«‹Alle reden vom Kronprinzen und von der kleinen Mary Vetsera›, erzählte mir Frau Müller, meine liebe alte Freundin in Wien. ‹Für ihn ist es ja nur eine seiner zahlreichen flüchtigen Liebesaffären. Die arglistige und ränkesüchtige Herzogin P. ist für Rudi viel gefährlicher als die kleine Baroneß. Die Mutter des Mädchens weiß alles, aber sie schließt die Augen davor. Allerdings ist die Sache auch kaum ernst zu nehmen.›

Plötzlich klopfte es laut an die Tür.

‹Herein!› rief ich verärgert. Die Tür ging auf, und eine dicht verschleierte Frau trat ins Zimmer.

‹Mary!› rief ich überrascht. Mary Vetsera sah mich mit erschreckender Ruhe an. Sie war totenbleich und zitterte am ganzen Leib.

‹Um Gottes willen, was ist passiert?›

Sie sank in einen Sessel. Ich half ihr aus dem Sealskinmantel, und da bemerkte ich, daß sie nur ein dünnes Hauskleid und Pantoffeln anhatte.

‹Bitte, bitte, schick mich nicht weg!› flehte sie mit fiebrigem Gesicht. ‹Ich bin fortgelaufen, Marie. Wenn ich jetzt nicht bei dir bleiben darf, springe ich in die Donau. Ich gehe nicht mehr nach Hause!› Ihre Stimme klang schrill. ‹Ich will nie mehr nach Hause!›

‹Beruhige dich, mein Liebes›, suchte ich sie zu beschwichtigen. ‹Erzähl mir, was geschehen ist, ich schicke dich nicht fort.›

Mary brach in ein herzzerreißendes Schluchzen aus.»

Man sieht, Gräfin Larisch wurde unschuldig in die Liebesaffäre Rudolfs verwickelt. (Quod erat demonstrandum.) Es hat wenig Sinn, in der Schilderung der dramatischen Szene aus der Sicht der Gräfin fortzufahren. Was die Gräfin nicht verraten will, wird sie uns nicht auf die Nase binden. Vielleicht nur noch eins: Wer ist diese Frau Müller, «meine liebe alte Freundin», die den Kronprinzen schlicht «Rudi» nennt? Nun, eifrige Mayerlingologen fanden heraus, daß sie eine Hebamme war, die den Erzherzogen auf die Welt half, also eine alte Vertraute der Habsburger. Freilich nicht gesellschaftsfähig, um Visiten abzustatten! Es fragt sich also, was Frau Müller im Hotelappartement der Gräfin suchte? Hatte ihre Anwesenheit womöglich mit dem (vielleicht gar nicht so unerwarteten) Besuch Marys zu tun?

Laut den Memoiren der Gräfin erzählte das Mädchen auf Geheiß der Larisch, was geschehen war (wir wissen es ja schon) und obendrein, daß die Mutter sie geschlagen habe und auch sonst mit ihr herzlos umgehe, sie betrachte sie regelrecht als Ware und denke nur noch daran, sie so reich wie möglich unter die Haube zu kriegen – kurzum, ihre Lage zu Hause sei unerträglich. Von Rudolf, von Entführung fiel jedoch (angeblich) kein einziges Wort. Die Larisch beruhigte das schluchzende Mädchen (unter anderem vielleicht damit, daß noch nicht alles verloren sei, ihr werde schon etwas Gescheites einfallen, habe sie nicht schon so oft den Liebenden geholfen?), und dann lieferte sie ihren Schützling zu Hause ab. Baronin Vetsera war nach Entdecken der Flucht sogleich zur Larisch geeilt, da sie anscheinend wußte, wo sie Mary zu suchen hatte, aber sie hatten sich verfehlt, denn die Gräfin war bereits unterwegs zum Vetsera-Palast, und so fand die Baronin ihre Tochter zu Hause im Bett vor.

Ein wenig Hysterie, aber gewiß nicht ungewöhnlich oder überraschend, schließlich war Wien – bedenken wir die Klientinnen des Doktor Freud – die Hauptstadt der hysterischen herrschaftlichen Damenwelt. Dennoch wäre es an diesem Punkt gut, zu erfahren, was Baronin Vetsera von ihrer Tochter wußte oder auch nur dachte – immerhin wird das Mädchen in zwei Tagen tot sein! Die in den Tagebüchern überlieferten Klatschgeschichten erwähnen übrigens auch eine eiligst beschlossene Auslandsreise – nach London oder Stambul, wo die Baltazzis über hervorragende Beziehungen verfügten, so daß für sie nichts unmöglich gewesen wäre, nicht einmal die Eheschließung mit der eigenen Nichte. Mary wäre also als verheiratete Frau (als die Gattin von Alexander Baltazzi) nach Wien zurückgekehrt und hätte dann «machen können, was sie wollte» – das soll Frau Vetsera laut Legende der Wiener Salons geäußert haben. Alles was recht ist, die Baltazzis waren schon seltsame Geschöpfe, auch ein wenig geheimnisvoll, denen man alles zutraute – die würzige und rätselhafte Atmosphäre des Orients mag sie umschwirrt haben. Und Mary und wohl auch ihre Mutter weckten bei allen – vielleicht auch bei Rudolf – die Erinnerung an Odalisken.

Aber was auch immer Frau Vetsera von ihrer Tochter dachte oder auch wußte – vermutlich äußerst wenig –, ihre größte Sorge war offensichtlich, einen Skandal abzuwenden, denn der wäre einer Vernichtung gleichgekommen, und jeglicher Zutritt zu den höheren Kreisen wäre ihnen verwehrt gewesen. Aber der Skandal drohte – unabhängig vom Flucht-

«Josl» Graf Hoyos, der Kronzeuge

Baron Krauß, Polizeipräsident von Wien

Aufnahme vom 5. November 1888,
Mary (rechts) mit Gräfin Marie Larisch-Wallersee
im «Photographischen Salon Adèle»

Graf Taaffe, österreichischer Ministerpräsident und Innenminister, Vertrauensmann und ehemaliger Mitschüler des Kaisers

Der Kronprinz als Fünfzehnjähriger

Moritz Szeps, von dem Rudolf Informationen, «eine gute Presse» und seelische Unterstützung erhielt

Das offizielle Bildnis des Kronprinzen

plan – hereinzubrechen. (Vielleicht wurden Mary und Rudolf gezwungen, eine «Entscheidung» zu treffen?) Es scheint, zu jenem Zeitpunkt war es nicht einmal mehr möglich, auch nur den Schimmer eines Geheimnisses aufrechtzuerhalten. Zu welch rechter Stunde war die Larisch in Wien eingetroffen! Allen kam sie gelegen. Auch Frau Vetsera. Die Gräfin stellte sich der Freundin bereitwillig zur Verfügung; sie nahm es auf sich, das kompromittierende eiserne Zigarettenetui dem Kronprinzen zurückzuschicken (vielleicht befand es sich in dem mit einem Brief versehenen Päckchen, das am Morgen des nächsten Tages ein Bote aus dem Hotel in die Burg beförderte), ferner versprach sie, sobald die Geschäfte öffneten, mit Mary zu Rodek zu gehen und die Rechnung des für Rudolf bestellten goldenen Zigarettenetuis auf ihren Namen umschreiben zu lassen, um jede verräterische Spur zu tilgen.

Ist das alles?

Soviel geht aus den Memoiren hervor. Und dennoch: Während im Vordergrund zwischen den als klassisch zu bezeichnenden Kulissen von Salons, Hotels, Soireen und Mädchenstuben diese Gesellschaftsposse abläuft – und zwar unter Mitwirkung empörter Großonkel, von ihren Töchtern betrogener Mütter, nichtsahnender Hofierer und als Helfershelferinnen agierender Freundinnen sowie bestochener Kammerzofen –, werden hinter den Kulissen die Vorbereitungen zu einem Doppelselbstmord getroffen. War das niemandem aufgefallen?

Siebzehnjährige Mädchen verstehen sich darauf, verstockt und entschlossen zu schweigen – insbesondere, wenn sie etwas fürchten.

Der Mythos des «Mythos von Mayerling» stilisierte den ergreifend sentimentalen gemeinsamen Tod von Rudolf und Mary – den Schlafzimmertratsch – zur Allegorie der Todessehnsucht des Reiches und machte damit jede Erklärung überflüssig. Auch wir wollen nicht die Suche nach rationalen Gründen allzusehr forcieren, dennoch sei uns eine sozusagen erdgebundene Frage gestattet, die der schon seines Amtes wegen nüchtern (um nicht zu sagen: zynisch) denkende Graf

Kálnoky, der gemeinsame Außenminister der k. u. k. Monarchie, als erster stellte, falls es stimmt, als er die «Wahrheit» erfuhr:

«Hätte man denn nicht mit den Vetseras reden können?»

Durchaus, man hätte. An dem Abend, als Marys hysterische Szene den Schatten des nahenden Nervenzusammenbruchs vorauswarf, ließ auch Frau Vetsera Rudolf wissen, daß sie mit ihm «reden» wolle. Und warum sollte Gräfin Larisch gerade diesen Auftrag nicht erfüllt haben? Es ist gewiß, daß sie die Botschaft übermittelte. Somit ist nur eine Erklärung möglich: Rudolf wollte mit Frau Vetsera nicht «reden». Ihn interessierte das kaum verhüllte geschäftliche Angebot nicht – und er beabsichtigte auch nicht, ein Gegenangebot zu machen. Aber was wollte Rudolf? Etwa dieses üble Melodram bis zum blutigen Finale spielen? Hatte er die Rolle mit der Wirklichkeit verwechselt wie ein mieser Komödiant? Oder hatte er außer der unglücklichen Liebe (warum eigentlich sollte sie unglücklich sein?) einen anderen – echten? triftigen? – Grund, zu sterben? Und hatte ihn Mary lediglich dazu ermuntert und begleitet, damit er nicht einsam das Jenseits betrat – entsprechend den Bräuchen barbarischer Stammeshäuptlinge und altertümlicher Perserkönige (dieser aufgeklärte, leichtfertige Lebemann?), die ihre edelsten Rosse und liebsten Sklavinnen mit ins Grab nahmen? Oder war es umgekehrt? Und wir sollten lieber Mary bedauern, die in backfischhaftem Aufbegehren zu ihrem Leidwesen gerade diesem lebensverdrossenen Geck über den Weg laufen mußte? Oder aber – und das darf auch nicht unbeachtet bleiben – glaubte Rudolf tatsächlich an den kitschigen Mythos? Und Mary auch? (Welche Überraschung mag es für sie gewesen sein, als sie erkannte, daß sie tatsächlich sterben wird!) Aber gingen sie denn wahrhaftig nach Mayerling, um dort zu sterben? Vom Glück erfüllt und in vollem Einvernehmen? (Wer mag das Opfer gewesen sein?) Es ist schwer, darauf zu antworten – daher die vielen Fragezeichen hinter den obigen Sätzen.

Die Fragezeichen würden allerdings erheblich abnehmen, wenn wir von Rudolf Näheres wüßten – oder mit anderen

Worten: wenn wir uns entscheiden könnten, welchen Rudolf wir zum Hauptakteur wählen möchten, welchen aus dem sich präsentierenden Angebot.

«Er war mehr als schön, er war betörend. Von mittlerem Wuchs, aber durchaus gut proportioniert, war er zwar eine weiblich-zarte Erscheinung, erweckte aber dennoch den Eindruck eines starken Mannes. Es fiel ins Auge, welch reiner Rasse er abstammte – er erinnerte an ein Vollblutpferd ... leichtfüßig, verspielt und launisch. Das blasse Gesicht spiegelte stets seine Gefühle wider; die bräunlich schillernden Pupillen leuchteten fiebrig auf, wenn ihn die Gefühle übermannten, und veränderten gleichsam ihre Form, während sie verräterisch glänzten. Er war eine empfindsame Seele und seine Stimmung wechselhaft; im einen Augenblick war er liebenswert und sanftmütig, im nächsten zornig, aber er vermochte im Nu erneut bezaubernd zu sein wie kein anderer auf der Welt. Er verstand sich darauf, die Menschen in Verlegenheit zu bringen, sein sensibles und verfeinertes Wesen leuchtete ungetrübt. Vielleicht war es sein Lachen, das die Menschen am meisten beeindruckte; ein Lachen, das an das der Kaiserin erinnerte. Rudolf war ein Meister des Wortes, mit seiner rätselhaften Macht fesselte er seine Zuhörer, die das Gefühl hatten, sie seien Auserwählte, weil sie etwas vom Geheimnis seines Wesens erahnten.»

Schönheit! Geheimnis! Magische Kraft!

Das Licht des anbrechenden Tages der Macht ist eine unwiderstehliche Verlockung. Wer in seinen goldenen Nebel schaut, dem flimmern die Augen vor Glanz, der hält die ausgestopften Schultern für Muskelpakete.

Es erübrigt sich zu sagen, daß diese Beschreibung von Frauenhand stammt. In Rudolf waren die Frauen vernarrt, wie man zu sagen pflegt – und man kann sich freilich in einem Kaiserreich keinen höheren Preis vorstellen als den Kronprinzen selbst. Mary Vetsera stand also nicht allein mit ihrer Schwärmerei. Der Wettkampf war gewaltig, allein daran teilzuhaben bedeutete Rang und Ruhm (warum auch sollte eine ehrgeizige Mutter deswegen grollen?) – freilich konnte man den hohen Preis nur durch besondere Opferbereitschaft und Kühnheit erringen.

Allerdings vermag man, betrachtet man die Fotografien, vom Zauber Rudolfs nicht allzuviel zu empfinden – doch sollten wir darüber jetzt nicht staunen, vielmehr uns freuen, daß diese sachlicheren Porträts ebenfalls erhalten blieben.

Also erneut Fotografien!

Ein nachlässig Zigarre rauchender spleeniger Dandy in Jägerkluft – vor einer Waldkulisse im Atelier. Das ist eines der letzten Fotos. Unter der Nase ein gezwirbelter Husarenschnurrbart – der gleiche, der dann auf dem Sargfoto zu sehen sein wird. Auf den wenige Monate zuvor entstandenen Aufnahmen schmiegt sich sein Schnurrbart noch an den welligen schmalen Backenbart, der am Kinn in einen kleinen Spitzbart mündet. So zahlreich die Bilder, so mannigfach die Bartarten: Schnauzbart, Kaiserbart, Spitzbart – sein Haar mal in der Mitte gescheitelt, mal nach vorn gekämmt, das frühe Kahlwerden verbergend, der Schnurrbart fällt locker nach unten oder starrt keß zugespitzt nach oben ... Jährlich, ja monatlich verändert sich der Bart, so rasch das oft beschnittene und rasierte Gesichtshaar zu wachsen vermag, damit sich das Äußere an die sich wandelnde Selbstdarstellung anpassen kann. Er ist ein beflissener Ornithologe, ein forschender und findiger Kopf, mit allen Naturwissenschaften vertraut; ein weltpolitischer Faktor, Anhänger des europäischen Liberalismus, Mitglied des Freimaurertums der aufgeklärten Neuzeit, der Schmied von großen (einstweilen aus Vorsicht) geheimgehaltenen Plänen; ein Reformkaiser, ein Umgestalter des Reiches, der seine die Völker beglückende und sie zu einem gemeinsamen Vaterland vereinigende gesegnete Macht bis zu der wissenschaftlich festgelegten, natürlichen extremen Grenze, bis Saloniki, auszudehnen gedenkt, um zusammen mit dem geistesverwandten (leider sehr kurzlebigen) deutschen Kaiser Friedrich und dem gleichfalls geistesverwandten Sohn der Königin Viktoria, Edward, das Urböse, den Dämon der Reaktion, den Zaren, nach Asien zurückzudrängen; er ist das Idol der schönen Frauen Wiens, der erste Kavalier Österreich-Ungarns; ein Fürsprecher des Fortschritts, des Gemeinwohls, des allgemeinen Gesundheitswesens und der Elektrizität, dessen Herz mit dem paffenden Pochen der Dampfmaschinen unseres modernen Zeitalters, mit dem Tempo der unaufhaltsamen Veränderungen im gleichen Takt schlägt, der Freund und Förderer des Wiener Volkes, der verkleidete Stammgast verräucherter, nach Knoblauch riechender Wirtshäuser mit Schrammelmusik in Grinzing; ein Bärentöter und ein ungarischer Herr, der sich von den Zigeunern aufspielen läßt, ein Weltbürger, ein Soldat von Schrot und Korn, der große Organisator und Veränderer; der Publizist mit scharfer Feder, geschworener Feind der Kamarilla und des reaktionären Klerus – und schließlich auf den letzten Fotos: ein erschlaffter, verzagter, früh gealterter Mahnrufer.

Er wirkt müde. Die Augen merkwürdig zusammengekniffen, schweift sein Blick über die Kamera hinweg (als würde ihn das Licht irritieren), wodurch er ein wenig ironisch oder rätselhaft zu lächeln scheint. Sein Gesicht ist eingefallen, leidvoll und – soweit man es auf dem schwarzweißen Bild erkennen kann – blaß. Er wirkt lustlos. Bedrückt ihn etwas?

«Unheimlich ist die Stille, die mich umgibt», schreibt er in einem Brief zum Jahreswechsel an den Journalisten Moritz Szeps, «wie die Stille vor einem Gewitter.» Szeps ermuntert ihn, spricht ihm Mut zu; er redet von einer großen Erneuerung, an die Stelle des überlebten Alten werde endgültig das Neue und Junge treten, und dies könne nicht mehr lange auf sich warten lassen, da doch die Welt dafür längst herangereift sei. «Man darf nicht schlappmachen in dieser stickigen Luft, man muß die physischen und seelischen Kräfte in Schuß halten, da die Zeit für Taten anbrechen wird – dies möge Eure Kaiserliche Hoheit vor Augen haben ... Und solange der Kronprinz nicht wankt, lebt auch in uns die Hoffnung auf die Zukunft, daß nämlich Österreich erneut groß sein wird, ruhmreich, frei und glücklich ... Eure Majestät wird große Taten vollbringen zum Wohle dieses Reiches, zum Wohle unseres Vaterlandes ...»

Szeps macht sich Sorgen um sein Medium. Zu Recht, hängt doch seine politische Zukunft davon ab, ob Rudolf dem Druck standhält oder daran zerbricht. «Möge endlich das Gewitter losbrechen – möge diese schreckliche Spannung sich lösen!» ruft der Kronprinz, aber dabei denkt er nicht an den Tod, sondern an den Krieg. «Greifen wir Rußland an, solange es nicht zu spät ist!» Mal platzt er fast vor Wut über seine Ohnmacht, mal versinkt er in Gleichgültigkeit. «Mich interessiert nichts mehr.» Unlängst probierte er noch, ob die Krone auf sein Haupt passe; seine Bewegungen waren zielstrebig und berechnet – jetzt aber schlägt er unbeherrscht um sich. Als wüßte er schon, daß seine Kräfte versagen werden. Statt verbissener Kleinarbeit – brüskierende Gesten. Rudolf ist gefährlich geworden – da er sich nicht mehr lenken läßt, nun ist er zu allem fähig. Szeps ermuntert ihn jedoch weiter, wie der Trainer seinem Athleten zuruft, daß nur noch eine Runde zu laufen sei und danach das Finish folge, also halte durch! Er ist sich im klaren, daß für ihn und für seine Partei Rudolf die einzige Hoffnung ist; wenn er jetzt den Thron bestiege, könnte man vielleicht noch etwas retten. Rudolf wetteifert mit einem schmächtigen, unermüdlichen, zielstrebigen Langstreckenläufer, der zwar zu altern beginnt, dafür aber um so zäher wird. Es ist schon zu erkennen, daß der Alte ihn überrunden wird. Rudolf droht zu ersticken, ringt nach Luft, doch der Alte zieht unermüdlich seine Kreise, er versteht es, die Zeit gut einzuteilen. Der Kronprinz kann nur noch mit letzter Kraft einen kurzen Zwischenspurt einlegen, dann beginnt er vor Erschöpfung zu taumeln, stürzt zu Boden und versucht nicht einmal, aufzustehen. Franz Joseph jedoch dreht seine Runden weiter.

Sein Gesicht ist blaß, sein Blick ängstlich – so sah Rudolf auf den Bildern als heranwachsender Jüngling aus: ein aufgescheuchter kleiner kaiserlicher Musterschüler, der aus Angst vor dem Vater alles paukt, was ihm die vom Hofmeisteramt ausgesuchten Professoren – fünfundfünfzig an der Zahl –, die hervorragendsten und ihrem Herrn treuest ergebenen Köpfe des Reiches, nach von höchster Stelle gebilligten Richtlinien in fünf Sprachen vorsetzen.

Hier diese Aufnahme: ein gequälter, schmächtiger, kleiner Junge – im Gehrock, mit Uhrkette und Hut. Die Ohren stehen ab, die Stirn wölbt sich vom Wissen. Franz Joseph wollte, daß man ihn zu einem vollkommenen Thronfolger erziehe – zu einem Musterthronfolger.

Auf dem nächsten Bild präsentiert er sich bereits als goldbetreßter General: um den Hals den Orden des Goldenen Vlieses, den Familienorden der Habsburger. Ein dürrer, ausgemergelter Jüngling, verlegen hält er die Glacéhandschuhe – man fotografiert ihn von unten her, von der Bauchgegend aus, da er körperlich hinter seinem Alter ein wenig zurückgeblieben ist, seine Schultern sind schmal, sein Kopf zu groß. Aber in diesem Kopf gehen keineswegs jünglinghafte und vornehmlich keineswegs eines Kronprinzen würdige Gedanken um. («Das Königtum ist eine zusammenbrechende Ruine – die Zukunft gehört der republikanischen Staatsform.») Er ist auf diesem Bild so alt, wie sein Vater war, als er den Thron bestieg. Er ähnelt ihm ja auch – nur daß Rudolf einstweilen höchstens am Geländetisch trainieren darf. Er übt das Herrschen zunächst in der Theorie, als Schulaufgabe unter Lehreraufsicht. Was kann man mit diesem aus dem Mittelalter überkommenen bunten, zusammengewürfelten Staatsgebilde machen? Wie kann man es fassen, damit es nicht gleich bei der ersten Berührung zerfällt? Franz Joseph winkt nur ab: Jugendliche Torheit, da doch alle Kronprinzen sich den Kopf über radikale Reformen zerbrechen – sagt er lächelnd und nachsichtig. Das Kapaungekrähe eines pubertierenden Jünglings. Er wird schon noch erwachsen werden. Aber nicht alle sind so väterlich nachsichtig: «Um sieben Uhr traf der Kronprinz ein, wir aßen zu zweit zu Abend, dann gingen wir in die Bibliothek; er streckte sich flegelhaft auf dem Kanapee aus, um dann bis elf Uhr Zigarren zu rauchen und Sherry zu trinken. Er redete allerhand dummes Zeug zusammen über Freiheit und Gleichheit und über die Aristokratie, die sich seiner Meinung nach längst überlebt habe, und am Ende erklärte er, sein innigster Wunsch sei, Präsident einer Republik zu sein. Mir ging indes unentwegt durch den Kopf, daß er entweder betrunken oder ein Narr sei.» *Tagebuch des Herzogs Khevenhueller*

Kurzum, es ist schon möglich, daß sich irgendein Fehler in die Rechnung eingeschlichen hatte. Die moderne und wissenschaftlich begründete Erziehung war allzugut gelungen, trug überaus reife Früchte. Die sorgfältig ausgesuchten Professoren hatten in den langen Unterrichtsjahren aus dem Erben der Kronen Franz Josephs einen kleinen «achtundvierziger» Liberalen geschnitzt. Aber einstweilen ist der angerichtete Schaden nicht allzugroß, da sich doch der Kaiser Gott sei Dank hervorragender Gesundheit erfreut; kein Grund also, daß Rudolf den Thron besteigt – und außerdem steht ihm die größte Schule des Lebens und des Herrschens noch bevor: die Armee – die einzig wahre und würdige Laufbahn aller Habsburger Erzherzoge. Folglich: das Großkreuz für den Schüler, kleinere Orden für den Lehrer, und dann heißt es: auf zum Prager 36. Infanterieregiment. Das Kommando übernehmen! Rekruten exerzieren lassen! Kann ein künftiger Herrscher wichtigere Vorstudien treiben? Indessen ist die Okkupation von Bosnien und der Herzegowina in vollem Gange. Franz Joseph vermehrt das Land (eine gewisse Genugtuung für die verlorenen italienischen Provinzen), während Rudolf vor Tatendrang und Erregung beinahe verrückt wird: vielleicht wendet sich jetzt das Schicksal Österreichs! «Erledigen wir Rußland gleich mit!» – noch des öfteren wird er so flehen, aber immer verbitterter. Doch Österreich wagt es weder jetzt noch später, sich dem drohenden Riesen entgegenzustellen, aber es wird in allen seinen Poren von Grauen gepackt; Rudolf wird weder jetzt noch später nach seiner Meinung gefragt. Doch einstweilen grollt er deshalb noch nicht.

Auch in Prag ist er ein guter Schüler, man kann wohl sagen, er ist der Primus unter den lustlos dienenden jungen Erzherzogen. Er nimmt das Militär ernst – schon deshalb, weil auch er, wie alle Habsburger, weiß, daß die Armee das Reich selbst ist; aber auch von Natur her ist er so beschaffen: ein liebenswürdiger Junge, der es gern hat, wenn man ihn lobt. Und er verdient das Lob seiner Vorgesetzten, sein Vater kann beruhigt die Meldungen lesen, so daß bald wieder ein Orden fällig ist. (Auch im Familienkreis geht es nicht anders zu: Man muß auf Ordnung und Disziplin achten – durch Belohnung und Strafe, durch Beförderung und Degradierung.) Rudolf ist fleißig und kameradschaftlich, er mag die Tschechen und möchte ihre Wünsche verstehen. Er spricht tschechisch zu ihnen und nimmt Unterrichtsstunden, um seine Aussprache zu verbessern – dennoch verachten ihn die Tschechen. Das überrascht ihn, bereitet ihm Sorgen und stimmt ihn nachdenklich. Und er schaut aus dem Fenster des Hradschins bestürzt zu, wie sich unten in der Stadt tschechische und deutsche Studenten prügeln – da er vom Nationalismus noch nie gehört hat; unter den fünfundfünfzig Professoren, unter den aufgeklärte und liberale Ansichten verbreitenden österreichisch-ungarischen Intellektuellen gibt es keinen einzigen, der ihn auf diese vom aufgeklärten und liberalen Standpunkt aus atavistische und durchweg unverständliche, aber immerhin beachtenswerte Erscheinung hinweist. Jetzt erkennt der Kronprinz, daß er in einem imaginären, abstrakten Land lebt. Da beginnt er zu politisieren. Er versucht, die tschechischen und die deutschen Liberalen miteinander zu versöhnen, wollen doch er und sie das gleiche – den heiligen Fortschritt! Von nun an sind die Meldungen über Rudolf nach Wien nicht mehr so günstig.

Rudolf soll also nach Hause, nach Wien, zurückkehren; er soll reisen, jagen, paradieren, die Länder seines väterlichen Erbes besuchen, sich in der «Interessensphäre» auf dem Balkan umschauen, an europäischen Höfen offizielle Visiten abstatten und ein wenig mit Bismarck verhandeln – er soll sich also in der Diplomatie üben und währenddes auf Brautschau gehen, er soll Bekanntschaften schließen, Ausstellungen eröffnen, sich dem Volke zeigen, damit auch er bekannt wird, er soll Grundsteine legen, Jagdtagebücher schreiben, hinter Schauspielerinnen oder Herzoginnen her sein (dabei nicht das Heiraten vergessen!), und er soll Memoranden oder außenpolitische Studien kritzeln (der Sekretär wird sie dann lesen), schließlich schickt es sich, sich für derlei Dinge zu interessieren – nur in die Politik soll er sich nicht einmischen!

Und dabei richtet er seine politischen Denkschriften bis jetzt lediglich an den Grafen Latour, den alten Erzieher und Hofmeister seiner Kindheit: «Darf ich denn reden? Wird man mich nicht für frech und rebellisch halten? Spricht ja sonst niemand mit mir über Politik, und das Recht auf selbständige Meinungsbildung wurde mir stets verwehrt ... Ich sehe jedoch die schiefe Bahn vor mir, auf der wir nach unten rutschen ... Dennoch kann ich nichts tun ... ich darf nicht einmal laut denken ...»

Schicksal, weise mir einen Weg! mag er gefleht haben, aber vergebens; je mehr er etwas zu tun versucht, desto mehr sieht er sich mit der österreichischen Gerontokratie konfrontiert. «Mir ist das Reich noch untertan ...», soll Franz Joseph gesagt haben; allzugern bastelt er, über seinen Schreibtisch gebeugt, liebevoll und eifersüchtig an den Angelegenheiten seiner Armee. Und wenn die Tschechen und die Deutschen schon übermütig aufeinander einschlagen ... nun, die Armee ist ja dazu da, um Ordnung zu schaffen.

«Ich weiß absolut nicht, was im Lande vor sich geht ...», entrüstet sich Rudolf gegenüber dem aus Galizien stammenden und um vierundzwanzig Jahre älteren Szeps, dessen Lebensweg und attraktive Karriere samt dem Aufblühen und Bankrott der von ihm geleiteten Tageblätter nahezu ein Symbol für die aufsteigende und später schiffbrüchige Laufbahn des liberalen Bürgertums ist. Rudolfs alter Lehrer, der Ökonom Carl Menger, hatte Szeps, der damals Redakteur und Herausgeber der «Neuen Freien Presse» war – ein auch in Kreisen der hohen Politik heimischer, allwissender und willensstarker Pressekönig – nach Wien mitgebracht in die Burg. Seine Beziehungen reichten von Petersburg bis London. Er war ein in europäischen Kategorien denkender moderner Intellektueller, was allerdings unter den Verhältnissen des engeren österreichisch-ungarischen Vaterlandes kein eindeutiges Lob bedeutete, da sein an die großen Entfernungen gewöhnter Blick zu Hause wohl ein wenig vernebelt war. Für alle Fälle gehörten Rudolf und Szeps – wie man zu sagen pflegt – nicht der gleichen Gewichtsklasse an. Das Blatt von Szeps war übrigens – zumindest in Wien – eine ziemlich große Macht; am Hof war das laut seinem Untertitel «demokratische Organ» samt seinem Chefredakteur verhaßt. Es war eine zwar verfassungstreue, aber liberale, ja sogar antiklerikale und antifeudale, gegenüber den Religionen tolerante, antinationalistische Zeitung – das Leibjournal des österreichischen Bürgertums. Mit anderen Worten: «ein deutschfeindliches, philosemitisches, bourgeoises Blatt mit vulgärliberaler Tendenz» – laut Einschätzung der deutschen Botschaft in Wien.

«Mir wird nichts berichtet ...», klagt der junge Kronprinz dem Journalisten gegenüber. Verständlich, daß zwischen ihnen (ihm und Szeps) eine Vereinbarung geschlossen wird: Information gegen Information. Daraus wurde ein Bündnis, ja eine Freundschaft – für Rudolf eine politisch verhängnisvolle Verbindung.

So fand also der Kronprinz sein Publikum – die von der Macht verdrängten Seelen, die gern seinen Auslassungen über ein neues Österreich, ein aufgeklärtes und bürgerliches Reich, über Industrie, Handel, Reformen und den heiligen Fortschritt lauschten. Sie ermunterten ihn und spornten ihn an, versahen ihn mit Nachrichten und stellten ihm ihr ausgedehntes Verbindungsnetz und ihre Presse zur Verfügung. Szeps (und der mit seinem Geld hinter ihm stehende Baron Hirsch – dieser internationale Bankier und Unternehmer von nahezu rothschildschem Ausmaß, der auch Rudolf gern mit einigen hunderttausend Kronen aushalf) – also Szeps und der Kronprinz manipulieren sich gegenseitig im Interesse gemeinsamer Ideen. Man kann aber wohl auch sagen, daß sie – ein rechtschaffener Intellektueller und ein rechtschaffener Prinz – einander etwas vormachen, da ja ihre Ideen in Österreich immer weniger Anklang finden. Vergebens bastelt Szeps am Image des reformfreudigen, fortschrittlichen Thronfolgers, der immer weniger einem apostolischen Herrscher, sondern in den Augen des Lesers, des österreichischen Bürgers, der allerdings den künftigen Kaiser wohl so sehen wollte, vielmehr einem modernen bürgerlichen Politiker gleicht. Und auch Rudolf versucht erfolglos, seine Ideen, wenn auch anonym, in geistreichen Zeitungsartikeln zu verbreiten. Es ist ihr Los, mehr und mehr isoliert zu werden; sogar von den großen europäischen Perspektiven werden sie im Stich gelassen ... Vergebens trifft Rudolf – insgeheim zur schwarzen Mitternachtsstunde – mit dem französischen Verwandten von Szeps – der kein Geringerer ist als Clemenceau, der spätere «Tiger» – zusammen, sie erreichen nicht mehr, als sich gegenseitig ihrer Sympathie zu versichern. Was auch Rudolf tut, es ist kaum von Belang. Dieses Österreich, wie er es sich vorstellt, will keiner – weder die jeweiligen Machthaber noch die Straße, wo bereits die Anhänger des Pangermanen Schönerer auf die jüdischen Kommilitonen einschlagen und die Sozialisten Viktor Adlers zum Ersten Mai rüsten.

Von da an sind es nur noch wenige Schritte bis Mayerling; ein von Niederlagen gezeichneter und von unheilbarer Krankheit gequälter Mann (falls es zutrifft, daß er die Syphilis hatte, wie man behauptet) bilanziert sein Leben und muß feststellen, daß er Bankrott gemacht hat; was Wunder, wenn ihm schließlich – im Morgengrauen eines nebligen, eisigen Januartages – die Nerven versagen, so daß er keinen anderen Ausweg sieht, als sich eine Kugel in die Schläfe zu jagen. Am Ende unseres langwierigen Umwegs gelang es uns also doch noch, zu einer Schlußfolgerung – oder gar Lösung? – zu gelangen. Sogleich erhebt sich jedoch die Frage: Was erreichen wir damit?

Was erreichen wir damit, wenn für Mary Vetsera in dieser Lösung kein Platz ist? Obwohl doch das gewonnene Bild durchaus überzeugend sein könnte – denn es zeigt geradezu beispielhaft die eisernen Gesetze der Geschichte in Aktion! Die großen Zusammenhänge!

Rudolf muß sterben, weil er nicht zu leben versteht, wie die Monarchie selbst.

Aber warum mußte Mary Vetsera sterben?

Sie starb, weil sie geliebt hatte?

Der Mythos ist immer selbstsicher.

Wie Mayerling jedoch keine Erklärung für den Untergang der Monarchie ist, ist der Untergang der Monarchie keine Erklärung für Mayerling.

Sehen wir also unser Fiasko ein: Wir vermochten nicht jenen Rudolf zu finden, der wie das letzte Stück eines Puzzles genau in die frei gebliebene Lücke des Bildes paßt und damit den unübersichtlichen und unverständlichen Linien den letzten Sinn gibt. Vor allem deshalb nicht, weil wir nicht wissen, was diese Menschen voneinander dachten – während sie auf Jagd und auf Pferderennen gingen, das Schicksal Europas lenkten und den Gesetzen ihres eigenen Schicksals gehorchten, weil wir nicht wissen, welche Leidenschaften, Wünsche und Absichten sie einander zumuteten. Mit anderen Worten, wir wissen nicht, worum es für sie in dem Drama ging, dessen unbewußte Darsteller sie waren. Wir wissen nicht, wo die Schminke endet und die eigene Haut zum Vorschein kommt. Darin besteht das «Rätsel von Mayerling».

Nun wird es Zeit, zu der eigentlichen Geschichte zurückzukehren.

Vor diesem wendungsreichen Umweg hatten wir davon gesprochen, daß Rudolf am 28. Januar 1889, an einem Montag, unausgeschlafen, verkatert und von Kopfschmerzen geplagt (warum sollten diese Schmerzen die Ursache für die Flucht gewesen sein?), bereits früh um sieben in seinem Arbeitszimmer in der Burg Akten erledigte. Offensichtlich studierte er die während der Nacht eingegangenen (vom Handelsministerium bereits registrierten und mit Aktenzeichen versehenen, vielleicht auch schon an höhere Stellen weitergeleiteten) Telegramme, die in der Mehrzahl wahrscheinlich aus Budapest stammten und von den Straßenunruhen anläßlich der Debatte um die Wehrgesetzvorlage im Parlament berichteten; von stürmischen parlamentarischen Szenen, von skandalösen Studentenversammlungen, von Demonstrationen, von unter rotweißgrünen Fahnen aufmarschierenden und achtundvierziger Lieder singenden und mit Kokarden geschmückten Massen. Die arg strapazierte und erschöpfte Polizei sah den Ereignissen ohnmächtig zu; dabei ging es doch im parlamentarischen Streit um das künftige Schicksal der Fundamente des im Jahre 1867 ausgehandelten Ausgleichs. Gewiß kam auch

Rudolf der Gedanke, der zugleich von kompetenteren, wie man zu sagen pflegt: maßgebenden Stellen erwogen wurde, daß nämlich ein militärischer Eingriff unvermeidlich sei.

Daran muß er gedacht haben, wenn ihn an diesem Morgen so etwas überhaupt noch interessierte. Für halb elf Uhr war die Entführung Marys angesetzt – bis dahin mußte er durchhalten. Bis dahin mußte er diszipliniert das Tagesprogramm abwickeln. Wenigstens so lange, bis ihm berichtet wurde, daß die Durchführung des «Plans» tatsächlich im Gange sei.

Im Tagebuch des Flügeladjutanten Oberleutnant Graf Orsini-Rosenberg waren für den Montag Audienzen vorgesehen. Darunter nichts Wichtiges: vornehmlich Routinearbeit, Höflichkeitsbesuche, einige Bittsteller.

Als erster kam, schon am frühen Morgen, Alexander von Battenberg, Bulgariens zum Abdanken gezwungener Fürst, der, nachdem Österreich in der Schachpartie der Großmächte sich gezwungen sah, einen Offizier zu opfern, jetzt in Wien wegen einer Abfindung antichambrierte und nach einem Fürsprecher suchte. Er hatte den Namen Graf von Hartenau angenommen und bemühte sich, in die Armee Franz Josephs aufgenommen zu werden. Rudolf war freundlich zu ihm, sagte ihm jede Unterstützung zu und lud den vertriebenen Herrscher sogar zur Jagd ein: Möge er mit ihm nach Mayerling hinausfahren, wo eine vorzügliche kleine Gesellschaft versammelt sein werde. Doch Battenberg schlug die liebenswürdige Einladung aus, da er noch am gleichen Tag nach Venedig weiterfahren wollte.

Nach Battenberg stand Berthold Frischauer auf der Warteliste – der geheime Pressereferent des Kronprinzen, ansonsten Szeps' Vertrauensmann und Mitarbeiter des «Wiener Tagblatts». Er legte Rudolf Abschriften von den aus Paris eingegangenen Telegrammen vor: das Endergebnis der Wahlen. Wahrscheinlich war auch Szeps selbst zugegen (obwohl sein Besuch – dahinter mag Absicht stecken – im Tagebuch des Flügeladjutanten nicht vermerkt ist), er hatte den Kronprinzen (falls es zutrifft) bereits in der Nacht aufgesucht, waren doch die Nachrichten aus Paris und Budapest von großer

Tragweite, so daß sie besprochen werden mußten. Er wollte den Kronprinzen instruieren, dessen Gedanken in die richtige Bahn lenken. Falls der Vergeltungskrieg zwischen Frankreich und Deutschland ausbräche (womit man zu jenem Zeitpunkt rechnen mußte), dann müßte Österreich allein dem die Arme nach dem Balkan ausstreckenden Rußland widerstehen. Sollte Rudolf warten, bis das eintraf? Sollte er deswegen am Leben bleiben? Um Augenzeuge der sicheren Niederlage zu sein? Sollte er zusehen, wie Österreich ausgelöscht wurde?

Im Vorzimmer wartet nun Oberstleutnant Mayer, um empfangen zu werden. Unter dem Arm die dienstlichen Angelegenheiten der 25. Infanteriedivision, die er dem nominellen Divisionskommandeur zur Unterschrift mitgebracht hat. Entgegen der von ihm in Militärsachen geübten Sorgfältigkeit und Gewissenhaftigkeit kritzelt der Kronprinz diesmal – wie bereits bekannt – nervös und ungeduldig seinen Namen unter die Akten. Die Zeit drängt: Gerade ist der Bote mit dem Brief eingetroffen und einem kleinen Päckchen der Gräfin Larisch; enthielt es das Zigarettenetui? Der Brief ließ Rudolf jedenfalls einen wichtigen Umstand wissen (wenigstens ist es zu vermuten): Die Durchführung des Plans war im Gange.

«Um zehn Uhr, als der Oberstleutnant gegangen war, trat der Kronprinz aus seinem Arbeitszimmer und sagte zu mir: ‹Püchel, das Mayerlinger Programm wird abgeändert, ich fahre schon heute hinaus. Loschek, Wodicka sowie das Wirtschaftspersonal sind bereits unterwegs, mich holt der Wagen um zwölf ab. Ich warte nur noch auf einen wichtigen Brief und auf ein Telegramm, dann fahre ich.›»

Aber statt sich in das Kriegsmuseum zu begeben, wo man ihn zu einer Besprechung erwartet, schließt er sich in seinen Gemächern ein und schreibt – vielleicht jetzt – die Abschiedsbriefe. Man wird sie später in seinem Arbeitszimmer, im verschlossenen Fach des neben dem türkischen Diwan stehenden kleinen Tisches, finden: Sie sind an Maria Valeria, an die Mutter, an Stephanie – und an Mizzi Caspar gerichtet.

Das sind nur noch Schlußakte, denn ansonsten hat er ja bereits alles arrangiert.

Am Nachmittag des Vortages (?) hatte er nochmals die Gräfin Larisch-Wallersee im Grand Hotel besucht. Warum? War etwas dazwischengekommen? (Marys Stubenarrest?) Oder hatte er etwas vergessen?

«Verblüfft starrte ich ihn an. Kaum erkannte ich meinen eigenen Vetter. Er war blaß und gebrochen. Seine Augen strahlten einen seltsamen Glanz aus. Er besaß hypnotische Gewalt über mich.

‹Um Himmels willen, was ist passiert?› stammelte ich.

‹Ich bin in Gefahr. Ich rede jetzt zu dir wie von Mann zu Mann. Du bist der einzige Mensch, dem ich vertrauen kann. Schwöre, daß du niemals verrätst, was ich dir jetzt sagen werde.›

‹Ich schwöre.›

Er sah mich mit einem merkwürdigen Blick an, dann zog er einen kleinen dunklen Gegenstand unter seinem Offiziersmantel hervor. Eine Kassette, eingenäht in eine Stoffhülle. Unwillkürlich stutzte ich, doch mein Vetter legte mir die Hand auf die Schulter.

‹Nimm die Kassette an dich und verstecke sie unverzüglich an einem sicheren Ort. Sie darf unter keinen Umständen in meinem Besitz gefunden werden. Der Kaiser kann jeden Augenblick die Durchsuchung meiner Privatgemächer anordnen.›

‹Der Kaiser ...!› sagte ich keuchend.

‹Ja, der Kaiser.›

Damit drückte er mir die Kassette in die Hand, sie war schwer wie Blei.

‹Und wie lange muß ich dieses schreckliche Ding aufbewahren?›

‹Bis ich es zurückverlange – ich oder ein anderer. Außer mir kennt nur noch einer den Inhalt der Kassette, und nur jener hat außer mir das Recht, sie zurückzufordern.›

‹Wer ist das?›

‹Der Name tut nichts zur Sache. Das Kennwort besteht aus vier Buchstaben: R. I. U. O. Merke sie dir gut. Wer sie dir nennt, dem händigst du die Kassette aus.›»

Im weiteren erfahren wir, daß Rudolf fürchtete, vor ein Kriegsgericht gestellt zu werden – und zwar aus Gründen, die den Vater veranlassen könnten, seinen Sohn und Nachfolger ohne Zaudern sogar erschießen zu lassen.

Ging es um Politik? Wir müssen es vermuten, und so will es auch die Gräfin Larisch. Doch es scheint, als sei diese Szene einem anderen Roman entnommen. Nun haben wir ein Rätsel mehr – das heißt erneut etwas, was unerklärlich ist. Was bedeuten die Buchstaben? Für sie eine Lösung zu finden ist nicht so leicht wie für die Buchstaben im eisernen Ring, den Mary als Geschenk erhielt. Es sind freilich mehrere Lösungen bekannt. Die eine besagt, daß die vier Buchstaben die Abkürzung für R(udolf) I(mperator) U(ngarn) Ö(sterreich) sind. Wenn dies zutrifft, dann steht außer Zweifel: Rudolf strebte nach dem Thron, aber die Verschwörung (der Verrat!) wurde aufgedeckt, und der Königssohn mußte fliehen, und als er einsieht, daß sein Plan gescheitert ist und er nicht mehr fliehen kann, jagt er sich eine Kugel durch den Kopf (stürzt er sich in sein Schwert).

Aber welche Beweise gibt es? Keine!

Das ist doch selbstverständlich, dringt das Gelächter der Verschwörer aus dem Grab hervor. Der wichtigste Beweis ist ja gerade, daß es keinen Beweis gibt. Weil man sie verschwinden ließ! Weil alles beiseite geschafft wurde! Von geheimen Kräften!

Verschwörer – Gegenverschwörer; Kamarilla – Freimaurer. Ein unerbittlicher Kampf wird um die Macht geführt – und man ist nicht wählerisch in den Mitteln. Ihre Geheimagenten morden und entfachen Revolutionen. Die Fäden führen vielleicht zu Pariser Bankiers oder an den Berliner Hof. Sie sind es, die die in schwarze Mäntel gehüllten, bärtigen Anarchisten mit brennenden Augen manipulieren, ihre Anhängerin ist auch jene schöne Frau, die mit Raffinesse selbst den Kronprinzen in ihr Netz lockt, ins Verderben stößt, bis er keinen anderen Ausweg sieht, als sein junges Leben mit eigener Hand auszulöschen, sich zu opfern, damit er nicht das ganze Land mit sich in den Abgrund reißt. Oder aber er vernimmt die Stimme des Gewissens, erhebt sich gegen seine Manipulatoren – und deshalb muß er sterben, durch die Hand eines Meuchelmörders. Oder läßt ihn die Kamarilla beiseite räumen, weil die obskuren Kräfte es nicht dulden können, daß er die Fahne der ungarischen Freiheit entrollt. Welch eine Genugtuung für die tragische ungarische Seele! Ist doch ihr (unser) ewiges Los, daß man sie (uns) hintergeht, betrügt und ausspielt. Kann denn das ungarische Fatum eine bessere Bestätigung finden als den blutigen Leichnam des Kronprinzen? Nicht einmal davor sind sie zurückgeschreckt! Weil sie die Ungarn fürchten!

Leider gibt es weder für die Verschwörung noch für die geheimnisvolle Kassette Beweise. (Nur in Klammern, aber es gehört hierher: Laut Behauptung der Gräfin kam eines Nachts Erzherzog Johann von Toscana, um die Kassette zu holen, kurz nach Rudolfs Tod; der Erzherzog teilt der Gräfin mit, daß sich der Kronprinz im letzten Augenblick als feige erwies und nicht den Mut aufbrachte, zu Taten zu schreiten – dann verschwindet auch er im Nebel, legt nach einigen Monaten seinen Rang ab und nimmt den Namen János Orth an. Er läßt sich anheuern, und nach einem Sturm wird jede Spur von ihm verlorengehen.) Das versteht sich.

Ein Geheimnis ist eben darum ein Geheimnis, weil man es nicht enträtseln kann. Wollen wir also aufhören, es enträtseln zu wollen, weil es dazu nicht geschaffen ist, sondern, um angesichts seiner Untiefen zu erschauern. Wahrscheinlich hatte sich die Gräfin nicht zuletzt deshalb diese Szenen ausgedacht. Das wäre übrigens die einfachste Erklärung – wenn wir nun unbedingt eine Erklärung haben möchten. Schließlich hatte sie im Verlauf ihres langen und abenteuerlichen Lebens ständig mit pekuniären Sorgen zu kämpfen (so daß sie auf das wenn auch noch so geringe Honorar angewiesen war), und dies knabbert an weitaus standhafteren Charakteren, als sie einer war.

Finden wir uns damit ab, daß es außer Baron Krauß kaum einen glaubwürdigen Menschen in dieser Geschichte gibt, und nun fahren wir fort. Doch zuvor noch eine Anmerkung zu dem am Montagvormittag des 28. Januar stattgefundenen Ereignisses: Es steht nicht fest, daß man die Abschiedsbriefe im Arbeitszimmer auf der Burg fand. Baron Slatin, Sekretär des vom Hofmeisteramt offiziell entsandten Untersuchungsausschusses, soll im Schlafzimmer des Mayerlinger Schlosses, auf dem kleinen Hocker neben dem Bett oder vielleicht auf dem Nachtschrank, ebenfalls Briefe gesehen haben; insgesamt sieben an der Zahl und außerdem ein Telegramm an den Abt von Heiligenkreuz. An wen die Briefe adressiert waren, davon spricht Baron Slatin in seinen Memoiren leider nicht.

Also bleibt die Frage: Fuhr Rudolf von vornherein nach Mayerling, um dort mit der Geliebten zu sterben?

Doch nun wollen wir die Ereignisse des Montagvormittags weiter verfolgen, da noch von wichtigen Dingen zu berichten ist.

Kurz, womit auch immer Rudolf nach dem Fortgang des Oberstleutnants befaßt war, er hatte dafür nur eine einzige knappe Stunde, da etwa um elf der besagte und erwartete Brief eintraf. Sicher wurde auch er von einem Boten Püchel überreicht, der ihn dann im Arbeitszimmer Rudolf übergeben wollte – doch zu seiner Überraschung traf er ihn hier nicht an, und er mußte in allen Räumen suchen, bis er schließlich im Schlafzimmer auf ihn stieß. Rudolf stand am Fenster und starrte auf den entvölkerten Platz vor der Burg; zerstreut und tief in Gedanken versunken zog er seine Taschenuhr auf.

Jetzt wäre gut zu wissen, wer der Absender des Briefes war. Gräfin Larisch? Sie berichtet, daß sie laut Abmachung das Hotel verlassen habe, um Mary zu holen, und daß sie dann zusammen mit ihr zu dem Juwelierladen des Herrn Rodek gegangen sei, um die kompromittierende Rechnung für das goldene Etui auf ihren Namen umschreiben zu lassen.

Nun, was auch immer der Brief enthielt, die Gräfin erschien um elf Uhr (also zur gleichen Zeit, als der Brief in der Burg eintraf) im Palast der Vetseras.

«Mary hatte ihr Haar schlicht zusammengeknotet, ihr ganzes Wesen wirkte frisch und jungfräulich. Sie schien eher eine andächtige Braut als so leidenschaftlich, wie sie sich in den letzten Tagen gegeben hatte. Sie trug ein eng anliegendes, mit einem schwarzen Besatz geschmücktes dunkelgrünes Kleid englischen Zuschnitts», schreibt die Gräfin, die ein gutes Gespür hat für der Glaubwürdigkeit dienende Details, «und während sie sich ein kleines goldenes Kreuz um den Hals hängte, sagte sie zu mir:

‹Wir können gehen.›

Agnes brachte ihr den mit einer Straußenfeder geschmückten grünen Filzhut, und Mary band einen schwarzen Schleier darum, damit ihr Gesicht nicht zu erkennen war. Sie schlüpfte in ihren Sealskinpelz mit dem dazugehörigen Muff. Es schien mir, als hätte ich sie nie zuvor so elegant gesehen.

Mary küßte beim Abschied gelassen ihre Mutter; als wir jedoch das Boudoir verließen, fiel die Maske der Ruhe von ihrem Gesicht – und sie stürzte die Stufen hinab und sprang in die auf der Straße wartende Droschke ...

‹Mary, ich muß dir etwas sagen. Ist dir klar, daß ich gegen Onkel und Tante handele, indem ich dich zu einem Rendezvous mit dem Kronprinzen in die Hofburg führe?›

Sie schwieg.

‹Folge meinem Rat und mach Schluß mit dieser Episode, da ich sonst traurige Konsequenzen für uns alle befürchte.›

Mary sah mich an, und ich werde den Blick ihrer schönen Augen nie vergessen. Aus ihnen strahlte mir überirdische Liebe entgegen.»

Als ihn Inspektor Habrda zum erstenmal verhörte, ließ Franz Weber, der Droschkenkutscher Nr. 58, kein einziges Wort von der Burg fallen. Er sagte aus, daß um halb elf in der Salesianergasse zwei Damen in seine Droschke gestiegen seien, die Gräfin Larisch und ein junges Fräulein, das ihm unbekannt gewesen sei. Er habe sie zum Juwelierladen Rodek auf dem Kohlmarkt gefahren. Dort sei die Gräfin ausgestiegen und in den Laden hineingegangen, während die junge Dame in der Droschke geblieben sei. Um das Warten abzukürzen, sei er vom Bock geklettert und habe sich die Auslagen angeschaut; plötzlich habe er bemerkt, daß die junge Dame rasch aus seinem Wagen gestiegen und in einen vorbeifahrenden Fiaker ohne Kennzeichen umgestiegen sei, der für einen Augenblick gehalten habe, um dann eiligst weiterzufahren. Nein, leider habe er den Kutscher nicht erkannt, und er erinnere sich nicht einmal an die Farbe der Gäule. Nach einer Weile sei der Geselle aus dem Laden gekommen, um die junge Dame zu holen, die er aber nicht mehr angetroffen habe. Da sei die ungeduldige Gräfin aus dem Laden herbeigeeilt, und als sie das Verschwinden der jungen Dame konstatiert habe, habe er, Franz Weber, die Order bekommen, in die Salesianergasse zurückzukehren. All dies sei ungefähr um dreiviertel elf bis elf Uhr geschehen, sagte der Droschkenkutscher vor Inspektor Habrda noch am gleichen Tage aus.

Die Gräfin stürzte totenbleich in die Wohnung der Baronin Vetsera: «Mary ist verschwunden! Sie ist mir entflohen!» rief sie verzweifelt und sank schluchzend auf das Kanapee.

Dann kramte sie aus ihrem Ridikül einen Zettel hervor, auf dem mit Marys Handschrift geschrieben stand: «Ich kann nicht weiterleben! Heute endlich gewann ich einen Vorsprung. Bis Du mich einholst, bin ich rettungslos den Wellen der Donau preisgegeben. – Mary.»

«Das habe ich auf dem Sitz im Fiaker gefunden», sagte sie und überreichte den Zettel der Mutter.

Erstaunlicherweise entsteht im Hause Vetsera nach diesem Vorfall keine echte Aufregung. Die Gräfin (die freilich eine Rolle spielt und mehr weiß, als sie sagt) scheint jedenfalls viel mehr mitgenommen als Marys Mutter oder ihre Schwester. Sic sind offensichtlich derlei Erpressungen gewohnt. Gewiß, Frau Vetsera vergießt Tränen, aber eher aus Nervosität denn aus Verzweiflung. «Ich habe ja gewußt, daß sie früher oder später etwas Unüberlegtes tun wird!» Aber dann ist sie es, die die Gräfin tröstet: «Dich, Liebste, trifft keine Schuld.»

Die Larisch (die sich erschreckt haben mag oder Gewissensbisse bekam) erwähnt vorsichtig, daß vielleicht Rudolf ... Aber das erübrigt sich, denn selbstverständlich – und in Anbetracht der Prämissen ist es in der Tat natürlich – denken ohnehin alles, daß gewiß Rudolf ...

Den Selbstmord, Marys Drohung, nimmt man nicht ernst. Und man kann es auch nicht ernst nehmen. Als sich Gräfin Larisch auf Beschluß des Familienrates schließlich ins Polizeipräsidium begibt, kommt auch Baron Krauß nicht in den Sinn, einen Detektiv zum Donauufer zu schicken. Zwar taucht vor ihm das Bild der von Schneematsch verschmutzten winterlichen Donau auf – und in Gedanken assoziiert er sie mit der pikanten kleinen Visage der neuerlichen Geliebten des Kronprinzen –, aber nur, um sich zu bestätigen, daß dies überflüssige Mühe wäre. Die Glücksfee der Pferderennbahnen wird sich bestimmt nicht in die Donau stürzen. Und auch die Larisch scheint dies in ihrer anspielenden Manier zu bekräftigen: «Sie liebt und genießt doch das Leben allzusehr!» Wäre er hellhörig, könnte der Polizeipräsident daraus einiges folgern.

Allerdings wissen sowohl Baron Krauß als auch Gräfin Larisch mehr, als sie einander verraten. Die Gräfin, wie aus dem bisher Gesagten zu vermuten, lügt einfach. Sie ist natürlich Komplizin, da es sich jedoch um eine heikle Sache handelt, möchte sie ihr eigenes Risiko auf ein Minimum senken. In ihrer peinlichen Situation spielt sie auf Rudolf nur an (vielleicht glaubt sie wirklich, daß sich das Mädchen bei ihm auf der Burg befindet), um den Präsidenten zu einer Aktion zu ermuntern, aber lieber wäre ihr, wenn Krauß von sich aus darauf käme, was zu tun sei. Für alle Fälle fragt sie, ob die Sache dem Kaiser ans Ohr gelangen könne. (Fragt sie aus Besorgnis, oder will sie mahnen?) Doch Baron Krauß – der indes sicher auch an Franz Joseph denkt – hütet sich, in die skandalumwitterte Sache verwickelt zu werden, zumal er zu jener Zeit aus der Meldung des Wachpostens in Margareten (wahrscheinlich) schon weiß, daß der Kronprinz die Stadt verlassen, und sogar, daß er Kurs auf Mayerling genommen hat. Die Anzeige der Larisch über das Verschwinden des Mädchens ergänzt für ihn lediglich das Bild; jetzt kann er dem Jagdausflug mehr Sinn abgewinnen.

Wie und warum das Mädchen von zu Hause geflohen ist – es wird sich noch herausstellen –, interessiert Baron Krauß nicht sonderlich. Dies wird erst am Mittwoch von Belang sein, wenn Polizeioberrat Heide sich daran macht, das ganze Knäuel zu entwirren. Dann fahndet man bereits nach den Schuldigen. Man nimmt sich jetzt Bratfisch vor. Von ihm ist allerdings nur zu erfahren, daß er etwa eine halbe Stunde in seinem Wagen (mit heruntergelassenem Vorhang) an der Augustinerrampe gewartet habe, wie ihm der Kronprinz geheißen, bis gegen elf Baroneß Mary Vetsera durch einen Seitenausgang (ein kleines Eisentor) aus der Hofburg getreten und – allein – in den Fiaker gestiegen sei. Er habe sie dann zu dem Gartenrestaurant Roter Stadl gefahren, das entlang der Ausfallstraße nach Schönbrunn liege, kurz vor Breitenfurt. Dort habe er warten müssen, wegen der großen Kälte habe er die Gäuler auf und ab traben lassen, bis nach geraumer Zeit der Kronprinz aus Richtung Wien zu Fuß auf dem Hügel aufgekreuzt sei. Danach hätten sie die Reise gemeinsam nach Mayerling fortgesetzt.

Aus Bratfischs Aussage geht hervor – falls er sich an die Uhrzeiten genau erinnerte –, daß sich Mary, kurz nachdem sie ihrer Gardedame entflohen war, in der Burg aufhielt. Ja, sie war sogar von dort schon fort!

In ihren Memoiren gesteht dann auch die Larisch (was freilich ebenso die Polizei alsbald herausbekam), daß Mary am Vormittag dieses Tages nicht bei Rodek gewesen, sondern gleich von zu Hause – nachdem sie unterwegs einen kurzen Abstecher zum Wäscheladen Weiße Katze (wozu?) gemacht hätten – in die Burg gefahren sei. Was dort geschah, davon berichtet nur die Larisch. Nehmen wir ihren Bericht mit Vorbehalt zur Kenntnis.

Die vielzitierte kleine Eisentür, die zur Augustinerrampe führte, war nur angelehnt, hinter ihr wartete Rudolfs alter Lakai Nehammer – wie schon am 5. November. Stumm geleitete er sie über steile, dunkle Treppen hinauf. Dann öffnete er eine Tür, und sie – die Larisch und Mary – fanden sich auf dem flachen Dach eines Flügels der Burg wieder. Vermutlich hatten die beiden diesen windungsreichen geheimen Weg zu Rudolf schon einmal zurückgelegt, gleichwohl sind sie von dem sich ihnen darbietenden Panorama überrascht, denn es ist helllichter Tag. Das erregende Abenteuer entlockt ihnen nervöses Gelächter, sie sind bestürzt, als sie aus der windigen Höhe auf die Stadt hinabblicken, und sie müssen daran denken, was wohl Königin Elisabeth sagen würde, wüßte sie, daß sie über ihren Kopf hinwegschreiten. Darüber müssen sie abermals lachen. Der alte Lakai schaut ihnen gleichgültig zu – er hat so etwas schon erlebt, er kennt diesen Seelenzustand. Er hat Zeit, er drängt sie nicht. Gräfin Larisch behauptet, ihr sei nun der Gedanke gekommen: «Wir müssen umkehren, solange es nicht zu spät ist!» Aber Mary hat sich bereits entschlossen, seit langem schon hat sie das Heft in der Hand. Sie läßt einem keine Zeit zum Nachdenken – sie setzt ihren Weg fort. Nehammer führt sie zu einem niedrigen Fenster, das von einem höher gelegenen Seitenflügel auf das Dach geht; sie müssen hindurchklettern, raffen die Röcke hoch, kichern hysterisch, Nehammer wendet sich ab. Ein feines Lächeln huscht über sein Gesicht. Dann tasten sie sich erneut durch das Halbdunkel – diesmal geht es die Treppe hinunter. Die Burg ist vollgestopft mit Leibwächtern, aber hier ist keine einzige Seele. Nicht einmal der Gang wird bewacht, in den sie am Ende der Stufen gelangen. Durch eine Tür geraten sie in ein schmales Zimmer, ringsum an den Wänden Geweihe, ausgestopfte Vögel, Jagdgewehre. Noch eine Tür, und die Eintretenden blendet ein starkes Licht. Sie stehen allein in dem weißwandigen, reich mit Gold verzierten Raum. Nehammer ist wortlos verschwunden.

Die Larisch hat nicht einmal Zeit, sich zu wundern, sie wechselt nervös einige Worte mit Mary, die sich hier offensichtlich wie zu Hause fühlt, und schon öffnet sich die Tür gegenüber. Herein tritt Rudolf, im Hausmantel, und begrüßt fröhlich lächelnd die Gäste.

«‹Kommt in mein Zimmer, dort ist es gemütlicher.›

Der Kronprinz geleitete uns in einen angenehmen, hellen Raum. Überall Zeitschriften, Bücher und viele Blumen. Ein gewaltiger Flügel. Auf dem Schreibtisch lag eine Brille, und ich kam aus dem Staunen nicht heraus, wie Stephanies Brille hierhergeraten sein mochte, da man allgemein vermutete, daß Rudolf und Stephanie sich gegenseitig in ihren Gemächern schon seit langem nicht mehr besuchten.

‹Ich möchte ein paar Minuten mit Mary unter vier Augen reden›, sagte Rudolf. ‹Du hast doch nichts dagegen, Marie?›»

Rudolf bittet aus purer Höflichkeit um das Einverständnis der Gräfin, da doch die Larisch gerade dies beabsichtigt hatte, als sie das Mädchen von zu Hause mitnahm. Die Frage ist also rein rhetorisch, die Gräfin widerspricht dennoch, weil sie plötzlich ein ungutes Gefühl befällt. Das entnehmen wir den Memoiren.

Aber Rudolf hört erst gar nicht hin, er drängt das Mädchen gleich ins Nebenzimmer. Zu ihrer Beruhigung ruft er ihr noch zu: «Es dauert nur zehn Minuten», und dann verschließt er hinter sich die Tür.

Die Larisch geht nervös auf und ab, sie schaut aus dem Fenster und konstatiert, daß sie sich genau gegenüber den Gemächern der Kaiserin befinden; unten im Hof eine Paradewachablösung mit Militärmusik – also muß es eine volle Stunde sein, etwa elf Uhr; vor einer halben Stunde hatten sie den Vetsera-Palast verlassen. Seltsam, erfuhren wir doch von Püchel, daß er genau um diese Zeit alle Räume nach seinem Herrn durchsucht hatte, den er dann schließlich im Schlafzimmer tief in Gedanken versunken fand und mit dem Brief aufschreckte. (Demnach konnte er nicht von der Gräfin stammen, da sie sich gerade bei dem Adressaten aufhielt.) Der brave und glaubwürdige Püchel (war er etwa ein Agent des Barons Krauß?) war jedoch weder ihr noch dem Mädchen begegnet – vorausgesetzt, daß er (aus Pietät, auf Order?) nichts verschwieg. Kurzum, nehmen wir an, daß in den verschlungenen Gängen (die Räume wurden nach Wunsch ihrer wechselnden Bewohner stets umgebaut – und auch seither, so daß man den Schauplatz heute nicht mehr rekonstruieren kann) der Lakai und die Damen sich verfehlten. Viel Zeit kann jedenfalls zwischen der Ankunft der beiden Damen und der des Briefes kaum verstrichen sein.

Die Larisch ist also nervös und ungeduldig – wie jemand, der sich seiner Sache nicht ganz sicher ist. Sie wittert Gefahr (darunter ist wohl lediglich ein Skandal zu verstehen) – für sich oder für das Mädchen? –, obschon sie dazu keinen Grund hat, falls stimmt, was sie behauptet, und sie von der Entführung des Mädchens nichts weiß und in der Tat glaubt, daß sie Mary nur zu einem flüchtigen (ja sogar Abschieds-) Treffen in die Burg begleitet habe.

«Da trat Rudolf herein. Allein.

‹Wo ist Mary?›

Er lächelte, beachtete aber meine Frage nicht, sondern machte sich daran, alle Türen des Zimmers abzuschließen.

‹So antworte doch! Was ist geschehen?› fuhr ich ihn an.

Der Kronprinz ergriff meine Hand: ‹Beruhige dich›, sagte er. ‹Du wirst ohne Mary zurückkehren müssen.›

Durch das Fenster drang Militärmusik. Mir wurde übel vor Angst.

‹Du scherzt! Du weißt nicht, was du redest!›

‹Marie, dir bleibt nichts anderes, als unverzüglich zu gehen.›

Seine Schroffheit trieb mich fast zum Wahnsinn.

‹Ohne sie gehe ich nicht!›

‹Mary ist nicht mehr in der Burg.›

Vor Schreck verlor ich fast die Sinne. Als ich mich mühsam gefaßt hatte, fuhr er fort:

‹Geh zurück zu der Baronin und sag ihr, daß Mary dir entflohen sei.›

‹Ich gehe zur Kaiserin!› rief ich erregt und eilte zum Fenster, um nach Hilfe zu rufen. Doch Rudolf hielt mich fest.

‹Du! paß schön auf, sonst wird es dir übel ergehen!› sagte er zähneknirschend und mit beängstigender Stimme.

‹Du bist wahnsinnig ...›, sagte ich erschauernd. ‹Laß mich los ... Laß mich sofort los ...›

‹Schwöre, daß du schweigen wirst. Sonst töte ich dich!› zischte er und drückte mir den Revolver an die Schläfe.

‹Du hast mich betrogen! Du hast dein Wort gebrochen!›

‹Soll ich dich töten?›

‹Tu's doch!› schrie ich ihm verzweifelt ins Gesicht.›»

Dies bleibt freilich aus, so daß die Szene im weiteren viel von ihrer Dramatik einbüßt; sie verflacht zu einer sachlichen Unterredung darüber, was wem die Larisch sagen, wie sie den Droschkenkutscher bestechen soll, damit er nach Wunsch aussagt, falls man ihn befragen sollte. («Was? Fünfhundert Kronen?» sagt Franz Weber kopfschüttelnd. «Ein wenig zuviel für eine Frau!»)

Mary ist ja zu der Zeit – laut Bratfisch bestieg sie den Wagen etwa um elf – bereits auf dem Wege nach Mayerling, aber angeblich weiß das die Larisch nicht. Wir jedoch sollten nicht unsere Zeit verschwenden, um die diversen Widersprüche zu schildern oder zu entwirren. Wichtig ist, daß sie aufgewühlt, zitternd vor den Folgen (das mag zutreffen) und tief besorgt um das Mädchen sich auf den Weg macht, um bei Rodek die von Rudolf ausgedachte Komödie zu spielen. Sowohl Mary als auch Rudolf sieht sie jetzt zum letztenmal.

Der Abschied:

«Plötzlich nahm Rudolf meine Hand.

‹Laß uns nicht in Unfrieden scheiden, Marie›, bat er. ‹Wenn du wüßtest, wie unglücklich ich bin ... Aber vielleicht kommt noch alles ins rechte Gleis ... dereinst. Versprich mir nochmals, Stillschweigen über alles zu bewahren!›

‹Ich verspreche es›, flüsterte ich kaum vernehmbar.

Da zog mich der Kronprinz an sich und schloß mich in die Arme. Zum ersten und zum letzten Mal küßte er mich auf den Mund.»

Vorhang.

Aber welch Geheimnis muß die Larisch als Entgelt für den dramatischen Kuß bewahren? Was war in der Hofburg geschehen? Überhaupt, warum mußte Mary dorthin gehen? Warum stieg sie nicht auf der Straße zu Bratfisch um? Hätte sie sonst von ihrer Gardedame nicht freikommen können? Aber die Larisch war ja eingeweiht. (Oder irren wir uns?) Kurzum: Was war in der Burg vorgefallen?

Nun, sagen die Anhänger von einfachen und handgreiflichen Erklärungen, die Sache ist doch klar: In der Burg wurde an Mary eine verbotene Operation durchgeführt. Da sie im dritten Monat schwanger war. (Man muß schon den dritten Monat vermuten, weil es damals noch nicht möglich war, die Schwangerschaft mit Sicherheit früher zu erkennen.) Dazu müssen wir freilich in Gedanken den ganzen Zeitplan der Geschichte umschreiben und den Bogen des Liebesromans zwischen Rudolf und Mary anders schlagen, wobei wir allerdings im Austausch die Aufklärung eines anderen Rätsels erhalten, nämlich die Antwort auf die Frage, was die Frau Müller im Hotelzimmer der Gräfin gesucht hat. Und auch darauf, wovon Mary einen Nervenanfall erlitt, als sie im Negligé zu der Gräfin hinaufgerannt war. Nun halten wir den Schlüssel in der Hand! Wollen wir sehen, ob mit ihm das Rätsel aufzuschließen ist.

Also: Rudolf drängt Mary in das Nebenzimmer, und er dreht den Schlüssel im Schloß, um dann – sie haben höchstens eine Viertelstunde für den Eingriff – mit dem Mädchen ins Schlafzimmer zu eilen, wo die alte Frau Müller sie bereits erwartet – mit aufgekrempelten Ärmeln und dem freundlichen und selbstgewissen Lächeln einer Hebamme. «Na, kommen Sie nur, mein Herzenskind!» Ritsch, ratsch steckt sie den Katheter in die Gebärmutter (was angeblich zur üblichen fruchtabtreibenden Methode der Zeit gehörte), dann steht das Mädchen vom Bett auf, streift sich den Rock zurecht und begibt sich – treppauf, treppab, durch das Fenster und über das Dach – auf die Reise nach Mayerling, um dann in der übernächsten Nacht an den aufgetretenen Komplikationen zu sterben. Rudolf jedoch sieht ihr versonnen aus dem Fenster nach – so trifft ihn dann Püchel mit besagtem Brief an. Unter dem Fenster Wachablösung mit Militärmusik.

Leider können wir uns diese Szene nicht recht vorstellen, was allerdings (und dies sei eilig hinzugefügt) durchaus nicht bedeutet, daß es sich nicht tatsächlich so zugetragen hat – der nüchterne Verstand von heute wird noch einige Male im Laufe unserer Geschichte versagen. Immerhin: Nicht nur der Zeitablauf ist dem Irrtum ausgesetzt (was letztlich eher Baron Krauß angeht, denn nicht wir sind für die Ermittlung zuständig), sondern ... sondern sogar der Thronerbe des Reiches, der erfahrene Lebemann, fehlt, indem er sein Kind durch eine Hebamme entfernen läßt! Ist das die Möglichkeit?

Diese logische und rationale – man kann wohl sagen, naturwissenschaftliche – Erklärung, die mit einem Schlag so viele Fragen lösen würde, setzt leider ein überaus unvernünftiges Benehmen bei allen Akteuren voraus. Nicht nur die Zeitfolge der ganzen Geschichte müßten wir dazu umschreiben (Der 13. Januar. Dem Schicksal sei's gedankt!), sondern auch neue Gestalten erfinden.

Wirklichkeit und Mythos sind weiterhin voneinander nicht zu trennen – aber nicht, weil geheimnisvolle Hände ihre Spuren durcheinandergebracht und somit die Wirklichkeit vor uns verborgen hätten, sondern auch, weil schon Rudolf und Mary keinen Unterschied zwischen ihnen zu machen wußten. Daher haben die Menschen so wenig Vertrauen in die Erklärungen, die das «Geheimnis» enträtseln. Zu guter Letzt ist lediglich derjenige fähig, das «Mayerling-Rätsel» zu lösen, der im Mythos die Wirklichkeit sieht. Und da das Geheimnis der Mythos selbst ist, wird der, welcher es «enträtselt», es nur noch mehr in Nebel hüllen.

Die Mitte des Bildes bleibt also weiterhin leer.

Aber was überhaupt wollten diese rätselhaften – und offenkundig bösen – Hände vor den Zeitgenossen und schließlich vor der Nachwelt verbergen? Etwas, was, ans Tageslicht gebracht, das Reich ins Wanken gebracht hätte? Was könnte es wohl sein, was noch grausamer wäre als das, was wir schon wissen und alle wußten – daß der Kronprinz ein siebzehnjähriges Mädchen ermordet und danach sich selbst eine Kugel in den Kopf gejagt hat? Was mag derart schauerlich (schändlich?) gewesen sein, daß Baron Krauß Angst hatte, in seinen Memoiren, die ja mit sieben Siegeln verschlossen waren und erst nach seinem Tode geöffnet werden durften, darüber zu schreiben? Etwa, daß Mary schwanger war? Ob das nun wahr war oder nicht – die ganze Stadt flüsterte davon.

Aber lassen wir die Fahndung.

Schreiten wir lieber fort, schön der Reihe nach.

Als eine halbe Stunde nach der Aushändigung des Briefes – also etwa um halb zwölf – auch das erwartete Telegramm eingetroffen war, fand Püchel den Kronprinzen immer noch vor dem Fenster des Schlafzimmers stehend und tief in Gedanken versunken vor; er starrte immer noch hinaus, die Taschenuhr in der Hand; zuweilen warf er einen Blick auf das Zifferblatt. Verging ihm die Zeit zu langsam oder zu schnell?

Mit einer hastigen Bewegung erbrach er das Telegramm und überflog es rasch. Ich verließ ihn sogleich, sah aber noch aus den Augenwinkeln, daß er plötzlich sehr erregt war, das Telegramm auf den Tisch warf und murmelte: «Nun ja, es muß geschehen!»

Wir könnten jetzt rätseln, was in dem Telegramm stand und was für den Kronprinzen so wichtig war, daß er ohne diese Nachricht nicht zur Jagd aufbrechen wollte – aber unsere Lage wäre aussichtslos. Immerhin scheint sicher, daß – falls der Inhalt des Telegramms nicht irgendwas mit der Entführung zu tun hatte, was allerdings unwahrscheinlich ist, gleichviel, ob das Mädchen am Vormittag dieses Tages bei ihm war oder nicht – sich Rudolf auch jetzt nicht so gab, als bereite er sich auf den Tod vor. (Daher riskieren wir die Annahme: Vielleicht stammte das Telegramm von Károlyi – sicherlich nicht das erste und auch nicht letzte in jenen Tagen.) Das «es muß geschehen!» klingt freilich zweifelsohne verhängnisvoll. Aber gerade Püchel sollte der einzige gewesen sein, der keinerlei «Vorzeichen» wahrgenommen hätte?

Was auch immer das Telegramm enthielt, Rudolf erscheint nach einigen Minuten bei seinem im Vorzimmer wartenden Flügeladjutanten, weist ihn an, die Konferenz abzusagen, weil er nicht in der Lage sei, daran teilzunehmen, und er könne leider auch nicht den für Mittag angemeldeten Erzbischof von Prag empfangen, da er sofort abfahren müsse. Püchel solle dem Kutscher Bescheid sagen, mit den Pferden vorzufahren, während er sich noch rasch von der durchlauchtigen Gemahlin verabschieden wolle. Und noch eins: Man könne ihn um fünf Uhr erwarten, bis dahin solle saubergemacht werden. Am Abend wolle er an einem Familienessen teilnehmen.

Unten im Hof wartet Püchel bereits auf seinen Herrn, die Gäule am Zaum haltend. Rudolf kommt die Treppe heruntergerannt, er schwingt sich auf den Bock des kleinen, offenen Hofgespanns – der livrierte Kutscher übergibt ihm die Zügel. Rudolf reißt sie hoch, und die Pferde setzen sich in Bewegung. Aber schon nach wenigen Schritten auf das verschlossene gewölbte Tor zu lenkt sie Rudolf wieder zurück, um dann an der Treppe zu halten.

«Hat Er was gesagt, Püchel?»

«Nein, Exzellenz. Nichts», antwortet Püchel, der (offensichtlich) als treu ergebener Diener die letzten Worte, die der Kronprinz zu ihm sprach, in seinem Gedächtnis bewahrte: «Ich wünsche Euer Hoheit eine fröhliche Jagd!»

Rudolf nickt und lenkt das Gespann durch das Tor.

Das übrige wissen wir eigentlich.

Es folgen blutige Szenen.

. . . . . .

Mayerling schweiget. Still und verlassen –
aufgeschreckt flüchtet das Wild durch den Wald.
Wind rüttelt heulend an nachtblinden Fenstern,
Fledermausflattern durchs Schloßinnere hallt.
In des verfluchten Gebäudes Gelassen
fände kein wegmüder Wanderer Rast.
Kein frohes Jagdvolk würde ihn leiten,
Lustbarkeit freute hier nirgends den Gast.
Denn eines Herzens fröhliches Singen
mußte im Sturme des Lebens zerspringen.

Dennoch mitunter, in grausigen Nächten,
wenn vor den Türen die Sturmgewalt tobt,
Bäume und Büsche grausig zerfetzend,
während der Himmel in Blitzen zerloht,
schweigende Geisterstunde herannaht,
wandelt darinnen in Blitzschlages Schein
unter den scheinbar erleuchteten Lüstern
unendlich traurig der Kronprinz voll Pein.
Durch den verödeten, nächtlichen Saal
irrt er verloren, zerrissen von Qual.

Irrlichter wogen, vertrüben die Sicht ihm,
er preßt die Hände ans pochende Herz,
drückt seine Stirn an die kaltweißen Wände,
und sein Gesicht spiegelt Grauen und Schmerz.
So pocht das Herze ihm wilder und wilder,
bis er herabsinkt, flehend um Kraft,

hin in den Staub des schimmelnden Bodens,
bis ihm sein Auge das Bild wieder schafft:
Auf einer Seite sieht er wie zum Hohne,
sein stolzes Haupt mit der Doppelkrone.

Zur andern leuchtet das geliebte Heim,
Eltern und Gattin und ein braves Kind,
die heiligen Familienpflichten – doch
auch sie von Düsternis umgeben sind.
Zur andren Seite schaut auf ihn die Waffe,
mit dieser Inschrift: Alles ist vorbei!
Dann schlägt der Blitz – gefolgt von Finsternissen,
der Schuß! dann Stille – unterdrückter Schrei!

Lächelnd erhob am Morgen sich die Sonne,
streute auf Tannen zauberischen Duft,
die Hörner tönen, rufen nach den Jägern,
nur er allein fehlt in der Morgenluft.
Man eilt ans Bett, den Prinzen zu erwecken,
als man ihn dort in seinem Blute fand,
durchschoßner Schläfe, eiseskalt und wächsern,
die Waffe hielt er noch in seiner Hand.
. . . . . .

Dr. Gyula Szávay: «Der Kronprinz ist tot»
Aus dem Gedächtnis-Album für Rudolf, 1897
(Nachdichtung: Heinz Kahlau)

Fünftes Kapitel

Loschek, der ein langes Leben hatte und erst Mitte der dreißiger Jahre starb, berichtete zu verschiedenen Zeiten jeweils anders über die Vorkommnisse in Mayerling. Das ist verständlich. Zum einen hatte er offensichtlich Angst, da er nicht wissen konnte, wieviel vom Odium des doppelten Todesfalls ihm zufallen, wer ihn welcher Pflichtvergessenheit bezichtigen würde (er wurde auch gleich in Pension geschickt – da ja ein toter Kronprinz seinen Anhängern nur noch geringen Schutz bieten kann), zum anderen bewirkt ein dreißig- bis vierzigjähriges Schweigen (ja Verstummen – oder gar Mundtotmachen?) eine überaus starke Schädigung des Gedächtnisses. Einen weiteren Zeugen aber gibt es nicht. Das heißt, einer könnte noch in Frage kommen, dessen Dienste für die Durchführung von Rudolfs Plan ebenfalls unentbehrlich waren – er ist jedoch (natürlich handelt es sich um Bratfisch) von der Trauer so betroffen, daß er sogar auf der Polizei nur einsilbige Antworten zu geben vermag. Er schweigt also wie der Fisch, der in seinem Namen enthalten ist. Andererseits hatte er auch nicht so viel Zeit gehabt wie Loschek, um über die Ereignisse nachzudenken, denn er verstarb bereits drei oder vier Jahre danach an Kehlkopfkrebs. Laut anderen – wenig glaubwürdigen – Informationen sei er in letzter Zeit sogar für einen halben Liter Wein bereit gewesen, jedem Kneipengast die authentische Geschichte der letzten Nacht in Mayerling zum besten zu geben. Dies scheint uns allein deshalb unwahrscheinlich, weil Bratfisch als wohlhabender Mann starb und es nicht nötig hatte, sich von gelegentlichen Trinkkumpanen freihalten zu lassen. Die Wiener Droschkenkutscher erzählten, daß Franz Joseph sein Schweigen durch eine märchenhafte Summe gekauft und Bratfisch mit diesem Geld sich selbständig gemacht habe. Aber vermutlich trifft auch das nicht zu.

All dies haben wir nur vorausgeschickt, um beim Leser erneut ein angemessenes Mißtrauen zu wecken. Jetzt, da wir uns nämlich dem Ausklang unserer Geschichte nähern, ist uns (muß das ausgesprochen werden?) nicht ganz klar, was sich denn eigentlich im Jagdschloß von Mayerling zugetragen hat. Wir wollen aber bemüht sein, die Ereignisse, soweit es in unserer Macht steht und sie uns bekannt sind, nachvollziehbar vorzutragen.

Also: Wir wissen – mit mehr oder weniger Gewißheit – lediglich, was Graf Hoyos wenige Tage später in seinen Erinnerungen mit etwas schwankender Orthographie, dafür aber mit kanzleihafter Umständlichkeit festhielt. Zwar versucht auch er, sich zu rechtfertigen (einige Tage waren ja alle verdächtig), aber er hatte kaum etwas zu verheimlichen. Ihn hatte Rudolf tatsächlich hinters Licht geführt. Wahrscheinlich, damit es bei Hofe jemanden gab, dem man Glauben schenken konnte.

Laut seiner Erinnerung war die letzte gesicherte Spur, daß sich Rudolf nach dem Abendessen zurückzog, um seinen Schnupfen zu kurieren, und auf die von Graf Hoyos angebotenen Taschentücher verzichtete, weil er meinte, daß sein Vorrat bis zum Morgen reichen würde. Das war abends um neun Uhr.

Und danach?

Danach ging Rudolf in sein gewölbtes Schlafzimmer, wo ihn Mary mit Küssen, aufgelöstem Haar (oder war jemand da, der ihr das Haar ondulierte und dann die bis zur Hüfte reichende schwarze Mähne zum Dutt aufsteckte? – eine Zofe, die ihr ins Korsett half, die kleinen Häkchen zumachte, sich mit den Schlingen und Knöpfen abgab, ihr beim Anziehen des Kamisols, des Mieders und der vielen kleineren und größeren Kleidungsstücke, die man heute nicht mehr benennen kann, ohne die sich aber Mary sicher nackt vorgekommen wäre, behilflich war?) erwartete, obwohl freilich auch möglich ist, daß Rudolf ihr lediglich durch die Tür zurief: «Die Luft ist rein», und das Mädchen trat ihm entgegen (in schwanengefiederten Hausschuhen? im Negligé? oder in demselben olivgrünen Kleid, in dem sie von zu Hause entflohen war und in dem sie dann auch begraben wird, hat sie es womöglich nicht einmal ausgezogen?). Indessen brachte Loschek rasch saubere Gläser, goß Sekt ein (ob es wahr ist, daß neben den Toten eine zerschlagene Sektflasche lag?) und kredenzte den kalten Rehbraten. Aber Mary aß kaum etwas (oder verschlang sie das Essen mit Wolfshunger?), und Rudolf setzte sich ihr gegenüber, ans andere Ende des Tisches, und sie sahen sich verliebt an – viel hatten sie sich nicht mehr zu erzählen. Sie stießen die Gläser aneinander. In Wien tobte der Karneval! Ein Leben in Saus und Braus! Sie dagegen sprechen sich stumm Mut zu, mit schweigsamen Blicken – für sie bleibt die Zeit stehen – diese Karnevalsnacht wird ewig dauern.

Duett.

Es ist allerdings auch möglich, daß Mary zu dieser Zeit schon im Sterben liegt. (Das Abtreiben mit den damaligen Methoden endete gewöhnlich bei jedem zweiten Patienten mit tödlichem Ausgang.) Sepsis, unstillbare Blutungen – der am Nachmittag insgeheim gerufene Arzt rang ratlos die Hände. Das Mädchen weiß, daß sie den Morgen nicht erleben wird – sie ist matt und verliert mitunter das Bewußtsein.

Loschek wartet hinter der Tür, falls er gerufen wird. Er bewundert seinen Herrn. Welche Selbstbeherrschung er während des Abendessens mit dem Grafen Hoyos an den Tag gelegt hat! Er scherzte sogar! Welch eiserne Nerven er besitzt! – mag er bei sich gedacht haben. Aber die Dienste von Loschek werden nicht mehr benötigt. Aus dem Zimmer dringt Geflüster. Die Liebenden verabschieden sich. Rudolf verspricht Mary, daß er ihr folgen werde – sie haben es ja so abgesprochen! Dann schreiben sie Briefe. Sie sind nahezu fröhlich, jedenfalls fühlen sie sich befreit – jetzt kann ihnen nichts mehr passieren. Es ist besser so, sie hätten ohnehin niemals einander gehören können. Loschek wird schließlich durch einen Schuß aufgeschreckt.

«Selig treten wir in das ungewisse Jenseits. Denke manchmal an mich, sei glücklich und heirate nur aus Liebe. Ich durfte es nicht tun, aber ich konnte der Liebe nicht widerstehen, so gehe ich mit ihm in den Tod.

Deine dich liebende Schwester Mary

Weine nicht um mich, ich gehe friedlich hinüber. Es ist wunderschön hier draußen. Man wird an Schwarzau erinnert. Denke an die Lebenslinie in meiner Hand. Nochmals: Lebe wohl!»

Ob der Brief authentisch ist? Das Original hat Franz Joseph mit ins Grab genommen. Auch Marys Mutter durfte die Abschiedsbriefe an die Familie nur kurz einsehen. Der Flügeladjutant wartete, bis die Angehörigen die einschlägigen Briefe gelesen hatten, und nahm sie dann wieder mit in die Burg.

In ihren Erinnerungen zitiert Frau Vetsera aus dem Gedächtnis:

«Liebe Mutter!

Verzeih mir, was ich getan habe! Ich vermochte meine Liebe nicht zu besiegen. Im Einvernehmen mit ihm möchte ich auf dem Friedhof von Alland neben ihm ruhen. Im Tod werde ich glücklicher sein, als ich es im Leben gewesen bin.»

Auch Herzog Braganza erhielt – angeblich – einen Brief von zwei Zeilen. Mary vermachte ihm ihre berühmte Federboa, damit er sie über seinem Bett aufhängen könne. Die beiden amüsieren sich über ihn – es ist ein köstlicher Spaß –, als sie sich die verdutzte Miene des portugiesischen Thronanwärters vorstellen, wenn er das liest! Auch Rudolf kritzelt einen kurzen Gruß hinzu, wie auf eine Ansichtskarte: «Servus, Nasser!» – das war unter den Freunden der Kosename des Herzogs.

Nun, was sollen wir mit diesen ein wenig sentimentalen, tränenfeuchten – romanhaften! – Briefen anfangen? Wer auch immer sie geschrieben, gedichtet oder ausgedacht hat, glaubt sicher, daß die Liebenden, befreit von den Qualen des irdischen Lebens, endlich einander gehören werden in den ewigen Jagdgründen des Himmels. Sollen wir glauben, daß sie authentisch sind?

Mary ist ein wenig bedrückt, aber sie hat keine Angst, sie bangt eher, ob auch alles gelinge. Aber sie vertraut Rudolf – er hat eine sichere Hand, ist ein geübter Schütze. Sie schließt die Augen und wartet. Sie preßt in der Hand ein kleines weißes Taschentuch mit Spitzensaum; Dr. Widerhofer wird sich Mühe geben müssen, das Tüchlein ihren erstarrten Fingern zu entwinden.

«Wir sind schon sehr neugierig auf das Jenseits», lautet die Nachbemerkung in einer Version (denn es gibt mehrere.) Auf die arme Mary wartet eine grauenvolle Überraschung. Sie wird tatsächlich sterben.

Rudolf ist freilich nicht ganz so frohmütig. Immerhin ist er bereits mit dem Tod konfrontiert worden. Er hatte angeblich die Angewohnheit, bei der Jagd den sterbenden Tieren tief in die Augen zu sehen. «Ich möchte einmal den letzten Atemzug erlauschen.» Halt! Diese Spur verfolgen wir nicht weiter, da wir uns leicht im Dschungel der Psychopathologie verirren könnten, und dann müßten wir nicht nur die Geschichte Rudolfs, sondern auch die des ganzen Buches umschreiben.

Rudolf ist also, wenn auch nicht betrübt, durchaus nicht heiter. Er ist nüchtern, er schreibt, man kann wohl so sagen, regelrechte Abschiedsbriefe. Allerdings ist fraglich, ob hier oder schon in der Burg.

«Liebe Stephanie!

Du wirst von meiner Anwesenheit befreit. Sei gut zu unserem armen kleinen Kind, jetzt bleibt nur noch sie von mir. Übergib meinen letzten Gruß allen Verwandten, vornehmlich Bom Belles, Spindler, Nowo, Gisella, Leopold, aber auch den anderen. Ich gehe ruhig in den Tod, da ich nur so meinen Namen retten kann. Dein Dich liebender Gemahl Rudolf»

Dieser Brief wenigstens ist garantiert authentisch – Stephanie veröffentlichte ihn sogar als Faksimile. Es ist ein Abschiedsbrief. Merkwürdig bloß, daß nirgends auch nur ein Wort der Begründung – lediglich eine rätselhafte Anspielung. Weder etwas von Liebe noch von Unglück, von zerronnenen Hoffnungen oder zusammenstürzendem Himmel. Lediglich diese Anspielung. (Darunter könnte man auch Spielschulden verstehen.) Als würde er glauben, das sei hinreichend und jede weitere Erklärung erübrige sich – denn die Betroffenen verstünden ihn ohnehin. Sie würden schon wissen, warum er sich umgebracht habe.

In den übrigen Briefen wiederholt er sich: Er wird sterben, es muß sein, er kann nicht anders, denn dies verlange die Ehre. Welche Ehre? Die Offiziersehre? «Ich habe kein Recht, länger zu leben», schreibt er (angeblich) an Elisabeth. Auch diesen Brief fand man bis heute ebensowenig wie die anderen. Vergebens forschte man danach in den Archiven, ja sogar in der im Schweizer Banktresor aufbewahrten geheimen eisernen Kassette der Königin Elisabeth. Nur einige rätselhaft vielsagende Worte oder Satzfetzen sind durchgesickert, die seitdem von Mund zu Mund gehen. Sind sie authentisch? Seiner Schwester Maria Valeria soll er geraten haben, sie möge auswandern, weil «unabsehbar ist, was alles in Österreich-Ungarn nach dem Tode Franz Josephs geschehen wird». Wieso hat er das so genau gewußt? Und woran mag er dabei gedacht haben? Falls er überhaupt an etwas gedacht hat. Denn unser Mißtrauen ist leider unstillbar.

Einen Brief erhielt auch László Szögyény-Marich, Sektionschef im Außenministerium, und zwar in ungarischer Sprache, in dem von «unserem heißgeliebten ungarischen Vaterland» die Rede ist und in dem der Freund angewiesen wird, seinen Schreibtisch zu öffnen und alle Briefe und Schriften zu vernichten beziehungsweise sie nach eigenem Gutdünken zu behandeln.

Je ein weiterer Brief ging an Mizzi Caspar (den las wahrscheinlich nur der Kaiser), an Baron Hirsch (der schließlich auch bei Franz Joseph landete) und an Loschek. Nur der Vater erhielt keine einzige Zeile von Rudolf. Die Briefe wurden von den Geheimarchiven verschluckt, die Archive brannten nieder oder wurden aufgelöst, und das Geheimnis ging in graublauen, gekräuselten Rauch auf – nur dieser betrübliche ungeschriebene Brief, nur dieser eine verfiel nicht der Vergänglichkeit.

Auch das ist ein Dokument. Und sogar authentisch.

Wie sehr mag er sich danach gesehnt haben, dem Vater zu schreiben, um es dann doch nicht zuwege zu bringen! Einmal im Leben (im Tod!) Franz Joseph ins Gesicht zu schleudern – das Nichts. (Oder blieb ihm etwa das Wort in der Kehle stekken? Fürchtete er ihn auch jetzt noch?) Der Kaiser wußte gewiß, was das Schweigen bedeutete. Und alles andere zählte nicht für Rudolf. Jetzt endlich hat er sich ermannt, jetzt endlich löst sich die Spannung in ihm, läßt der Krampf nach. Er fühlt sich befreit.

Er läßt sich von Loschek einen Kognak bringen und schüttet ihn in den Sekt – nur noch die Mischung zeitigt Wirkung. Dann schicken sie den Lakaien nach dem rotgesichtigen Bratfisch in das Gesindehaus – er möge kommen und alte Wiener Lieder singen, so wie früher, als Rudolf verkleidet die Wirtshäuser in Grinzing aufsuchte. «Bratfisch hat an diesem Abend wunderschön gesungen», wird dann Mary in einer apokryphen (?) Nachbemerkung schreiben. Rudolf stützt sich mit den Ellbogen auf den Billardtisch und lauscht verträumt und betrübt, wie das Leben einem so spielt. Vielleicht sang der Kutscher auch jenes Lied, das der Kronprinz selbst für Mizzi geschrieben hatte, oder ließ er es aus Taktgefühl weg? Bestimmt sang Mary mit, denn wie wir von Krúdy wissen, «wäre sie eine sehr unbedeutende Dame gewesen ohne die tiefe Stimme, die dem Manne bis zum Herzensgrund drang ... Tief war diese Stimme, wie das Nachdenken über die Sinnlosigkeit des Lebens ...».

Aber schweifen wir nicht ab. Das Feuer brennt nieder, das Kerzenlicht blakt nur noch. Bratfisch verschwindet, als wäre er nicht dagewesen (und vielleicht war er auch nicht da) – möglich, daß Mary gar nicht mehr am Leben ist; sie liegt blutüberströmt im Bett (den Kopf mit dem schwarzen Schleier verhüllt), Rudolf begrub sie unter Kissen und Federbett, um sie nicht ansehen zu müssen (konnte er seine Augen nicht von ihr wenden?), er sitzt allein im Schlafzimmer – im Angesicht seines Gewissens oder auch des strengen Geistes Franz Josephs, der gefühllos mit seinen wäßrig blauen Augen auf ihn herabblickt und ihn nach seiner Offiziersehre befragt. Was hast du getan, Rudolf? Willst du so des Thrones würdig sein? Und meiner? Ein österreichisch-ungarischer Offizier kennt seine Pflicht!

Oder er legt seinen Arm um die Hüfte des Mädchens und spaziert mit ihm langsam in das Schlafzimmer hinüber. Aus der Tür ruft er zurück: «Loschek, ich möchte nicht gestört werden! Lassen sie niemanden zu mir! Sollte der Kaiser selbst nach mir fragen, auch für ihn bin ich nicht da.»

Auf Loschek, der nicht einmal einen Vornamen besitzt, wartet eine grausige Nacht. Er kennt seinen Herrn gut, sieht, in welcher Verfassung er ist, er ahnt oder weiß sogar, daß jener sich anschickt, sich zu töten. Vielleicht wird er angewiesen, die Leiche (die Leichen?) erst zu entdecken, wenn Herzog Coburg aus Wien eingetroffen ist; eine solche Verantwortung zu tragen sind aristokratische Schultern vonnöten, das war ja der Grund, warum der Kronprinz die beiden Jagdfreunde mitgebracht hatte – aus rührendem Taktgefühl gegenüber Loschek und dem Dienstpersonal. Was kann Loschek in dieser Lage schon tun? Was ist in solchen Fällen zu tun? Er schweigt und gehorcht – nicht anders als Bratfisch, der in aller Herrgottsfrühe in die Kneipe trottet, um sich dort hinzusetzen und keinem auch nur ein Sterbenswörtchen zu sagen; stumm und düster hockt er da – eine geschlagene Stunde. Dann schlendert er, als er vermutet, daß Coburg angekommen ist, ins Schloß zurück. Unterwegs begegnet er Wodicka, der sich anschickt, im Wald die Pirsch vorzubereiten. Bratfisch hält ihn an: «Sie sollten sich nicht so beeilen, Herr Jäger! Die Jagd in Glashütte fällt heute aus. Der Rudolf ist gestorben.» Wodicka fragt nichts, er glaubt sogleich, was der Fiakermann sagt, und kehrt um. Sie gehen gemeinsam zurück ins Schloß. Bratfisch hat eine Fahrt nach Wien zu machen, die kleine Baroneß soll er nach Hause befördern, so wurde ihm gesagt.

Doch es ist auch möglich, daß Loschek sich beeilt, sich sobald als möglich hinzulegen, da er früh aufstehen muß; es geht zur Jagd, und er muß wenigstens eine Stunde eher als der Kronprinz auf den Beinen sein, wenn er einen Bissen zu sich nehmen, sich rasieren, waschen und in Ordnung bringen will, bevor er Rudolf und den Herren das Frühstück serviert. Außerdem werden für morgen Gäste im Schloß erwartet: Graf Károlyi aus Budapest und jener General Koller aus Baden, den der Kronprinz telegrafisch zu sich bestellt hat.

In der Früh, viertel sieben, wird er durch Schritte aus dem Schlaf geschreckt: Rudolf steht vor seinem Bett, angezogen von Kopf bis Fuß, um den Hals den roten Seidenschal. Der Kronprinz hat in der Nacht kein Auge zugetan.

«Loschek, wecken Sie mich um halb acht mit einer Tasse kräftigen Tees. Und sagen Sie Bratfisch Bescheid, daß er dann mit dem Wagen vorfährt.»

Danach ging er, die Hände in den Taschen, leise vor sich hin pfeifend, in sein Schlafzimmer zurück.

Vorausgesetzt, daß Loschek die Wahrheit sagt.

Nach vierzig Jahren äußert er sich anders dazu: Rudolf hat ihn unter einem Vorwand in den Hof geschickt – etwa um Bratfisch zu wecken, der in einem Seitengebäude schlief? –, und er hörte, als er schon ziemlich weit weg war, zwei (!) Schüsse (früher keinen einzigen) unmittelbar hintereinander. (Obwohl der Arzt feststellen wird, daß Mary bereits einige Stunden vor Rudolf tot war.) Sofort rannte er ins Haus zurück (warum nur er, hat die Schüsse sonst niemand gehört?), aber er fand die Tür zum Schlafzimmer verschlossen. Frage: Was hat er eine geschlagene Stunde lang gemacht, bis halb acht?

Er sagte in der Küche Bescheid, man solle das Frühstück zubereiten, dann suchte er Bratfisch auf, der schon aufgestanden war (ja noch mehr: siehe oben!), und pünktlich halb acht klopft er, in der Hand ein Silbertablett mit duftendem englischem Tee, taktvoll leise an die Tür des Schlafgemachs des Kronprinzen. «Hoheit! Es ist halb acht!»

Aber von drinnen kommt keine Antwort.

Loschek klopft energischer, setzt das Tablett ab und bummert mit der Faust gegen die Tür: «Hoheit! Kaiserliche Hoheit!» brüllt er nun schon, da die Tür entgegen Rudolfs Gewohnheit von innen abgeschlossen ist. Aber es kommt keine Antwort.

Er ergreift einen Holzscheit von dem am Kamin bereitstehenden Haufen und trommelt damit gegen die Tür. Stille. Jetzt weiß er, daß etwas Schlimmes passiert ist.

Es kommt ihm in den Sinn, daß es noch einen anderen Zugang zum Schlafzimmer gibt, der vom ersten Stock aus dem Vorraum des unbewohnten Zimmers Stephanies über eine kleine Wendeltreppe zu erreichen ist. (Heute ist das nicht mehr zu kontrollieren, denn als man das Schloß zu einem Kloster umbaute mit einer Kapelle, deren Altar genau an der Stelle des Totenbettes steht, wurde der ursprüngliche Bau völlig zerstört.) Loschek stürzt also zum ersten Stock hinauf, dann die Wendeltreppe hinunter, aber er rüttelt vergebens an der Tür, auch sie ist verschlossen. Das wird man Loschek glauben, denn das Bild, das sich den Eintretenden bietet, ist derart offenkundig, daß es Hoyos nicht einmal in den Sinn kommt, die Behauptung des Lakaien zu überprüfen – und auch später macht sich keiner Gedanken über die Hintertür, wiewohl wir doch wissen, die Aufklärung «des Rätsels einer verschlossenen Tür» erweist sich stets darin, daß das Zimmer noch einen weiteren Zugang hat und nur keiner daran denkt.

Inzwischen ist auf den Lärm hin das Dienstpersonal herbeigeeilt. Nun wissen alle, daß etwas Schlimmes geschehen ist. Im Hof tollen die vom Durcheinander wild gewordenen Hunde jaulend und kläffend umher. Ihr scharfes Ohr hat vielleicht auch den Knall vernommen. In der Tür zum kleinen Vorraum vor dem Schlafzimmer steht auch schon Alois Zwerger, der Verwalter, hinter ihm flüsternd das Personal. Zwerger ist pensionierter Wachtmeister der Leibgarde, ein kräftiger Bursche, würde er sich gegen die Tür stemmen, gäbe sie bestimmt nach. Aber auch er schaut nur fassungslos darauf – und auf Loschek. Dieser ist nämlich zuständig für alles. Doch auch Loschek steht ratlos herum, ringt die Hände und bricht vor Ohnmacht und Grauen nahezu in Tränen aus. Man müßte die Tür eindrücken – aber das ist schier unmöglich. Wie soll er die Tür aufbrechen, hinter der sich sein Herr, der Kronprinz, befindet – und obendrein (er weiß es!) nicht allein. Das darf er nicht. Aber vielleicht Graf Hoyos?

Der schon ein wenig bebauchte Graf Hoyos kommt herbeigeeilt. Bratfisch – er ist bereits von der Kneipe zurück – und Zwerger schaffen es nur mit Mühe und Not, die sich in der Tür drängenden Dienstboten zurückzuhalten. Das erste, was Hoyos – der übrigens vor Keuchen kaum reden kann – tut, ist, daß er mit einer Handbewegung alle zum Gehen auffordert. Als er wieder zu Atem kommt, fragt er: «Werden die Öfen mit Kohle geheizt?»

Nein, die Öfen werden mit Holz geheizt. Dann tritt Hoyos an die Tür und rüttelt ebenfalls daran, aber Rudolf gibt auch ihm keine Antwort. «Man muß die Tür aufbrechen», sagt er. Loschek solle eine Axt holen und ans Werk gehen.

Loschek tritt der kalte Schweiß auf die Stirn, jetzt muß er seinen Herrn verraten und sagen, daß der Kronprinz nicht allein sei. Die Mitteilung verunsichert Graf Hoyos: «Verständlicherweise bekam ich Zweifel … man konnte ja das Schlimmste annehmen …» Zur Erleichterung des Grafen trifft nun fahrplanmäßig aus Wien Herzog Coburg ein. Immerhin ist Coburg mit Rudolf verwandt. Die Herren ziehen sich zur Beratung ins benachbarte Billardzimmer zurück und fällen folgende Entscheidung: «Um die Anwesenheit weiterer Zeugen zu vermeiden, falls hinsichtlich Seiner Kaiserlichen und Königlichen Majestät kein Bezug auf unmittelbare Gefahr besteht, ist es in einer derart heiklen Lage wünschenswert, daß sich Loschek allein vom Tatbestand überzeugt.» Im Klartext bedeutet dieser verworrene Satz: Loschek möge die Tür aufbrechen. Er zählt nämlich nicht. Was ein Diener sieht, fällt nicht ins Gewicht; er ist wie der Spiegel im Badezimmer. Sie, die Herren, dagegen sind … besonders hinsichtlich der kleinen Baroneß …

Die Türen zu den anderen Räumlichkeiten des Hauses werden sorgfältig abgeschlossen – bloß keine weiteren Zeugen! –, und Loschek macht sich daran, das Schloß zu zerschlagen; da ihm dies jedoch mißlingt, schlägt er einen Spalt in die Tür, durch den man den Schlüssel umdrehen und sogar in den Raum spähen kann. «Sie liegen dort im Bett! Beide sind tot!» stößt Loschek hervor.

Es wird also festgestellt, was geschehen ist und was nach soviel vergeblichem Bummern zu befürchten war. Schrecklich!

Die Herren ziehen sich erneut zur Beratung zurück. Schließlich handelt es sich um den Kronprinzen, und sie empfinden durchaus, wie heikel ihre Lage ist: Das Schicksal von Österreich-Ungarn steht auf dem Spiel. Ganz zu schweigen vom eigenen Schicksal. Was sie jetzt tun, das wird auch von der Geschichte auf die Waage gelegt. Ganz zu schweigen vom Kaiser. «Unsere Verzweiflung und unser Schmerz waren unbeschreiblich. Es tauchte die Frage auf, ob ein Arzt herbeigeholt werden sollte. Um dies zu entscheiden, mußte man zunächst feststellen», sucht der Graf sich zu rechtfertigen, «ob Hilfe noch notwendig oder tatsächlich vergebens sei.» Nach anfänglichem Zögern wird beschlossen: Loschek solle hineingehen und sich davon überzeugen.

Loschek greift also durch den Spalt in der Tür, dreht den Schlüssel um, öffnet die Tür und tritt ins Zimmer – Hoyos und Coburg sehen ihm von der Schwelle aus zu; er geht ans Bett, beugt sich zu Rudolf, richtet sich wieder auf und ruft den Herren zu: «Zyankali! – Daher das starke Bluten!» fügt er ein wenig später hinzu (wieso vermutet er das?), da er Rudolfs Leichnam halb sitzend, halb liegend am Bettrand gewahrte, unter dem herabhängenden Kopf eine riesige Blutlache am Boden.

Um die arme Mary sorgt sich der Lakai kaum – die anderen ebensowenig, auch später nicht. Quasi den offiziellen Standpunkt vorwegnehmend, wonach Mary nicht nur nicht in Mayerling gewesen sein soll, sondern überdies in Frage gestellt wird, daß eine Untertanin Franz Josephs mit diesem Namen überhaupt existiert habe; man ist bemüht, die Augen abzuwenden (es ist ein peinlicher, unschicklicher Anblick), als sei das Mädchen nicht vorhanden. Und doch liegt sie da in Rudolfs Bett, zwar ist ihr Kopf zugedeckt, aber sie ist dennoch da, genauso tot wie der Kronprinz selbst. Nach vierzig Jahren wird sich Loschek so erinnern, daß jeder in seinem Bett (im Inventar ist nur von einem Bett die Rede) lag, von Kopf bis

Fuß angezogen, wie es sich schickt, am Boden neben Rudolf seine Dienstwaffe; allerdings glaubt sich Loschek jetzt auch daran zu erinnern, daß er im Hof die Schüsse, beide, gehört habe. Schon bevor er das Zimmer betreten habe, sei für ihn offenkundig gewesen, was geschehen ist. Einstweilen jedoch fällt kein Wort von Schüssen (nicht mal von einem), er stellt lediglich fest, daß ein Arzt nicht mehr benötigt werde.

Damit gibt man sich zufrieden; Hoyos, der energischere der beiden Herren, sendet an Doktor Widerhofer, den Hausarzt des Kaisers, ein Telegramm, er möge sofort kommen, im Bewußtsein seiner historischen Verantwortung könne er den Grund nicht der Post anvertrauen; dann läßt er aus der Gartenwohnung, in der er untergebracht ist, seinen Pelz holen. Er schlüpft in den Mantel und macht sich auf den Weg nach Wien. Zum Glück ist Bratfisch mit seinem Fiaker zur Hand, sie erreichen in halsbrecherischem Tempo auf vereisten Wegen gerade noch den Triester Schnellzug, der um 9 Uhr 18 den Bahnhof in Baden passiert.

Herzog Coburg bleibt als Wachposten in Mayerling zurück. Hoyos saß wahrscheinlich schon im Zug, als jemandem einfiel, daß im Sterbezimmer noch die Kerzen am Bett brannten und man sie löschen müsse, damit kein Brand entstehe. In Loscheks Fußtapfen betritt diesmal auch der Herzog das Zimmer; er weist den Lakaien an, den Kronprinzen, da er halb vom Bett herunterhing, aufzurichten; jetzt bemerken sie, daß fast die Hälfte von Rudolfs Kopf fehlt: die ganze Schädeldecke. Das konnte keineswegs vom Zyankali herrühren. In seiner herabhängenden Hand steckte noch der Revolver (den seitdem niemand mehr sah, vielleicht nur der Untersuchungsausschuß, in den Akten steht jedenfalls kein Sterbenswörtchen von der Waffe, man weiß nicht einmal, was für ein Revolver es war). Als dann Loschek – endlich wird auch Mary beachtet! – die Decke von dem Mädchen entfernt, um auch sie zurechtzumachen, versagen dem Herzog die Nerven: er sinkt in einen Sessel und bricht in ein gurgelndes, würgendes Schluchzen aus. Von nun an ist er zu nichts mehr zu gebrauchen.

Während Loschek, der bessere Nerven hat oder wenigstens disziplinierter ist, Coburg pflegt – vielleicht im Billardzimmer –, schlüpfen die neugierigen Dienstboten zu den unbewachten Toten hinein, und das Schlafzimmer füllt sich allmählich mit dem Hausvolk der kleinen Hofhaltung in Mayerling. Sie bestaunen die beiden Leichen – der Anblick mag unbegreiflich und für alle widersinnig gewesen sein. Eine obszöne Szene. Freilich nicht auf die Art, wie es die kleinen pornographischen Bilder (Filmstreifen von mikroskopischem Ausmaß) darstellen werden, die man späterhin, durchleuchtet und mittels einer Linse vergrößert und durch einen Knopfdruck in Bewegung gesetzt, unter dem Titel «Der doppelte Liebes- und Lustmord von Rudolf und Mary» in den hinteren Räumen der Leopoldstädter Kneipen in Wien sehen kann.

Schaudernd und entsetzt betrachten sie das Bild, das mit der reinen und naiven Symbolik von Mysterienspielen – versteht sich – die unglückliche Liebe darstellt. Wenn es bloß nicht soviel Blut gäbe. Sicher spähen sie zunächst von der Schwelle aus hinein, um dann mutig näher zu treten; zuletzt starren sie die beiden Toten aus unmittelbarer Nähe an, sie tragen an ihren Sohlen das Blut im Haus herum.

Schuldes, der Hoftelegrafist, war auch zugegen. Er berichtet:

«... in dem blutdurchtränkten Bett lag, halb hinausgelehnt, eine unkenntliche Männergestalt, links von ihm eine zweite Leiche, die in Schwarz gehüllt und deren Kopf unter dem über sie gestülpten Kissen nahezu völlig verschwunden war. Ringsum eisige Stille – allerdings keine festliche Stille – sondern die Stille des Grauens – und Blut! Blut auf dem Bettzeug, Blut auf dem Fußboden, Blut an der Wand, und Blut sogar an dem niedrigen Gewölbe!»

Das sahen auch die übrigen. Als sie jedoch von Reportern befragt wurden, die durch die Gendarmeriesperre geschlüpft waren, erzählten sie es anders:

«Als sie eintraten, brachen sie ausnahmslos in einen markerschütternden Schrei aus. Der junge Kronprinz lag da in dem breiten Nußbaumbett, mit zertrümmertem Schädel – tot.

Davor die schöne Mary, als würde sie knien, in steifer Haltung. Sie schien an das Bett gelehnt, mit dem Kopf stützte sie sich an den Bettrand. Sie verbarg ihn in den Händen, als schliefe sie nur.

Das Gesicht des stolzen Prinzen war grausam verzerrt. Seine rechte Hand hing zum Boden hinab. Der Leichnam lag derart am Bettrand, daß man sich wundern mußte, wieso er nicht zu Boden fiel.

Das Gesicht Marys war nicht im geringsten verändert. Nirgends ein Zeichen des Todeskampfes.

Welcher künstlerische Pinsel könnte dieses grauenvolle Bild so festhalten, wie es die beiden Leichen boten?

Mary vor dem Bett des toten Prinzen, als der kniende Genius des schwarzen Todes.

So fand man die beiden Leichen!

Das ist die nüchterne Tatsache.

Das ist die grausame Wahrheit.

Daß Rudolf zusammen mit Mary in einem Bett aufgefunden wurde, ist die reinste Unwahrheit, die so ärgerlich wie grausam ist.

All diejenigen, die das als Tatsache anführten und darüber hinaus ausmalten, wie über Marys Leichnam Blumen gestreut und die Toten rings von brennenden Kerzen umgeben waren usw. usf., idealisierten die Wirklichkeit.

Dies ist nichts weiter als eine nach dem Geschmack des breiten Publikums hübsch geschilderte – poetische Lüge.

Auf einem Stuhl neben dem Bett stand der silberne fünfarmige Leuchter, dessen Kerzen immer noch brannten.» (Verus)

Kein Blut – lediglich edle, körperlose Empfindungen; chemisch gereinigtes Liebesdrama in der Manier von Öldrucken mit historischen Szenen. «Verus» komponiert das Bild aus durchgesickerten Nachrichtenfetzen mit journalistischer Routine. Mit den Fingerspitzen spürt er, was das Publikum von ihm verlangt: die Idylle. Keine apokalyptische Tragödie mit Blut, Tod und Erotik, kein Ränkespiel, sondern ein Trauerspiel. Zwischen Liebe und Pflicht zappelnde unglückselige

Liebende, deren tränenfeuchter schöner Tod trotz alledem ein gemeinsamer Triumph von Tugend und Liebe ist.

Rudolf und Mary werden so zu Schutzheiligen der traurigen Liebespaare im Reich.

Graf Hoyos stieg 9 Uhr 50 auf dem Wiener Südbahnhof aus dem Zug, er brachte die Kunde von einer tödlichen Vergiftung mit. Er sprang in einen Fiaker, die Uhr in der Burg zeigte genau 10 Uhr und 11 Minuten, als er auf dem Josefsplatz ausstieg. Im Schweizerhof kam er zu Fuß an, aber eiligen Schrittes. Doch da büßte er den Elan ein, der ihn aus Mayerling bis hierher getragen hatte. Soll er etwa in das Arbeitszimmer des Kaisers einbrechen? – so – in Jagdkluft? – und soll er – er? – ihm berichten, damit der Kaiser stets an den Tod seines Sohnes denken muß, wenn er ihn zu Gesicht bekommt? Überhaupt darf er – er! – mit einer solchen Botschaft vor das Angesicht des Kaisers treten? Hält denn die Etikette für solche Fälle nicht eine Regel parat?

Nach kurzem Überlegen wählt er nicht die Haupttreppe, sondern begibt sich über die Stiegen des Küchenflügels nach oben. Hier im zweiten Stock befinden sich die Gemächer des Grafen Bombelles. Der Oberhofmeister des Kronprinzen (des ehemaligen Kronprinzen) wird wissen, was zu tun sei. Graf Bombelles glaubt, daß eine solche Botschaft nur Herzog Hohenlohe, der Oberhofmeister Seiner Majestät, dem Kaiser überbringen dürfe – was naheliegend ist. Wo aber ist Herzog Hohenlohe? Der Oberhofmeister des Kaisers hält sich nicht in Wien auf, man erwartet ihn aus Sopron erst am Abend zurück. Dann kann nur Baron Nopcsa, der Oberhofmeister der Kaiserin, zuständig sein. So eilen sie denn aus dem Zimmer des Herzogs zu den Räumen des Barons Nopcsa. Wahrscheinlich verstreichen einige Minuten, bis sich der Baron von seinem Schrecken erholt. Sein erster Gedanke ist ebenfalls, daß er auf keinen Fall zuständig sein könne. Ein neuerliches Beraten beginnt, bis endlich gemeinsam festgestellt wird, daß die Botschaft – weil der Kronprinz schließlich Offizier der Armee gewesen sei – der Oberste Armeeadjutant dem Herrscher zu überbringen habe. Näher besehen, versteht sich das von selbst, denn letztlich ist es eine militärische Angelegenheit. Dafür ist Graf Eduard Paar zuständig. Die nahezu komödiantische Szene nimmt also ihren Fortgang. Die Herren, nunmehr zu dritt, eilen ins Büro des Obersten Armeeadjutanten. Aber auch Graf Paar sträubt sich. Indes verrinnt die Zeit. Das Reich erhielt eine schwere Wunde, vielleicht eine verhängnisvolle, es blutet der Leib des Reiches, aber die Kunde davon ist noch nicht bis in die Hirnzentrale vorgedrungen; der Kopf arbeitet weiter, als sei nichts geschehen; er verteilt Anweisungen, läßt bei Rudolf telegrafisch anfragen, ob er an dem Abendessen bei Erzherzog Karl Ludwig teilnehmen könne, das an diesem Tag stattfinden soll – als wäre er ein angeschossenes Rentier, das mit einer Kugel im Herzen weiterrennt, weil es noch nicht weiß, daß es gestorben ist.

Graf Paar hat schließlich den rettenden Einfall: Die Kaiserin solle dem Kaiser die Nachricht überbringen! Aber wer soll sie der Kaiserin überbringen? Baron Nopcsa kennt sie ja nicht. Doch auch er hat eine Idee: Elisabeth soll es von dem erfahren, der ihr am nächsten steht, der also das wenigste zu riskieren hat – und das ist freilich ihre Gesellschafterin Ida Ferenczy.

Elisabeth nahm gerade griechischen Sprachunterricht; sie studierte die Ilias unter Anleitung des Herrn Roussophoulos, eines (etwas exaltierten) griechischen Jünglings mit flatternder Mähne und feurigem Blick, den die Kaiserin von der Insel Korfu nach Wien mitgebracht hatte. Wie daraus ersichtlich, besitzen wir genaue Informationen von den Ereignissen – die allerdings kaum von Belang sind. Ida Ferenczy klopft genau 10 Uhr 45 an die Salontür Elisabeths, wodurch sie den schwungvollen Galopp der Hexameter unterbricht; Oberhofmeister Baron Nopcsa habe etwas Wichtiges mitzuteilen. Sie bittet, die Störung zu entschuldigen, aber die Sache sei äußerst dringend. Roussophoulos wird hinausbeordert, und Baron Nopcsa (zu guter Letzt ist er es doch) überbringt die Nachricht von Hoyos aus Mayerling. Sie hätten sich vergiftet. Aber es sei zu vermuten, daß das Mädchen allein die Tat begangen habe. Aus Eifersucht? Erst habe sie den Kronprinzen und dann sich vergiftet. Sie seien gestorben. Alle beide. In dieser Nacht.

Königin Elisabeth möchte allein bleiben.

Es vergehen nur einige Minuten, und am Ende des zum Salon der Kaiserin führenden Ganges erscheint der Kaiser, um laut Tagesordnung seiner Gemahlin in ihren Gemächern seine Aufwartung zu machen. Hier ist nach dem Griechischunterricht ein Vortrag der Künstlerin Katharina Schratt anberaumt. Bei ihren Aufenthalten in Wien war die Kaiserin stets bemüht, ihrem Gatten das Treffen mit seiner Geliebten zu erleichtern; sie hieß sie zu sich kommen, damit der Kaiser an den vollgestopften Tagen nicht auch noch zu seiner Geliebten kutschieren mußte.

Franz Joseph schritt an den Wachposten vorbei, der letzte, der an der Tür stand, hätte längst die Tür öffnen müssen, da er jedoch mit hängendem Kopf unschlüssig neben Baron Nopcsa stand, der etwas sagen zu wollen schien, aber keinen Ton herausbrachte, griff der Kaiser mit einer energischen Bewegung selbst zur Klinke. Aber er konnte sie nicht niederdrücken, weil der Oberhofmeister den Arm des Kaisers berührte und ihn daran hinderte, zum Zeichen, daß es momentan nicht angebracht sei, einzutreten. Franz Joseph mochte Baron Nopcsa erstaunt angesehen haben, doch dann bemerkte er, daß der Oberhofmeister von einem stummen Schluchzen geschüttelt wurde.

Elisabeth trocknet indes ihre Tränen und schickt Ida Ferenczy hinaus, um Bescheid zu sagen, daß der Kaiser nunmehr eintreten könne.

Die Gesellschaftsdame der Kaiserin steht bereits im Vorzimmer (im Gang?), in Trauer erstarrt, oder aber – da sie doch, wie sich herausstellt, weit und breit den meisten praktischen Verstand besitzt – sie versucht vielleicht schon, mit dem Oberhofmeister die zu treffenden Maßnahmen zu besprechen. Doch da wird die Tür aufgestoßen, und herein tritt eine weibliche Gestalt (oder sie erscheint am Ende des Ganges), und Ida Ferenczy muß staunend zusehen, wie sich ihr

Baronin Helene Vetsera nähert. Sie lächelt schon von weitem, aber sie ist ein wenig verwirrt. Wie ist dieses Weib hereingekommen, und was sucht sie hier? Sie wünscht eine Audienz bei der Kaiserin; sie möchte mit der Kaiserlichen und Königlichen Hoheit über den Kronprinzen und ihre Tochter sprechen, weil nur sie allein ... und wie Euer Gnaden vielleicht schon wisssen ...

«Es ist nicht möglich, Ihre Majestät kann Sie jetzt nicht empfangen, aber auch sonst ... es ist schon spät ... alle wissen es ja bereits ... sie sind beide draußen in Mayerling ...» Ida Ferenczy beendet den Satz nicht. Sie wendet sich ab und läßt Frau Vetsera inmitten des Zimmers (des Saales?) stehen. Helene Vetsera begreift freilich kein Wort, aber vielleicht betrachtet sie mit Beklemmung die betrübten, schweigsamen Diener. Sie steht also ratlos herum, als plötzlich die Tür aufgeht und Elisabeth (gefolgt von Katharina Schratt? oder war jene auch im Vorzimmer?) und Franz Joseph hereintreten; unerwartet (und gerade jetzt!) erfüllt sich der schönste Traum des aufwärtsstrebenden Lebens der Frau Vetsera! Eine Audienz! (Oder etwas Ähnliches.) Es würde genügen, wenn sie sich verbeugte und einen Knicks machte, aber die Baronin sinkt auf die Knie – sicherlich eine instinktive Bewegung. Der Kaiser geht wortlos an ihr vorüber. (Folgt ihm Katharina Schratt?) Als die Vetsera ihren Blick hebt, steht nur noch die Kaiserin in unnahbarer Höhe vor ihr, und ehe die Baronin auch nur ein Wort sprechen kann, teilt diese ihr kalt und sachlich mit: «Es ist zu spät, sie sind beide tot.» Einen Augenblick Grabesstille, dann schreitet auch die Kaiserin davon. «Merken Sie sich gut, Rudolf ist an einem Herzanfall gestorben ... Verstehen Sie?» Frau Vetsera fällt in Ohnmacht.

Indes verbreitet sich die schreckliche Kunde, doch infolge der Schockwirkung gelangt sie noch immer nicht in die Nervenzentrale. Ministerpräsident Graf Taaffe berät sich zur Stunde mit Baron Krauß: Das Mädchen sei nicht angetroffen worden, anscheinend müsse man die Sache ernst nehmen, er werde sich persönlich mit der Angelegenheit befassen. Man müsse, noch bevor der gegen Morgen nach Mayerling beorderte Inspektor zurückkomme und melden werde, auch anderswo recherchieren. Der Polizeipräsident kehrt in sein Amt zurück und läßt Dr. Meißner holen; er solle in die Pilgramgasse zu Frau Wolf gehen und herausbekommen, was die Greisin wisse.

Es vergeht noch eine gute halbe Stunde, bis der Ministerpräsident aus der nachfolgenden Konferenz (man beriet über die seit langem fällige Wasserversorgung der Stadt) herausgeholt wird, um die Kunde zu vernehmen. Erst dann erfährt Stephanie – wohl als letzte in der Burg, wie sie noch nach fünfzig Jahren beklagt –, daß sie Witwe geworden ist. Sie war gerade dabei, Gesangsunterricht zu nehmen.

Die formlose schreckliche Nachricht fügt sich nur allmählich zu Begriffen. Man weiß noch nicht, was in Wirklichkeit geschehen ist, man sucht noch nach Worten, nach passenden Formulierungen. Erst wenn die große, kollektive Arbeit beendet sein wird, werden wir erfahren, was eigentlich vorgefallen ist.

Einstweilen herrscht jedoch sogar an der Börse Ungewißheit – obgleich man hier schon seit Stunden weiß und bespricht, was man in der Burg erst jetzt zusammenzufügen sucht. Baron Nathan Rothschild, Hauptaktionär der Süd-Eisenbahn-Gesellschaft, hatte die Nachricht mitgebracht. Ihm telegrafierte sie der Bahnhofsvorsteher in Baden über eine Sonderleitung der Eisenbahnvorsteher. Graf Hoyos sah sich nämlich gezwungen, dem Vorsteher den Grund zu nennen und zu erzählen, was in Mayerling vorgefallen war, damit er den Zug stoppte (der Schnellzug hielt nämlich in Baden nicht). Jener hatte zwar versprochen, zu schweigen und das Geheimnis zu hüten, offenkundig war ihm aber eingefallen, welch ein Vermögen das Bankhaus Rothschild dadurch erworben hatte, daß ihm die Nachricht von der Niederlage bei Waterloo früher als allen anderen bekannt geworden war. Er beeilte sich also, die Nachricht gleich weiterzuleiten. Baron Rothschild schwang sich unverzüglich in seinen Wagen und brachte die (vielleicht) unschätzbare Nachricht vor allem dem Herzog Reuß in die deutsche Botschaft. Und dann zur Börse.

(Die Reihenfolge ist durchaus nicht zufällig.) Jedenfalls ahnt der Kaiser noch nichts, als die Kurse an der Börse zu fallen beginnen. Die Zeichen deuten auf Schrecken, sind äußerst beunruhigend – künden von einer unsicheren Zukunft. Um Panik zu vermeiden, setzt man den Transaktionen ein jähes Ende. Die Börse wird geschlossen.

Halb eins geht die Tür zum Amt des Oberhofmeisters auf; Hofrat Kubasek tritt ein, totenbleich und am ganzen Leibe zitternd. «Der Kronprinz ist gestorben!» stammelt er. «Sofort muß ein Ausschuß nach Mayerling fahren. Die Herren Poliakovits, Schultes, Slatin, Burgkaplan Mayer, Kirschner und Klaudy sollen sich für die Reise bereitmachen! Sie kommen mit mir.» Sie nehmen den für alle Fälle bereitstehenden Erzsarg mit. Die Aufgabe lautet: Den Leichnam nach Wien zu schaffen und – entsprechend dem Hausgesetz der Habsburger – «das Testament ausfindig zu machen», von dem übrigens jedermann weiß, daß es im Panzerschrank des Oberhofmeisters aufbewahrt wird.

Mittags um ein Uhr beginnt vor dem Tor der Burg eine von Musik begleitete Wachablösung. Wie überall auf der Welt lauschen viele Zuschauer – Müßiggänger, Touristen, Schwerenöter, Gaffende – der Militärmusik. Der Tambourmajor gibt das Zeichen, und die Regimentskapelle stimmt den Marsch der Hugenotten an, doch da kommt ein Offizier von der Leibwache herbeigeeilt, schon von weitem winkend und fuchtelnd. Die Musik verstummt mitten im Takt.

Die Nachricht verbreitet sich in der Stadt. Die Telefone klingeln – wo es keine gibt, klopfen Sendboten an oder überbringen Briefträger Telegramme, die Abendvorstellungen, die Bälle fallen aus, der heurige Fasching geht jäh zu Ende. Über den Grund wird jedoch nur geflüstert. Die Kunde verbreitet sich – genauer: die Kunde von der Kunde. (Denn man kann noch nichts – vornehmlich nichts Sicheres – wissen.) Am Nachmittag bildet sich vor der Burg eine dichte Menschenmenge (eine aufgescheuchte Herde im Schafstall?) und sieht zu, wie die erzherzoglichen Kutschen eine nach der anderen eintreffen; die Menschen erkennen an den Wagen die Insassen, die Primadonnen und Bonvivants des großen kaiserlichen Schauspiels. Nur daß es jetzt keinen Applaus und keine Hochrufe gibt; alle sind bedrückt und flüstern nur.

Die Massen – das sind die nahezu achthunderttausend Einwohner der Hauptstadt des sechsunddreißig Millionen zählenden Reiches. Beziehungsweise – einige zehntausend von ihnen, die von einem solchen Ereignis wenn auch nur entfernt, aber irgendwie berührt sind und daher rasch Kenntnis davon bekommen. In die Außenbezirke (wo vermutlich die überwiegende Mehrheit der mehr als hunderttausend sozialpflegebedürftigen Wiener, ferner der zwanzigtausend Prostituierten und der hundertvierzigtausend Geschlechtskranken wohnt, und wir sollten hinzufügen: gleich mehrere Personen in einem Zimmer, in Häusern ohne Kanalisation – damit ein wenig Gegenlicht auf die Mayerlinger Luxustragödie fällt, wodurch allerdings Rudolf und Mary nicht wieder lebendig, nicht weniger tot werden, aber immerhin vielleicht ein wenig spürbar wird, mit welchem Erbe der Kronprinz neben den bereits flüchtig erwähnten anderen Miseren und Mißständen in der Residenzstadt zu rechnen gehabt, welche Sorgen ihn erwartet hätten – vielleicht wußte er davon, falls er gewillt gewesen wäre, so lange zu warten, bis er an die Reihe kam) – kurzum, in diese Außenbezirke war vermutlich zu dieser Stunde die Kunde – so rasch – noch nicht durchgesickert. Hierher werden erst am nächsten Tag die im Dienste des Hofes stehenden sechzigtausend (!) Arbeitskräfte sowie die in der Innenstadt beschäftigten ambulanten Waschfrauen samt der Schmutzwäsche – über die Stiegen für das Dienstpersonal («Betteln und Laierkastenspiel verboten!») – die Kunde tragen, wahrscheinlich von den unverständlichen (irrationalen und unlogischen usw.) Elementen gereinigt, oder genauer: das Unverständliche dem wirklichen Leben (oder dessen mutmaßlichem königlichem Ebenbild) angepaßt, indem sie den ansonsten liebenswürdigen und gut aussehenden Kronprinzen, der auf dem hohen, von barocken Wolken umgebenen Thron vor Kälte bibbert, in seinem Tod quasi vermenschlichen.

Eine Weibergeschichte (versteht sich – und rein zufällig,

daß wirklich eine Frau in die Sache verwickelt war) – also eine Eifersuchtsaffäre: Der hatte sich in die Frau des Jägers (des Försters) verguckt, und dieser lauerte ihm hinter einem dicken Baumstumpf auf und knallte ihn aus Rache (von hinten?) im Walde nieder – also ein «Jagdunfall»? Dies verbreitet man, obwohl doch der Hektor (Alexander, Henry) Baltazzi ihn im Duell erschoß, weil der Kronprinz seine Nichte geschwängert hatte. Und: Es gab ein großes Spektakel (eine richtige Orgie) in der Jagdhütte, und es kam zu einer Prügelei (wie in einer Kneipe), und einer hat ihm eine Sektflasche (freilich nicht einen Bierkrug, schließlich war er der Kronprinz) über den Schädel gehauen, so daß Rudolf zu Boden stürzte (sein Gehirn spritzte umher). Der Arme hatte ja die Syphilis, er wußte, daß er nicht mehr lange leben würde, und er wollte nicht warten, bis er eine weiche Birne bekam, deshalb nahm er sich das Leben, aber zuvor erschoß er seine Geliebte, damit sie kein anderer kriegte. Der Kronprinz ist ja nicht normal gewesen, er war ein wenig schwachköpfig und fallsüchtig (so was vererbt sich – die sind ja alle degeneriert) wie die anderen Erzherzoge; er war so betrunken, daß er nicht wußte, was er tat. Und so weiter … Man sieht, das sind lauter vernünftige und nüchterne Erklärungen. Den kitschigen Mythos, die unglückseligen Akteure des bürgerlichen Trauerspiels, werden erst die Journalisten erfinden – dem Geschmack des gebildeten Publikums gemäß.

«… In Budapest gab es bekanntlich während der Debatte über das Wehrgesetz täglich Demonstrationen, die immer mehr ausarteten und Hab und Gut bedrohten, da sich der Pöbel wie üblich nach und nach in den Vordergrund drängte.

In dieser Situation traf die erste Trauernachricht ein.

Man wollte sie nicht unbedingt glauben; ja man konnte sogar in den Reihen der Demonstranten Stimmen hören, wonach das Ganze lediglich eine Finte der ‹vaterlandsverräterischen› Regierung sei, ein Gerücht, um die Aufmerksamkeit abzulenken, dem Volke angst zu machen und Zeit zu gewinnen. Aber nicht nur einige, sondern Tausende und aber Tausende Telegramme bestätigten die erschütternde Nachricht – aus vielen Tausenden offiziellen und inoffiziellen Quellen, und bald begannen immer mehr Trauerfahnen stadtweit zu wehen. Jetzt wird die Nachricht glaubwürdige, erschütternde Wirklichkeit.

Haß und Empörung werden im Herzen der Demonstranten im Nu durch Wehmut und Betroffenheit verdrängt. Wer es sich leisten kann, legt Trauer an, die Hauptstadt nachahmend; die farbigen Armbinden und die bunten Bänder räumen dem Schwarz den Platz.

Wo ist die Feder, die imstande wäre, den tiefen Schmerz zu beschreiben, der die Herzen aller Ungarn erfüllte, und die allgemeine Trauer zu schildern, die zunächst die Hauptstadt und später das ganze Land erfaßte.

Am 30. und 31. Januar sah ich viele Menschen, Männer und Frauen, die in den Straßen unter Tränen den großen Verlust beklagten und ihre Sorge um das künftige Schicksal des Vaterlandes kundtaten. Selbst der, der am Nachmittag des 30. Januar mir als erster die niederschmetternde Nachricht überbrachte, einer meiner Schüler, Armin Gulden, erzählte schluchzend und abgehackt, daß sich sein Vater, der Direktor der Ganz-Werke, telegrafisch bei zehn Stellen in Wien erkundigt habe, ob die grausige Nachricht auch zutreffe, und er habe zehnmal eine Bestätigung erhalten. Mein älterer Sohn, der inzwischen ebenfalls verstorbene teure Arpád, meine Töchter und meine Frau weinten zusammen mit Gulden. Solche Szenen spielten sich in allen guten ungarischen Familien ab.

Sogar die Feinde der ungarischen Nation waren bestürzt von dem gewaltigen Glück, das ihnen beschert wurde.

… Der König bat alle Herrscher, nicht zum Begräbnis zu kommen, da er sich nicht in der Gemütsverfassung befände, sie würdig zu empfangen, und er richtete diese Bitte auch an den deutschen Kaiser Wilhelm II., obwohl diesen vornehmlich in seinen jüngeren Jahren das Gefühl inniger Freundschaft mit dem dahingegangenen jungen Fürsten verband und obwohl er erklärt hatte, er würde gern auf jederart Empfang verzichten.

So waren also bei dem am 5. Februar 1889 stattgefundenen Begräbnis keine ausländischen Fürsten zugegen, aber um so größer war die Zahl der treuen Untertanen, die aus allen Richtungen der Monarchie in das in Trauer gehüllte Wien zusammengeströmt waren, um dem vielbeweinten Kronprinzen die letzte Ehre zu erweisen.

Rudolf war in der Burgkapelle aufgebahrt worden. Die Zahl derjenigen, die den Aufgebahrten aus Pietät oder auch nur aus Neugier zwischen dem 31. Januar und dem 5. Februar besichtigten, beläuft sich auf Hunderttausende. Pünktlich um vier wurde der Sarg vom Katafalk genommen, mit dem Dekkel luftdicht verschlossen, geweiht und auf den Leichenwagen gehoben, wonach sich der Leichenzug unter dem Geläut sämtlicher Glocken Wiens in Bewegung setzte. Die Priester schritten der gewaltigen Menge voran. Am Eingang der Kapuzinerkirche nahm Fürstprimas Ganglbauer den Sarg in Empfang, der dann in der Mitte der Kirche aufgestellt wurde. Ringsum brannten in gewaltigen silbernen Kandelabern unzählige Wachskerzen ... Solange die Weihe dauerte und die markerschütternden Klänge des ‹Circumdederunt› sowie des ‹Libera› durch die Kirche hallten, richtete der König seine Augen andachtsvoll auf den Sarg, und er wandte sie so lange nicht ab, bis die Zeremonie ihr Ende fand.

Bevor der Sarg zur Gruft getragen wurde, trat der König dicht an ihn heran und vertiefte sich in ein inniges Gebet; dann geleitete er den Sarg zur Gruft, wohin ihm die weitverzweigte Verwandtschaft folgte. Doch da verließ ihn seine übermenschliche Kraft, er stürzte sich auf den Sarg, umarmte und küßte ihn, und seinem gequälten Herzen entrang sich ein heftiges Schluchzen. Das Weinen und Klagen gekrönter Häupter, fürstlicher Persönlichkeiten bildeten das Echo zum krampfhaften Schluchzen und Seufzen des seinen Sohn beweinenden Königs. Am Ende ließ der Anfall des Schmerzes nach: Der König sank in die Knie, betete lange, sehr lange, richtete sich dann auf und verließ leise und schweigsam die Gruft, die alles, was er besaß, in sich schloß.

Das war das Begräbnis von Rudolf, der für uns Ungarn ein zweiter Matthias Corvinus zu werden versprach. Außer für die königlichen Eltern war es für die ungarische Nation der größte Verlust, liebten wir Magyaren ihn doch am meisten.

Während der wohl nur wenige Stunden dauernden Krankheit, vielleicht gerade in den letzten Augenblicken schrieb er seinen Abschiedsbrief, dessen letzte Zeile lautet: ‹Gott segne unser geliebtes Vaterland!›

In der Stunde des Todes ist der Mensch am aufrichtigsten.

Nur er und Stephanie wußten bis zu seinem Tod, was in seinem Hemdknopf seit seinem Jünglingsalter eingraviert war: Bleib, Ungarn, für dein Vaterland von Lieb und Treu erfüllt / Die Wiege ist's, die heut dich hegt / dein Grab, das bald dich hüllt.

Er liebte alle Völker und Nationen des Zwillingsreiches, aber sein Herz fühlte sich durch Temperament und Neigung am stärksten zu uns Ungarn hingezogen. Er kannte die Geschichte unserer Nation, billigte ihre gegenwärtigen Sehnsüchte, teilte ihre Hoffnungen auf die Zukunft. Wir hielten ihn so sehr für einen der unseren, daß wir den Tschechen gegenüber keine Eifersucht verspürten, als er in den Marmorsälen des Hradschins wohnte, nicht gegenüber den Deutschen, als ihm die Burg als «Hauptquartier» diente, und auch nicht gegenüber den Polen, als er ihr Land bereiste, in ihnen nahezu auf uns Verwandte traf, nicht gegenüber den Kroaten, als er in Zagreb ihre Neigung für die Soldatenlaufbahn lobte – nein, wir hatten nie Angst, ihn zu verlieren. Nur den Tod mußten wir fürchten, und der hat ihn uns jetzt hinweggerafft.

Aber auch der Tod vermochte nur seine sterbliche Hülle in die Gruft der Wiener Kapuzinerkirche hinabzustoßen, wo sein Grab den hundertdreiundzwanzigsten Platz in der Ahnenreihe der Toten einnimmt: Sein unsterblicher Geist schwang sich empor vor den Thron Gottes, um dort Rechenschaft zu geben über ein kurzes, aber an Arbeit und Taten reiches Leben; doch sein Andenken bleibt auf Erden bewahrt, so lange auch nur ein Székler am Fuße der Schneeberge in Görgényszentimre den lieben Gott preisen wird!» *Péter Simon: «König und Vaterland», 1899*

Sechstes Kapitel

Wie ein Heuschreckenschwarm breitet sich in Wien der Klatsch aus. Doch Inspektor Eduard Berger schleicht einstweilen, nichts ahnend von den Vorkommnissen der Nacht, um das Jagdschloß herum und führt (unauffällig) seinen Auftrag aus: Er hat (auf Anweisung von Baron Krauß) herauszukriegen, ob sich die kleine Baroneß bei Rudolf befinde. Die Aufgabe ist heikel, und er muß taktvoll vorgehen; da er unter keinen Umständen das Gelände des Schlosses betreten darf, kann er nur das Kommen und Gehen observieren. Ihm fällt auf, wie lebhaft der Verkehr ist, aber er zieht daraus keine Folgerungen, sondern trägt nur alles gewissenhaft in sein Notizbuch ein. Das übrige ist nicht seine Sache. Erst gegen Abend erfährt er von Inspektor Wyslouzil, der in Mayerling mit zehn Detektiven eingetroffen ist, um den «Tatort zu sichern», was vorgefallen ist. Immerhin erfuhr auch der Polizeipräsident erst am frühen Nachmittag (nahezu als letzter in der Stadt) zu seiner nicht geringen Überraschung, was sich vor seiner Nase abgespielt hatte. Allerdings wissen wir dank der (blinden und tauben) Korrektheit von Inspektor Berger genau, wer wann mit wem eintraf, mit welchem Fahrzeug Doktor Widerhofer und mit wieviel Personen Graf Bombelles anreiste. Wir könnten die genauesten zeitlichen und sonstigen Angaben machen (um den Anschein einer wissenschaftlichen, ja sogar ermittlungstechnischen Akribie entstehen zu lassen), aber es lohnt nicht, ganz davon zu schweigen, daß wir ohnehin den Leser mit viel zuviel belanglosen Aspekten belastet haben. Wichtig ist, daß Loschek, der vor dem Totenzimmer Wache hielt, endlich aufatmen konnte; Doktor Widerhofer befreite ihn von dieser Last.

Auf dem kleinen Tisch lagen noch die Reste des Abendbrots, am Boden einige leere Sektflaschen, einer der Stühle war umgestürzt. Neben dem Totenbett eine halbleere Kognakflasche; sie ließ der Arzt als erstes entfernen, damit der Kaiser, falls er hierher käme (er kam nicht), sie nicht sah. Dann machte er sich an die Arbeit.

Zunächst einmal legte er dem zertrümmerten Schädel einen Notverband an, dann wusch er das Gesicht und den blutverschmierten Hals des Kronprinzen, deckte danach mit Hilfe Loscheks das von Blut durchtränkte Bett zu und bahrte den Leichnam auf. Zuletzt glättete er ein wenig die erstarrten Gesichtszüge Rudolfs («als würde er schlafen») und tilgte, soweit möglich, die Spuren des Todes.

Nachdem sie am Leichnam des verewigten Kronprinzen das Notwendige verrichtet hatten, weihte Loschek den Doktor in das Geheimnis ein: Es gäbe noch eine Leiche, die müsse man ebenfalls untersuchen. Der Augenblick eignet sich nicht für Aufklärung, und der Arzt wird auch kaum Fragen gestellt haben, sondern nimmt mit höfischer Disziplin die Mitteilung des Lakaien zur Kenntnis und folgt ihm durch einen langen, kalten, steinernen Gang. Loschek öffnet die Tür zu einer kleinen Kammer, die nur spärlich durch ein winziges Fenster unter der Decke beleuchtet wird. Widerhofer kann im Halbdunkel kaum die verstreut herumliegenden Gegenstände ausmachen. Er glaubt, in einer Rumpelkammer zu sein. Schließlich erblickt er einen großen geflochtenen Wäschekorb, verdeckt mit irgendeinem Teppich, darauf ein mit Straußenfedern geschmückter Hut, ringsumher verschiedene weibliche Kleidungsstücke.

«Als Loschek die Decke vom Korb nahm, war ich zum erstenmal in meinem Leben daran, in Ohnmacht zu fallen. Eine weibliche Leiche lag vor mir im Korb – vollkommen entblößt. Das Batisthemd war ihr über den Kopf gestülpt.

Ich sagte zu Loschek, daß es zu dunkel sei und ich die Leiche nicht untersuchen könne. Er nahm sie also auf den Arm und trug sie in das anliegende Zimmer, in dessen Mitte ein Billardtisch stand, darauf legte er sie.

Nun begann ich mit der Untersuchung. Ich strich ihr langes schwarzes Haar aus dem Gesicht, von dem ich bis dahin nichts gesehen hatte, und da ... da erkannte ich Mary Vetsera, die mir seit ihrer Kindheit bekannt war.

Das arme Kind – sie war ja noch ein Kind! Ihr Gesicht war nicht ganz so entstellt wie das von Rudolf. Zwar hatte die Kugel die eine Gesichtshälfte zerschmettert, und auch ein Auge war aus der Höhle herausgefallen, doch die andere hatte die volle Schönheit bewahrt. Ihre Züge waren, man kann wohl so sagen, friedlich. Das Batisthemd, womit ihr Kopf bedeckt war, zerriß ich in Stücke und benutzte es als Verband. Das Auge legte ich zurück in die Höhle, und dann wusch ich das Blut vom Körper des armen toten Mädchens, sodann wickelte ich die Leiche in ein Laken und hieß Loschek sie wieder in die Kammer tragen.»

Die Sache kommt einem ein wenig rätselhaft vor (aber wir wollen die Widersprüche nicht unter die Lupe nehmen), da doch Baron Slatin, der Sekretär des Untersuchungsausschusses des Oberhofmeisteramtes, behauptet, «der schöne Leichnam» habe im Bett gelegen, als die Herren (viel später als der Doktor) nachmittags – in der Abenddämmerung – im Jagdschloß eingetroffen seien. «Ich erinnere mich genau, daß der Kronprinz auf der linken und die Baroneß auf der rechten Seite lag. Mit nahezu absoluter Sicherheit kann ich ferner behaupten, daß links vom Bett auf einem kleinen Hocker oder kleinen Tisch ein Handspiegel und ein Revolver lagen. Diesen Umstand, der mir äußerst wichtig schien, hat später Herr Hofrat Kubaschek bestätigt.»

Nach der Feststellung der Tatsachen (was eine ärztliche Aufgabe ist) folgt die offizielle Zurkenntnisnahme der Tatsachen – das sind zwei verschiedene Dinge. Letzteres ist eine selektive und zielstrebige Handlung, und darum sind kollektive Weisheit, vereinte (breite) Schultern vonnöten, auf die sich die Last der Verantwortung besser verteilen läßt. Da es sich durchweg um erfahrene Beamte handelt, wissen die Mitglieder des Ausschusses genau, daß bei solch hochrangigen Todesfällen die Staatsräson das letzte Wort hat. Und die Staatsräson verlangt – wie man den Herren offenbar noch vor ihrer Abreise aus Wien (um Mißverständnisse zu vermeiden) zur Kenntnis gab –, daß der Kronprinz infolge eines Herzanfalls aus den Reihen der Lebenden geschieden sei. Völlig unerwartet und unfaßbar.

Es wurde also offiziell festgestellt, daß die «schöne weibliche Leiche» sich völlig ungebührlich auf dem Schauplatz des tragischen Todesfalls aufhalte und demnach unverzüglich zu entfernen sei. Loschek (wer denn sonst) muß also den Leichnam des armen toten Mädchens (erneut?) auf den Arm nehmen und in die Rumpelkammer (zurück?) tragen, wo er die Arbeit des Untersuchungsausschusses nicht stört. Die Tür der Kammer wird – auf alle Fälle – versiegelt. Dann wird das Protokoll aufgenommen, in dem kein Sterbenswörtchen von Mary fällt und auch nicht von dem Revolver oder von dem auf dem Nachtschränkchen befindlichen Handspiegel (der offensichtlich dazu diente, exakt zielen zu können), der (höchstens) in der verblüffend detaillierten Inventarliste erwähnt wird.

(Posten 19: kleinformatiger Perserteppich. Posten 20: sogenannte Bettvorlage. Beide stark verschmutzt. Sind nicht zu reinigen – aussondern.)

Die Abschiedsbriefe wurden gesammelt (freilich auch der für Loschek bestimmte, in dem Rudolf – wahrscheinlich in der Annahme, durch den Selbstmord unwürdig geworden zu sein, um in der keineswegs ersehnten Gesellschaft der in der Kapuzinergruft ruhenden Ahnen beigesetzt zu werden – ihm seine sterblichen Überreste vermacht: «Sie sollen neben der Baroneß auf dem kleinen Friedhof der Heiligenkreuzer Abtei beigesetzt werden»), die Schubfächer ausgeräumt, die Schriftstücke und persönlichen Sachen zusammengepackt und in Lederkoffer verstaut. (Die Herren jagten den widerspenstigen und übereifrigen Vizepräsidenten des Badener Bezirksgerichts fort, der sogleich in das zu seinem Kreis gehörende Jagdschloß geeilt war, nachdem er von dem «Schuß» erfahren hatte, sich dann jedoch mit einem auf die Visitenkarte des Grafen Bombelles gekritzelten Vermerk zufriedengab, da er ja

Der schmächtige Jüngling, bereits als General, um den Hals den Orden des Goldenen Vlieses

Mary, etwa ein Jahr vor ihrem Tod

Mary, mit dem straußenfederngeschmückten Hut

Das Jagdschloß Mayerling inmitten des Wienerwalds

Der «Jäger» vor einer Waldkulisse

Loschek, der Diener

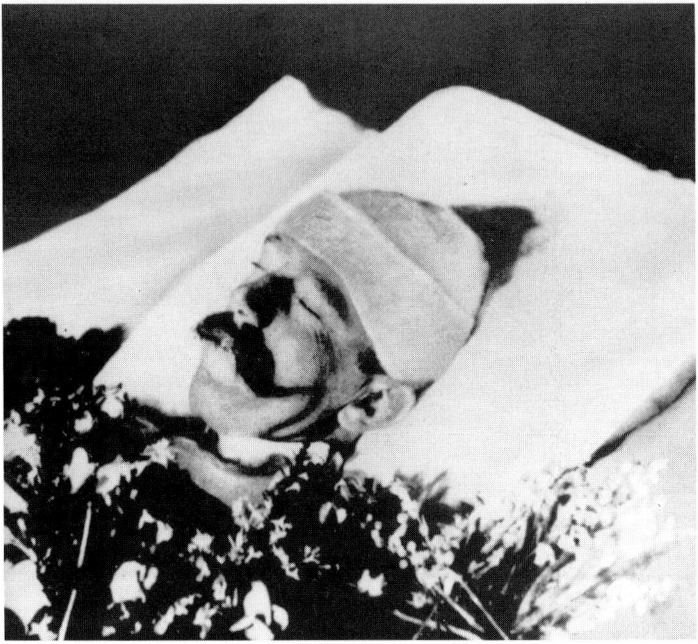

Rudolf, aufgebahrt in der Burg

diese seinem abschließenden Bericht als Beleg hinzufügen konnte. Dadurch rettete er für die Nachwelt diese wertvolle Visitenkarte, denn die Aufmerksamkeit der Spurenverwischer erstreckte sich nicht auf das Archiv der Staatsanwaltschaft der Wiener Neustadt – erst später wurde man darauf aufmerksam, so daß man dieses schöne, im Reliefdruck gefertigte Kartonblättchen noch heute in seiner ganzen Belanglosigkeit besichtigen kann. Zuletzt ließ man den provisorischen Sarg holen und den Deckel festschrauben (allerdings nicht fest genug, so daß er später ständig hin und her rutschte und des öfteren zurechtgerückt, ja sogar festgehalten werden mußte, damit er auf dem holprigen, unebenen Weg nicht herunterfiel – gewiß machte das keinen guten Eindruck auf das Personal). Dann begab sich die Prozession zum Badener Bahnhof, wo sie von einem trauergeschmückten, geheizten Sonderzug erwartet wurde. In Dampfwolken gehüllt, mag sie im fahlen Licht der Gaslampen ein makabrer Anblick gewesen sein.

Die Nacht war vorgeschritten. In Mayerling und Umgebung wimmelte es nur so von den zivilgekleideten Beamten des Oberinspektors Wyslouzil, sie machten Jagd auf Journalisten. Alois Zwerger blieb mit Mary Vetsera sozusagen zu zweit im Schloß zurück, das von der Gendarmerie umstellt war.

In Wien erhielt man zu dieser Stunde auf den Straßen bereits die ersten Sonderausgaben der Zeitungen, ja, eine (die «Neue Freie Presse») war sogar schon am Nachmittag beschlagnahmt worden, sie hatte berichtet, daß der Kronprinz «mit einer Schußwunde im Bett ...» (woher wußte sie das?), und sie wurde so gründlich eingestampft, daß kein einziges Exemplar übrigblieb. Damit begann der Tanz der Zensur mit sieben Schleiern. In der Sonderausgabe der «Wiener Zeitung» (und in der «Budapester Közlöny») wurde eine von Ministerpräsident Graf Taaffe und von Außenminister Graf Kálnoky gemeinsam verfaßte offizielle Verlautbarung abgedruckt:

«Ein erschütternder Schicksalsschlag traf das hohe Herrscherhaus, alle Völker der Österreichisch-Ungarischen Monarchie, alle Österreicher und Ungarn! Der von allen so heißgeliebte Kronprinz Rudolf ist gestorben! Seine zur Jagd geladenen Gäste nahmen schmerzerfüllt die grausame Nachricht entgegen, daß der durchlauchtige Kronprinz infolge eines Herzanfalls seine edle Seele ausgehaucht hat.»

Diese Erklärung hielt sich lediglich einen Tag. Allerdings hatte niemand auch nur einen Augenblick daran geglaubt. Nur ein «Jagdunfall» hätte noch verdächtiger sein können als der «Herzanfall».

Dennoch: Warum hielt man sich nicht an die erste Version? (Wennschon die vollständige – einschließlich Mary betreffende – Wahrheit niemals an die Öffentlichkeit gebracht wurde.) War die ursprüngliche Version unglaubwürdig geworden, weil bei dem anfänglichen Durcheinander mehr Menschen als zuträglich die (mutmaßliche) Wahrheit erfahren hatten? Es stellte sich heraus, daß das Gerede nicht mehr zu ersticken war und alsbald in die Presse kommen würde, wenn auch nicht in Österreich, so doch in dem, die Presse betreffend, freieren Ungarn oder im Ausland – wogegen die österreichische Polizei ohnmächtig sein würde, da man unmöglich jedes eingeschmuggelte Zeitungsexemplar beschlagnahmen könnte. Oder war vielleicht die erste Version am Widerstand der Professoren gescheitert, die in Wien die Obduktion durchgeführt hatten – weil sie trotz allen Eifers des Grafen Bombelles (fürchteten sie bei der Flut von Klatsch um ihren Ruf?) nicht gewillt waren, einen Herz- oder Schlaganfall als Todesursache anzugeben? Oder möglicherweise erkannte jemand im Hofmeisteramt, als er den zerschmetterten Schädel sah, daß nicht einmal der geschickteste Einbalsamierer imstande sein würde, die Spur der tatsächlichen Todesursache zu tilgen. So daß spätestens angesichts des aufgebahrten Toten die Wahrheit an den Tag käme?

Wie auch immer, Anfang Februar erschienen die Blätter erneut mit fetten Schlagzeilen: «Die schreckliche Wahrheit». Die erste Verlautbarung habe bedauerlicherweise auf einer falschen Information basiert. («Die von uns gestern über das niederschmetternde Ereignis des Hinscheidens Seiner Kaiserlichen und Königlichen Majestät Erzherzog und Kronprinz

Rudolf mitgeteilten Angaben fußten auf den von der nächsten Umgebung des hochgestellten Verblichenen unter der verwirrenden Einwirkung des verhängnisvollen Geschehnisses gewonnenen Eindrücken. Die Umgebung fand, nachdem die Tür des Schlafzimmers aufgebrochen worden war, Seine Kaiserliche und Königliche Majestät leblos im Bett vor; die nach Wien gelangten Meldungen stützten sich auf diese ersten Eindrücke wie auf die Vermutung, daß der Tod durch einen Herzanfall verursacht worden sei.») Der Kronprinz habe indessen eigenhändig seinem Leben ein Ende bereitet. In momentaner Geistesstörung. – Zur Erhärtung dieser Behauptung wurden sogar Auszüge aus dem Obduktionsprotokoll veröffentlicht. Für die Bestätigung dieser «Tatsache» konnte man nämlich die Ärzte eher gewinnen, da sie eingesehen hatten, daß man die aufgebrachten weltlichen und kirchlich-katholischen Gemüter anders kaum hätte beruhigen können (was allerdings nur mäßigen Erfolg hatte, da der Klerus den Verstorbenen maßlos verachtete). Aus diesem Grunde versuchten sie ihre Behauptung mit sprachlichen Gaukeleien zu untermauern:

«Das vorzeitige Zusammenwachsen der Pfeil- und Kranznaht, die auffällige Tiefe der Schädelgrube und bestimmte fingerförmige Eindrücke an der Innenfläche der Schädelknochen, die seltene Verflachung der Gehirnwindungen sowie die Erweiterung der Gehirnrinde sind Symptome, die erfahrungsgemäß mit einem regelwidrigen Geisteszustand zusammenhängen und demnach die Vermutung nahelegen, daß die Tat in geistiger Verwirrung vollbracht wurde.»

Doch die Veröffentlichung der mutmaßlichen Wahrheit bewirkte mehr Schaden als Nutzen – die Glaubwürdigkeit des Hofes war vollends verspielt. Was mochte die noch grausamere Wahrheit sein, wenn man soviel eingestand. Wozu das krampfhafte Bemühen (dieser Eindruck drängte sich jetzt unwiderruflich auf), das Vorgefallene als Selbstmord auszugeben? Wenn man nämlich diese Ungeheuerlichkeit, die man mit dem nüchternen Verstand eines katholischen Herrschers nicht eingestehen darf (daß nämlich ein apostolischer! Kronprinz Selbstmord beging), schlichtweg zugibt, dann sucht man damit eine noch viel grausamere Wahrheit zu vertuschen! Die Zensur stellt sich das Volk einfältiger vor, das Volk dagegen hält die Zensur für spitzfindig. Aus diesem unauflöslichen Widerspruch beziehen die modernen Legenden ihre Nahrung. Dabei hat doch die Zensur jetzt fast alle Schleier abgelegt, nur noch an einem hält sie krampfhaft fest. Sie will nunmehr nichts anderes (und dafür sagt sie nahezu die Wahrheit – nur daß dies außer ihr keiner weiß), als lediglich Mary Vetsera aus der Geschichte auszuklammern. Daran aber wird sie hartnäkkig und störrisch bis zum letzten Augenblick ihrer Existenz festhalten: In den Ländern des österreichischen Kaiserreichs und des ungarischen Königtums durfte man ihren Namen bis 1918 nicht niederschreiben. Doch dem Wiener Bürger geht es einfach nicht in den Kopf, daß man vor ihm mit grimmigem polizeilichem Eifer verheimlicht, was jedem bekannt ist. Denn er liest in den Kaffeehäusern für eine Leihgebühr von fünfzig Kreuzern je Viertelstunde die sensationellen Enthüllungen der trotz allen polizeilichen Bemühens eingeschmuggelten deutschen Blätter. (Hat doch sogar der «Pester Lloyd» bereits am vierten Februar berichtet – sich auf Berliner Blätter berufend –, daß man in der Nähe von Wien die Baroneß Mary Vetsera, den Liebling der Wiener Gesellschaft, tot aufgefunden habe.) Die Wiener sind also mißtrauisch. So wird denn das behördlich untersagte Gedenken Rudolfs und Marys – quasi als Bestätigung Sigmund Freuds (dessen Einschätzung der menschlichen Seele, sicherlich nicht von ungefähr, eigentlich als Metapher des Reiches von Franz Joseph erscheint) – zu einem stets irritierenden, schamvollen, kleinen seelischen Schmutzfleck im kollektiven Unterbewußtsein (wenn es so etwas gibt) der Monarchie, von wo aus er, wilde Aussoziationen entfachend, den aufgewühlten Schlaf des Reiches nicht zur Ruhe kommen läßt, bis er schließlich nach dem Zusammenbruch eintrocknet, aber späterhin, als Vorbote der endgültigen Katastrophe, zum Mythos kristallisiert. Wenngleich nur allmählich, so hat die Zeit am Ende doch an den Tag gebracht, was in Mayerling in Wirklichkeit geschehen war.

Als einzige Entschuldigung für eine derart linkische Behandlung der Sache durch die Grafen Taaffe und Kálnoky könnte man lediglich anführen, daß zu der Zeit, als die Verlautbarung abgefaßt wurde, in Wien noch keiner wußte, was mit Rudolf passiert und wie es dazu gekommen war. (Ausgenommen freilich den Reporter der «Neuen Freien Presse» – aber es bleibt ein ewiges Rätsel, woher er die Wahrheit erfuhr.)

Der erste Bote aus Mayerling, der in der Tat etwas Handfestes und Endgültiges wußte und die Herren ihres Irrtums hätte überführen können (nämlich hinsichtlich der zu verleugnenden Wahrheit), war Doktor Widerhofer. Er war jedoch nicht verpflichtet, den Ministerpräsidenten zu benachrichtigen, sondern ausschließlich den Kaiser, dessen Hausarzt er war.

Aber der Kaiser empfing seinen Hausarzt nicht. Er empfing niemanden. Er wollte allein sein. Er arbeitete. Vielleicht, um zu büßen oder um die Nerven zu beruhigen – oder etwa aus purem Pflichtbewußtsein? In der Steuerung des Reiches durfte es keinesfalls eine Stockung geben. (Und das Regieren war ja ausschließlich seine Sache – das konnte er niemandem anvertrauen.) Insbesondere in solch kritischen Augenblicken; da muß man Energie bekunden, denn jede Schwäche kann verhängnisvolle Folgen haben. Der Kaiser darf nicht schwach sein – der Kaiser ist der Vater der Völker. Er muß regieren, er muß Entscheidungen treffen – und dieser harte Schlag mit seiner Unumkehrbarkeit hilft sogar Angelegenheiten zu entscheiden, die sich seit langem hinschleppen, weil er doch wichtige und belanglose Dinge scharf voneinander trennt und den Charakter stählt. Und da man bei solchen Fällen die Entscheidung nicht hinausschieben kann, geht abends um zehn ein Telegramm an den ungarischen Ministerpräsidenten Kálmán Tisza: «Die Unruhen in den Straßen sind, falls erforderlich, mit Brachialgewalt zu unterdrücken. Und die Wehrgesetzdebatte ist notfalls ebenso mit Gewalt zu Ende zu bringen.» Franz Joseph trauert.

Doktor Widerhofer wird vom Flügeladjutanten erst für sechs Uhr früh zur Audienz und zur Berichterstattung beordert. Der Arzt erscheint pünktlich um sechs und vorschriftsmäßig im schwarzen Frack vor dem Angesicht seines Herrschers und Patienten.

«Erzählen Sie mir alles, ich will es genau wissen», eröffnet der Kaiser und König die Unterredung. In seiner Stimme keine Spur von Rührung. Weil sein Selbstbildnis es so verlangt: Der Kaiser ist unerschütterlich. Mit dieser Eigenschaft (mit der Fähigkeit, jederzeit «der» Kaiser zu sein) gelang es ihm stets, die Bewunderung seiner Untertanen hervorzurufen: Der Kaiser ist eben nicht so wie die übrigen Sterblichen.

Doktor Widerhofer beginnt nichtsdestotrotz seinen Bericht, indem er, wie dies alle Ärzte tun, zu trösten versucht. «Vor allem kann ich Eure Majestät versichern, daß Seine Kaiserliche Durchlaucht keinen einzigen Augenblick gelitten hat; der Schuß löste den sofortigen Tod aus. Die Kugel drang genau durch die Schläfe.»

Zur Überraschung des Leibarztes hört sich Franz Joseph den Bericht nicht mit der gewohnten Selbstbeherrschung an, sondern fährt ihn mit gerötetem Gesicht barsch an, als hätte er einen Kammerdiener beim Lügen ertappt.

«Von was für einer Kugel reden Sie da?»

(Nebenbei bemerkt: Wer mag diese Unterredung gehört haben? Jedenfalls ist sie so im Tagebuch der Erzherzogin Maria Valeria festgehalten worden. Vielleicht ist sie authentisch.)

«Von der Kugel, mit der sich Seine Hoheit erschossen hat», stammelt betroffen der Arzt, da er ja selbstredend nicht einmal ahnt, daß der Kaiser in dem Glauben ist, es handele sich um Vergiftung, wie man ihm berichtet hatte.

«Was reden Sie da? Er hätte sich ... erschossen? Das ist nicht wahr! Er wurde doch vergiftet. Von dieser Frau! Rudolf hätte sich erschossen ...? Ich mache Sie darauf aufmerksam, daß Sie beweisen müssen, was Sie da behaupten!»

Doktor Widerhofer sieht sich also gezwungen, ausführlich von den Einzelheiten zu berichten, wo er die Leichen gefunden habe, wie der tödliche Schuß erfolgt sei und daß ein kleiner Handspiegel den sicheren Treffer gewährleistet habe; Franz Joseph hört ihm nun gefaßt (versteinert?) zu. Dann bricht er doch zusammen. Jetzt äußert er – verächtlich? enttäuscht? verbittert? traurig? –, daß er gestorben sei wie ein Schneidergeselle. Sogar ihm ist dies zuviel: die Sinnlosigkeit – man könnte wohl sagen, Unkaiserlichkeit – des Todes von Rudolf. Das schmerzt ihn. Ihn verletzt Rudolfs letzte Geste. Denn Franz Joseph versteht sie, er weiß, daß sie ihm gilt, dem Kaisertum, der Idee des Reiches.

Als er sich ein wenig gefangen hat, fragt er – unschlüssig? verunsichert? –, ob Rudolf einen Abschiedsbrief hinterlassen habe. Das sei ja bei Selbstmördern so üblich, nicht wahr? «Denn was Sie da sagen, Doktor, bedeutet doch, daß mein Sohn Selbstmord beging. Nicht wahr?»

«Nein, einen Brief gibt es nicht, jedenfalls nicht für Eure Kaiserliche Hoheit», entgegnet Doktor Widerhofer leise und erschüttert, falls er nach der aufgewühlten Szene (er sah den Kaiser weinen!) es überhaupt wagt, eine Antwort zu geben. Darf denn ein Untertan seinen Herrscher beim Weinen ertappen? Der Arzt fühlt sich elendig in seiner peinlichen Lage, er wendet den Kopf zur Seite. Am liebsten möchte er sich in Nebel auflösen, aber er traut sich nicht, zu gehen.

Doch Franz Joseph hat sich wieder in der Gewalt. Erneut ist er die Autorität, die über andere herrscht, aber auch sich selbst zu beherrschen weiß. Rudolfs tödliches Schweigen erschüttert ihn nicht mehr – das ändert doch am Kern der Sache rein gar nichts. Er erkundigt sich, ob der Leichnam schon nach Wien überführt worden sei.

Als man es bejaht, weist er den Adjutanten an, er möge dafür sorgen, daß man Rudolf weiße Offiziershandschuhe überstreife, dann zieht er selbst Handschuhe an, schnallt sich den Offiziersdegen um und begibt sich mit langsamen, feierlichen Schritten in die Gemächer des Sohnes. Drei Schritt hinter ihm her der Adjutant.

Rudolf liegt aufgebahrt im Bett, bis zur Brustmitte mit einer Damastdecke zugedeckt, die Hände in weißen Handschuhen über der Brust gekreuzt. Um den Kopf einen mehrfachen dicken Verband – als trüge er einen Turban. Sein Gesicht wirkt in der Tat ruhig, wie man es auch auf den Bildern sehen kann, vielleicht macht er, nach seinen Zügen zu urteilen, einen etwas müden Eindruck.

Franz Joseph tritt an das Bett, nimmt eine starre Haltung an und verweilt dort schweigend und unbeweglich fünfzehn Minuten. Ehrenwache – genau wie es das (von höchster Stelle gutgeheißene) Dienstreglement für die Kameraden eines verstorbenen Offiziers vorschreibt. Denn der Kaiser ist eben – der Kaiser. Und sein Sohn, auch als Toter, sein erster Soldat. Das verlangt die Ordnung. Und die ist identisch mit dem Kaiser – der Sinn seines Schicksals und seiner Berufung ist, Beständigkeit auszustrahlen sowie Ordnung in dem (ohne ihn) sinnlosen Chaos des Lebens (und des Todes). Ordnung ..., deren Vollkommenheit das Dienstreglement ausmacht. Das half ihm auch jetzt, in diesem schrecklichen Augenblick, daraus schöpfte er Kraft, erhielt er Hinweise, ja noch mehr: Form (das heißt Ordnung), die allein imstande ist, das Unerträgliche, das Unaussprechliche zu ertragen. Und das beruhigte ihn. Vielleicht tröstete ihn auch: Es gelang ihm, seinen toten Sohn in eine andere Dimension zu erheben, wo erneut Ordnung herrscht, weil er selbst bestimmt, wie die Dinge zu deuten sind.

Die vorgeschriebene Viertelstunde ist vorbei; Franz Joseph neigt leicht den Kopf vor der Bahre, er nickt nur, wie das einem Kameraden von niedrigerem Rang als letzte Ehre zusteht. Er nimmt Abschied. Auf ihn warten Pflichten.

«Der Kaiser hielt sich auch in diesen Tagen genau an die festgelegte Tagesordnung, es gab kein Stocken, weder in militärischen noch in politischen Angelegenheiten», meldet die deutsche Botschaft an Bismarck zur Beruhigung, der vielleicht befürchtete, daß der große Schlag den Verbündeten gerade in diesem gespannten Zustand, da der Ausbruch eines Krieges drohte, lähmen würde. «Seine Exzellenz verrichtete seine Arbeit am 30. Januar genauso wie zuvor.»

Ja, könnten wir hinzufügen, er arbeitete sogar mehr als zuvor. Er achtete auf alles – angefangen bei den kleinlich-minutiös genauen Vorschriften der Hoftrauer bis zu den Details des Begräbnisses. Er las persönlich die Beileidstelegramme und kontrollierte persönlich die Rückantworten. Persönlich faßte er das an Kaiser Wilhelm gerichtete Telegramm ab, in dem er ihn bat, nicht zum Begräbnis nach Wien zu kommen, und er bestellte persönlich den provisorisch gedachten Holzsarg sowie den Sarkophag aus Erz, der (nur um einige Daumen niedriger als der von tatsächlichen Herrschern) eine würdige Ruhestätte für Rudolf sein sollte – bis zur Auferstehung. Persönlich ordnete er an, das verhängnisvolle Jagdschloß zu einem Kloster umzubauen, damit dort Karmeliter-Nonnen am Rande des Waldes für das Seelenheil des armen Sünders beten könnten bis in alle Ewigkeit, um den himmlischen Herrn zu versöhnen – wegen des Selbstmordes oder wegen der Pflichtvergessenheit? Jedenfalls ordnete Franz Joseph ferner höchstpersönlich an, den Altar der Kapelle genau an der Stelle zu errichten, wo am 30. Januar das Bett gestanden hatte. Ferner sorgte er persönlich dafür, daß Gräfin Larisch-Wallersee der Zeremonie nicht beiwohnte, und er sandte persönlich den Grafen Eduard Paar zu Frau Vetsera mit dem Auftrag, die Baronin solle ins Ausland reisen und einstweilen nicht heimkehren – weil seine auch noch so würdevoll niedergehaltene Leidenschaft eine Zielscheibe brauchte. Es mußte doch einen geben, den er für den Tod des Sohnes verantwortlich machen konnte. Und dies ist zweifelsohne ein menschlicher Zug. Denn ansonsten hatte er das verblüffende Talent, alles zu einer Akte und zur Pflichterfüllung (oder zur Pflichtvergessenheit) herabzuwürdigen.

Am 31. Januar, einem Donnerstag, kehrte also wieder der normale Alltag in die Burg ein. Die Behörden hatten sich von ihrer schockartigen Lähmung erholt und waren systematisch an die Arbeit gegangen; keine Spur mehr der anfänglichen Unschlüssigkeit, des hastigen Improvisierens. Der Begräbnisausschuß des Oberhofmeisteramtes hält eine Beratung ab: Welche Musikstücke soll man spielen, und wie ist die Totenbahre auszuschmücken, welche Truppen nehmen am Trauerzug teil, welche Straßen soll der Leichenzug passieren, und wie ist die Namenliste der viertausend geladenen Gäste zusammenzustellen! Einen zweiten Fehlschlag wie das unüberlegte und übereilte Kommuniqué darf es nicht geben. Dabei ist auf eine Unzahl von Details zu achten, die – falls den Veranstaltern ein Fehler unterliefe – einzeln oder, mehr noch, zusammen auch den erhabensten kaiserlichen Trauerglanz und die andächtigste Stimmung in ein skandalöses Gelächter verwandeln könnten. Und schließlich muß man die Menschenmassen im Auge behalten, die voraussichtlich in die Stadt strömen werden, um vom Kronprinzen letzten Abschied zu nehmen. Pioniere haben Feldlatrinen auszuheben, die weidlich bekannten Taschendiebe sind (vorübergehend) in Gewahrsam zu nehmen, ganz zu schweigen von den politisch verdächtigen Elementen, denn was könnte einem anarchistischen Attentäter eine verlockendere Zielscheibe abgeben als die der Trauerfeier beiwohnende komplette kaiserliche Familie? Es bedürfte lediglich einer einzigen Höllenmaschine, eines einzigen entschlossenen Menschen, einer einzigen präzis berechneten Flugbahn, und schon würde sich die Kapuzinergruft füllen.

Die Nähmädchen in den Modesalons stechen sich bei der eiligen Herstellung von vorschriftsmäßiger Trauerkleidung die Finger blutig, die Schlächter rotten ganze Sauherden aus, um die zu erwartende Nachfrage nach Würstchen befriedigen zu können. Man muß sich beeilen, wer sich nämlich an diesem einzigen Tag nicht entschädigen kann für den ausgebliebenen Nutzen des in Trauer erstickten Faschings, dem wird es heuer dreckig ergehen. Allein die Blumenhändler brauchen nicht zu klagen – ob rote Rosen oder Trauerkränze, letzten Endes läuft es auf eins hinaus, Blumen werden so oder so benötigt.

Auf einmal haben sie alle Hände voll zu tun, und jedermann jagt Nachrichten nach, angefangen bei den Detektiven von Baron Krauß (dessen Gehör insbesondere auf den Namen Vetsera gespitzt ist) bis zu den ausländischen Gesandten (die in den Vorzimmern der Burg anstehen, um das Mitgefühl ihrer Herrscher zu übermitteln, während sie offenkundig darüber diskutieren, welche politische Bedeutung der bedauerliche – oder gar erfreuliche? – Todesfall haben wird. Auf

Nachrichten ist auch die vornehme Wiener Gesellschaft aus (deren Angehörige später in Tagebüchern das viele Gerede für uns aufbewahren werden) – weiß doch niemand etwas Bestimmtes. Man vermag höchstens das eine oder andere zu erahnen.

Dafür, daß sich daran nichts änderte, wußte das Amt des Barons Krauß zu sorgen. Kurzum: Wenigstens nachträglich mußte man die «Wirklichkeit» den von der Zensur sorgfältig gehüteten «Tatsachen» anpassen. Das heißt, man mußte die «schöne weibliche Leiche» beiseite schaffen – endlich dachte auch daran jemand. Einige Jahrzehnte zuvor oder auch danach wäre so etwas für die Behörde eine Routinesache gewesen. Baron Krauß hingegen bereitete dies (schon und noch) schwerwiegende Sorgen; der Wunsch seines Herrschers (vermutlich handelte es sich darum) war für ihn selbstredend Befehl, den er unbedingt erfüllen mußte, zum anderen durfte er das Gesetz nicht verletzen, schließlich war er der Polizeipräsident von Wien. Österreich-Ungarn ist nämlich ein Rechtsstaat – und das bedeutete für Baron Krauß (sogar im schlimmsten Fall), daß er selbst für eine Gesetzwidrigkeit eine Rechtsformel finden mußte, allein um des Seelenheils der betroffenen Amtspersonen willen.

Das Gesetz jedoch verwies Mary Vetsera – im Gegensatz zu Rudolf – zu ihren Lebzeiten wie gleichermaßen nach ihrem Tode in die Kompetenz der bürgerlichen Behörden, die unwiderruflich festgestellt hätten, daß sie einem Mord zum Opfer gefallen sei, und so wären sie gezwungen gewesen, eine Untersuchung einzuleiten, eine Fahndung, die unwiderruflich ergeben hätte ... kurzum: sie hätte etwas ergeben, was den Zuständigkeitsbereich der bürgerlichen Behörden zweifellos überschreiten würde, da es sich ja um ein Mitglied des Herrscherhauses handelte. Wie konnte man also das Gesetz umgehen (es den Umständen anpassen)?

Nun, der Leichnam wurde auf einem im Besitz des Herrscherhauses befindlichen Gelände aufgefunden, wo die bürgerlichen Behörden und die Polizei – nicht wahr – kein Recht hatten zu ermitteln, so daß ihr Eingreifen durchaus vermeidbar war und sich lediglich darauf zu beschränken hatte, die sonnenklare Tatsache des Selbstmordes zu konstatieren (nachdem sie den mit der Unterschrift des kaiserlichen und königlichen Hofarztes Dr. Auchenthaler versehenen Totenschein zur Kenntnis genommen hatten) und die für das Begräbnis erforderlichen Papiere auszustellen, denn ohne Papiere geht es freilich nicht, kann man doch ohne die Billigung der Behörden in einem Rechtsstaat niemanden begraben.

All das in die Wege zu leiten war freilich eine komplizierte und heikle Aufgabe und bedurfte einer derart abgestimmten und fein unterscheidenden Organisation wie der des k.u.k. Hauptamtes. Graf Taaffe drückte auf den Knopf, und die Maschinerie begann die Angelegenheit durchzumahlen.

Zuerst wurde Frau Baronin Vetsera in die Mangel genommen und weich gemacht. Durch Erpressung, Drohung und Versprechungen bewog man sie, Wien zu verlassen, wenigstens für zwei Wochen, nicht nach der Leiche ihrer Tochter zu verlangen und ihren Schwager, Graf Stockau, mit Vollmachten zu versehen, damit er das Begräbnis arrangieren könne. Sodann geriet Graf Stockau zwischen die Mühlsteine, er erwies sich als leichter Fall, schließlich hatte er sich als Offizier an Disziplin und Gehorsam gewöhnt. Ohne Widerworte unterschrieb er den an den Bezirkshauptmann von Baden, Herrn Oser, gerichteten (in seinem Namen verfaßten) Antrag, in dem er darum ersuchte, seine Nichte in Heiligenkreuz zu Grabe tragen zu dürfen. Die Genehmigung wurde ohne jedwede übliche bürokratische Verschleppung erteilt, und zwar mit dem Vermerk, daß beim Transport des Leichnams über öffentliche Straßen die Gesundheitsvorschriften der einschlägigen Verordnung von 1874 («... nur in einem geschlossenen Fahrzeug») zu beachten seien. Als dritter kam der Abt Grimböck des Zisterzienserklosters Heiligenkreuz an die Reihe. Da lief schon alles wie geölt. Der Abt nahm sogar die Mühe auf sich, einen Sarg anfertigen zu lassen.

Jetzt blieb tatsächlich nur noch «Müller» selbst übrig – nämlich der Leichnam, den man aus Gründen größerer Geheimhaltung im Laufe des Manövers mit diesem (nicht gerade einfallsreichen) Decknamen bedacht hatte. Allerdings verlangte gerade dies die meiste Umsicht und großes Taktgefühl.

Für Rudolf hatten schon überall im Reich die ersten Trauermessen stattgefunden, als Graf Georg Stockau und Alexander Baltazzi – beide Oheime Marys – am späten Nachmittag des 31. Januar in Mayerling eintrafen: laut Anweisung jedes Aufsehen meidend, über Nebenstraßen, im schlichten schwarzen Wagen des Grafen Stockau. Sie mußten eine halbe Stunde lang an das verschlossene Tor hämmern, bis Zwerger es ihnen endlich öffnete, nachdem auch Baron Slatin, der Vertreter des Oberhofmeisteramtes, und Doktor Auchenthaler aus der trauerumflorten Hauptstadt eingetroffen waren. Der Verwalter führte sie in Begleitung von Oberinspektor Baron Gorup zu der versiegelten Kammer. Baron Slatin erbrach das Siegel, das er eigenhändig angelegt hatte, und ließ die Herren mit ein wenig beunruhigtem Gewissen (sowie ergrimmt, wie seinen Memoiren zu entnehmen ist, da man gerade ihm, dem Jüngsten, die heikle und obendrein nicht schriftlich fixierte Aufgabe aufgehalst habe, die ihm noch Gott weiß welche Unannehmlichkeiten bescheren könnte) in das dunkle Gemach eintreten, wo zu dieser Zeit Mary Vetsera schon seit achtunddreißig Stunden auf ihre Auferstehung wartete – in einem Wäschekorb, mit einer dahinwelkenden Rose zwischen den erstarrten Fingern (laut einer weniger romanhaften Variante, mit einem Taschentuch). Sie mußte nicht mehr lange warten.

«Jedes Aufsehen ist zu vermeiden!» – offenkundig erhielt Baron Gorup diese Anweisung hinsichtlich der Art und Weise, wie er die Angelegenheit abwickeln sollte. Und der Oberinspektor hatte eine geniale Idee. Allein die Umstände trugen die Schuld daran, daß die Sache doch noch fehlschlug.

«Kleiden Sie sie an», fordert er die Grafen auf, die sicherlich schaudernd und ratlos den Leichnam ihrer Nichte anstarren, «aber sie soll aussehen, als würde sie leben!»

Es wird einen Zeugen geben (Gorup wird dafür sorgen), der aussagt, falls man es anzweifeln sollte, daß die Baroneß lebendig, auf eigenen Füßen, das Schloß verließ! Nicht umsonst wurde Gorup später Polizeipräsident von Wien.

Nun folgt als würdiger Ausklang des nach Parfüm riechenden Grand Guignol eine den Gruselromanen entliehene, schauerlich groteske Szene. Die beiden Grafen widersetzen sich nicht, sie verlangen keine Pietät, sie sagen gar nichts, sondern gehorchen dem Oberinspektor und machen sich ans Werk. Schließen wir für einen Moment die Augen und stellen wir uns die Sache einmal vor: ein ungeheuerlicher, verblüffender Anblick. Wir würden es nicht glauben, hätte nicht Baron Slatin selbst behauptet, so sei es gewesen. (Obwohl man auch dann noch Zweifel hegt.)

Sie kämmen ihr das Haar und knoten es zusammen, dann wischen sie das geronnene Blut von ihrem Gesicht – aber durch eine unbedachte Bewegung rutscht der von Doktor Widerhofer provisorisch angelegte Verband von Marys Augen, und da sie nichts zur Hand haben, ersetzen sie ihn hastig durch die rohseidene Krawatte des Grafen Stockau. Sie ziehen ihr die Wäsche und das Korsett an, die seidenen Strümpfe und die hübschen kleinen Schuhe, und schließlich das olivgrüne englische Kleid, in dem sie von zu Hause geflohen war. All das geschieht beim spärlichen (man kann wohl sagen: gespenstischen) Licht, das die Lampe Zwergers spendet, während Baron Slatin draußen auf dem Gang nahe daran ist, in Ohnmacht zu fallen. Die Sache ging nur langsam vonstatten, da die Herren ungeschickt und vermutlich auch nervös waren, so daß Gorup, der ja in dieser Nacht auch noch das Begräbnis zu besorgen hatte, sie vergebens antrieb. Zu guter Letzt drückten sie Mary den federgeschmückten modischen Jagdhut ins Gesicht, legten ihr den Schleier um und trugen sie in die Vorhalle. Dort, im gelben, warmen Licht der Gaslampen, wurden ihnen die Beine weich, sie mußten ihre Bürde absetzen, sich in Sessel niederlassen. Als sie sich ein wenig erholt hatten, legten sie ihr den Sealskinpelz um die Schulter, dann hakten sie sie von beiden Seiten unter, hoben sie ein wenig an und trugen – begleiteten! – sie zum Wagen. Doch plötzlich fiel (knickte?) unerwartet der Kopf der Toten nach hinten; so konnte man sie nicht weitertragen – da der Anblick nicht gerade lebendig wirkte. Gorup hieß Zwerger einen Besenstiel (eventuell einen Spazierstock) holen, den er der Toten von hinten unter das Korsett schob, band dann mit seinem Taschentuch Marys Hals daran fest, damit der Kopf nicht hin und her wackelte.

Endlich, um 21 Uhr 30, wurde das kodierte Telegramm an den Wachposten in Heiligenkreuz abgesandt, der es dann an Oberinspektor Myslouzil und Inspektor Habrda, die im Kloster schon darauf warteten, weiterleitete.

«Müller wird bald über Sattelbach eintreffen.»

Jetzt herrschte schon rabenschwarze Nacht – und im Schloß befanden sich nur Leute, die ohnehin alles wußten, so daß unbegreiflich ist, für wen das Schauspiel inszeniert worden war. Wenn nicht Gorup die Szene für sich arrangiert hatte: denn die Pflichterfüllung muß ja aus innerer Überzeugung hervorsprießen.

Die Tote wurde auf den hinteren Sitz des Wagens von Graf Stockau gesetzt, die beiden Männer nahmen ihr gegenüber Platz. Wie Graf Stockau zu berichten weiß, stürzte Marys Leichnam durch die Erschütterungen während der Fahrt unentwegt auf sie. Dem Leichenwagen (ein geschlossenes Fahrzeug) folgte ein zweites Gefährt, in dem die Amtspersonen saßen. Auf dem Schoß hatte Baron Slatin ein Bündel mit der blutigen Bettwäsche und den blutgetränkten Teppichen, Posten 19 und 20 des Inventars. Sie sollten verbrannt werden.

Es war kalt und windig. Ein Eisregen fiel, und der Mond war von Wolken verdeckt. Die Fenster des Wagens waren zugefroren, so daß die beiden Grafen nicht einmal wußten, wo entlang sie fuhren. Schließlich hielt der Wagen vor einem dunklen, eisenbeschlagenen Tor, das sich sogleich vor ihnen öffnete. Zwei Mönche kamen ihnen mit einem Licht entgegen. Jetzt brauchte Mary nicht länger die Lebende zu spielen. Die Uhr des Klosters schlug – denn seit Gorup die Sache in die Hand genommen hatte, mußte alles nach wildromantischen Klischees ablaufen – gerade die zwölfte Stunde. Der acht Kilometer lange Weg hatte zwei Stunden gedauert.

Im Büro des Abtes wurden die erforderlichen Urkunden angefertigt:

«Protokoll, aufgenommen am 30. Januar 1889 vom Oberhofmeisteramt Seiner k. u. k. Majestät im Schloß Seiner k. u. k. Majestät Erzherzog und Kronprinz Rudolf in Mayerling.

Am 30. Januar 1889 wurde in den frühen Morgenstunden auf dem Gebiet der Gemeinde Mayerling eine weibliche Leiche aufgefunden. Der anwesende k. u. k. Hausarzt Dr. Franz Auchenthaler hat außer allem Zweifel festgestellt, daß die Ursache des Todes ein mittels einer Schußwaffe verübter Selbstmord war. An der linken Schläfe sind eine etwa 5 cm lange und 3 cm breite Wunde und in der Nähe ein paar verkohlte Haare wahrnehmbar. Das ist also die Stelle, wo die Kugel eingedrungen ist. Der Schußkanal ... der sofortige Tod ... Die anwesenden Herren Graf Georg Stockau und Alexander von Baltazzi erkennen in dem Leichnam ihre Nichte ... die ... Der Leichnam wird hiermit auf Ersuchen des Vertreters der Familie, des Grafen Stockau, an seine Angehörigen ausgeliefert; vorliegendes Protokoll wird zwecks weiterer Verhandlung an die Gerichtsbarkeit weitergeleitet ...»

Baltazzi meldet noch gewisse Bedenken hinsichtlich des «Selbstmordes», an, aber der Abt beruhigt ihn alsbald. Durch einen raschen Telegrammwechsel gelingt es auch, die Skrupel des Badener Bezirksvorstehers Oser auszuräumen, der (aus purer Hochachtung und Kulanz gegenüber dem Hofmeisteramt oder schlichtweg aus bürokratischer Idiotie?) sich nicht entschließen kann (versteht sich, auf eigene Faust), den Todesfall in das Standesregister einzutragen. Noch in der Nacht kommt unverzüglich die Antwort aus der Burg: Er habe den Vermerk zu machen. Ordnung müsse sein.

Zeit gab es reichlich für alles, da der eiskalte Regen erst richtig losging, so daß von einem Begräbnis nicht die Rede sein konnte. So saßen sie denn im Amtsraum des Abtes beisammen, Polizisten, Beamte und Angehörige – wer wußte, wie lange noch? Aber was hätte man tun können? Offensichtlich sind alle bedrückt und unruhig. Eine Unterhaltung will nicht so recht in Gang kommen. Obendrein hat die Nacht – und die Reise – die Nerven arg strapaziert. Doch der Abt Grimböck ist ein weiser Mann; er läßt den Wein der Zisterzienser Mönche kredenzen. So nimmt das Grand Guignol seine Fortsetzung, nur daß es jetzt mit possenhaften Elementen bereichert wird: Die von Amts wegen hinbeorderte Trauergemeinde trinkt sich einen Schwips an, ja mehr noch, sie besäuft sich regelrecht. Sie johlen und grölen und stimmen sogar ein Lied an – bemerkt Baron Slatin mißbilligend in seinen, freilich mit ernüchtertem Kopf niedergeschriebenen Memoiren. Pater Wilfinger muß sie zur Ordnung rufen. (Indessen wartet Mary in einem ungestrichenen, zurechtgehobelten Brettersarg auf dem Gang – bewacht von zwei Posten.) Die trauernd sich Vergnügenden werden erst am Morgen nüchtern, aber dazu bedarf es noch einer ganzen Weile. Es ist acht Uhr, als Inspektor Habrda zur Besinnung kommt (erwacht?) und erkennt, daß der Polizeipräsident wahrscheinlich die ganze Nacht kein Auge zugemacht und auf eine Nachricht gewartet habe. Er rennt zur Post, um zu telegrafieren:

«Alles in Ordnung. Begräbnis voraussichtlich neun Uhr.»

In seiner späteren Meldung wird er sich auf das garstige Wetter berufen: «... es tobte ein derartiges Unwetter, und es regnete so heftig, daß sogar die trauernden Verwandten, aber auch Baron Gorup und ich behilflich waren, das Grab zuzuschütten und aufzuhäufen, da der einzige Totengräber allein damit nicht zurechtgekommen wäre. Die Beisetzungsfeier war erst halb elf zu Ende, der außer den genannten Personen keiner beiwohnte und die außer ihnen keine weiteren Zeugen hatte.»

Damit endet der Bericht.

Aber Baron Krauß schließt die Akte noch nicht.

Viele Monate noch werden Berichte über die jeweilige Stimmung in der Bevölkerung gesammelt, so auch die Exemplare der beschlagnahmten ausländischen Blätter und die Gerüchte, denen die Polizei diskret nachgeht. (Denn wer weiß schon ...?) Milarow und Doktor Meißner, die beiden besten Agenten von Baron Krauß, spitzen wachsam die Ohren und melden: «Frau Baronin Vetsera kommt seit über einem Monat jede Woche einmal heraus nach Heiligenkreuz und legt Kamelien auf das Grab. In ihrer Begleitung befindet sich stets ihre zweite Tochter. Zuletzt war sie am Ostersamstag auf dem Friedhof, nachmittags gegen drei Uhr. Das Grab hat noch keinen Grabstein. In zwei Wochen findet die Exhumierung statt. Morgen beginnt man links vom Friedhofseingang mit dem Bau einer Gruft, wo die sterblichen Überreste der Toten ihre letzte Ruhe finden sollen. Die Kamelien lagen auch heute noch auf dem Grab.» (22. April 1889)

Mary hatte übrigens in dem Abschiedsbrief an ihre Schwester Gardenien auf ihr Grab gewünscht; man hatte ihr wohl beides mitgebracht, aber anscheinend vermochte Milarow (oder Meißner?) sie voneinander nicht zu unterscheiden.

Die Burg trauert noch (und es trauern – aus Solidarität – sämtliche europäischen Höfe, ausgenommen Petersburg, wo bereits eine Woche nach dem Begräbnis ein Ball veranstaltet wurde, was auf alles mögliche schließen ließ, wiewohl die Damen nur schwarze Juwelen trugen und Diplomaten daran nicht teilnahmen – mit Ausnahme des preußischen Botschafters), aber die Lähmung löst sich auch schon in Wien. Die – selbstredend in Trauer gekleideten – Börsenmakler treiben selbstsicher die Kurse in die Höhe, was zweifelsohne ein Zeichen von Gesundung ist. Sie haben die kleine Erschütterung rasch überwunden. Auch die Oper spielt erneut – und zwar die Sappho, die, nicht wahr, von Selbstmord handelt. (Man weiß nicht recht, ob dies eine Beleidigung ist, eine Ohrfeige für die Trauer oder aber ein Akt der Pietät?) Immerhin erregt es peinliches Aufsehen. Wie auch die Brüder Baltazzi Aufsehen erregten, als sie schon beim ersten Wettrennen im Frühjahr auf der Rennbahn die Logen besetzten – in trauerumflorten Zylindern. Die Agentenmeldung Milarows vermerkt, daß sich die Aristokratie ihnen gegenüber durchaus nicht kühl verhielt, im Gegenteil, sie begrüßte ihre Anwesenheit:

denn ihre scharfen Augen, ihr unbestechliches Urteil machten sie auf der Rennbahn unentbehrlich, ja noch mehr, im gesamten österreichischen Wettkampfsport. Und freilich: auch der Jockey Club kannte das Gefühl der Solidarität.

Und alsbald, bereits am 10. Februar, erschien in den Zeitungen das erste offizielle Porträt Franz Ferdinands: Es begann die Einmontierung des Ersatzteils.

Die Zeitungen – wie auch die Nachrichten – kehren in das ausgefahrene Gleis zurück. Es gibt keine Sonderausgaben mehr.

General Boulanger erwies sich als Seifenblase, so daß der französisch-deutsche Krieg vorerst ausbleibt; in Pest endet die Wehrgesetzdebatte damit, daß Ungarisch einstweilen nicht Kommandosprache wird und auch die Aufstellung einer unabhängigen ungarischen Armee weiterhin unabsehbar ist. Statt dessen kommt es fast zu einer neuen Krise. Hätte der Kaiser nicht interveniert, wäre die Frist für die Heimkehr der Emigranten abgelaufen, so daß der «Einsiedler von Turin» (Kossuth) seine ungarische Staatsangehörigkeit eingebüßt hätte. Ansonsten: Russische Kriegsvorbereitungen an der galizischen Grenze, der Eiffelturm, die Weltausstellung und Jack the Ripper. Und freilich die üblichen Selbstmorde im Frühjahr, darunter in der Tat einige durchaus spektakuläre und die ganze Stadt erschütternde Fälle, die man für würdig hielt, dem Publikum ausführlich zu schildern: Der Eisenbahnangestellte Franz Caspar kletterte in den im Garten der Technischen Universitäten stehenden Messingkessel, wo er sich die Pulsadern durchschnitt, so daß die Polizei nicht ermitteln konnte, ob der Unglückselige den eigenhändig beigebrachten Wunden erlag oder aber im eigenen Blut erstickte; der arbeitslose Juweliergeselle Joseph Enderle nahm einen Kredit auf und bestellte davon ein «sonntägliches» Mittagessen für sich, seine Frau und seine fünf minderjährigen Kinder, dann mischte er in den abschließenden Kaffee Strychnin und brachte sich samt seiner Familie um; ein junges Mädchen (sein Name wurde auf Wunsch der Angehörigen verschwiegen) löste sich eine Fahrkarte für den Wiener Expreß, zog sich dann auf der Toilette ein schneeweißes Brautkleid an und stürzte sich, mit dem Wort «Rudolf» auf den Lippen, unter die rasenden Räder. Man konnte sie nicht daran hindern.

Der Mythos beginnt zu wirken.

Nachspiel Nr. 1

Während die Zahl der Rudolfs und freilich auch der Marys in den Irrenhäusern und geschlossenen Anstalten zunimmt und der «wahre» Rudolf zu einer gemütlichen Sehenswürdigkeit in der Wiener Kapuzinerkrypta wird, machen sich der Ministerpräsident und das Oberhofmeisteramt (das heißt, wahrscheinlich nur einige der treuesten und zuverlässigsten Beamten) auf persönliche (und freilich geheime) Anweisung des Kaisers daran, in zäher und hartnäckiger Arbeit Mayerling aus der Geschichte der Herrschaft Franz Josephs I. auszulöschen. Dem Kaiser beliebt es nicht, sich zu erinnern – oder vielleicht will er nur allein seines unwürdigen Sohnes gedenken.

Graf Taaffe und seine Mitarbeiter verrichteten eine nahezu perfekte Arbeit – mit der unerwarteten und freilich nicht vorhersehbaren Hilfe der Geschichte: Die Zeit korrigierte nämlich gnädig (im Geiste des Willens des toten Kaisers) einige kleinere Unterlassungen, die sie begingen, und ließ (weil es eben in ihrer Natur liegt) auch das verschwinden, was sie an Dokumenten zusammenzutragen vergessen hatten. Wenn Baron Krauß nicht ein so besorgter, systematischer, vorsichtiger und ordnungsliebender Mensch gewesen wäre, der in der Vorahnung («Besser Angst haben, als sich erschrecken»), daß der verworrene Fall des verschwundenen Vetsera-Mädchens auch für ihn peinliche Folgen haben könnte, alles aufzeichnete und in einem zwar nicht offiziellen, aber um so geheimeren Dossier verschloß (für den Notfall – da man sie jedoch letztendlich nicht benötigte, wird die Akte erst 1955 in Berlin zum Vorschein kommen, gerade in Berlin), und wenn Graf Hoyos und Baronin Vetsera nicht das Bedürfnis verspürt hätten, sich gegenüber gewissen stummen (?) Anklagen zu rechtfertigen, und wenn Gräfin Larisch in den letzten Jahren ihres langgeratenen Lebens nicht von, für einen fürstlichen Sproß, derart erniedrigenden Geldsorgen geplagt worden wäre (was – vielleicht – ihre Rachsucht gefördert und ihre böse, klatschsüchtige Zunge gelöst hatte) – nun, dann wäre die Geschichte in der Tat ohne Spur aus dem Gedächtnis verschwunden, und nur noch der Widerschein des Mythos würde mit mehr und mehr erblassendem Licht über dem Schloß von Mayerling flackern – um es poetisch auszudrücken. Dies schmälert jedoch nicht im geringsten die Verdienste des vermutlich geheimen Ausschusses: Was er zu ergattern wußte, ließ er verschwinden – und zwar endgültig. Kein echtes Dokument, oder was auch immer als Beweis (wofür auch immer) hätte dienen können, blieb erhalten. Sogar die Möbel ließ man aus Mayerling verschwinden und auch aus den Gemächern in der Burg – sie erhielten eine Inventarnummer, und die Stühle, Tische, Schränke, Betten verteilte man auf die Botschaften der Monarchie in Rom, Belgrad und Petersburg. Der handflächengroße Tapetenfetzen, den der Maurer beim Umbau des Schlosses zu einem Kloster von der Wand riß, erweist sich nahezu als einziges Beweisstück dafür, daß sich diese unglaubliche Geschichte wirklich zugetragen hat. Die Nachkommen des Maurers hüten übrigens den Papierfetzen wie eine Reliquie.

Noch wirkt der Mythos.

Und die historische Groteske nimmt ihren Fortgang.

In der Nacht vom ersten zum zweiten Februar schrickt der Hoftelegrafist Schuldes aus dem Traum, weil ihn der Verwalter des Mayerlinger Jagdschlosses, Alois Zwerger, an der Schulter rüttelt: «Dr. Managetta vom Bezirk Baden ist gekommen. Er bittet Sie in die Kanzlei. – Der junge Beamte saß, von Polizisten umgeben, hinter dem Schreibtisch, auf dem neben dem Kerzenhalter ein riesiger Infanterierevolver lag. Er legte mir eine im voraus abgefaßte Erklärung vor», schreibt Schuldes in seinen nach seinem Tod entdeckten Erinnerungen, «in der zu lesen war, daß ich mich, nicht anders als die übrigen Augenzeugen des Vorfalls von Mayerling, mit meiner Unterschrift verpflichte, von den Ereignissen der letzten Tage zu schweigen, ihr Geheimnis bis zu meinem Tode zu bewahren und bestrebt zu sein, auf die Gemüter des Publikums nach Kräften beruhigend einzuwirken. Die ganze Szene war sehr theatralisch, aber den Herren sah man an, daß sie die Sache todernst nahmen.»

Das war – vermutlich – der erste Amtsakt des «spurenverwischenden Ausschusses», dessen Mitglieder wahrlich mit tödlichem Ernst vorgingen. Als nächstes brachen sie die vom Automatismus des Hofmeisteramtes eingeleitete Untersuchung ab: die Verhöre wurden ausgesetzt und später eingestellt (die wichtigsten Zeugen und Beteiligten nahm man zum Beispiel nie mehr ins Gebet), die Zeugen wurden nicht einander gegenübergestellt (obwohl es doch Widersprüche zur Genüge gab) und die Aussagen nicht miteinander verglichen, obschon der Zeitpunkt festgelegt war, zu dem sich alle im Hofmeisteramt hätten einfinden müssen. Die Gegenüberstellung wurde im letzten Augenblick abgeblasen. Deshalb empfand es wohl Graf Hoyos als notwendig, seine Beobachtungen schriftlich festzuhalten. Seine Erinnerungen werden jedoch erst nach dem Zusammenbruch des Reiches ans Tageslicht kommen, aus dem Archiv, wo er sie hinterlegt hatte. Der «Ausschuß» wußte anscheinend nichts von ihrer Existenz – sonst wären sie doch seiner Aufmerksamkeit kaum entgangen.

Man sammelte nicht nur die Abschiedsbriefe ein (samt der erreichbaren Privatkorrespondenz Rudolfs, die man, falls man sie nicht anders erwerben konnte, auch für Geld zu kaufen bereit war), man entfernte nicht nur die rätselhaften Telegramme Graf Károlyis aus dem Dossier des Auswärtigen Amtes (oder trägt die Schuld an ihrem Verschwinden eher die Zerstreutheit der Geschichte?), und nicht nur das Obduktionsprotokoll wurde samt den vollständigen Ermittlungsunterlagen der Polizei zum geschlossenen Material des Innenministeriums erklärt, nicht nur der Inhalt aus Rudolfs Schreibtisch in der Burg wurde den anderen, als «geheim» deklarierten Schriftstücken beigefügt (allerdings nur diejenigen, die Szögyény-Marich nicht hatte verbrennen lassen! «Damenbriefe»), sondern auch der Bericht und das Protokoll des vom Hofmeisteramt in Windeseile an den Tatort beorderten Untersuchungsausschusses (die übrigens vielleicht nie ins Archiv gelangten) – und, wie es scheint, obendrein der Revolver. Zu guter Letzt erstreckte sich die Aufmerksamkeit von Graf Taaffe (?) auf das Rezeptbuch der Hofapotheke: Es fehlen darin einige Rudolf betreffende Seiten, sie wurden (angeblich) durch geschickt eingeklebte Bogen ersetzt, die lediglich Medikamente aufführen, mit denen man harmlose Unpäßlichkeiten kuriert. Wurden auf diese Weise vielleicht die Spuren der «Kavalierskrankheit» (vulgo: Geschlechtskrankheit) von dem verlängerten Arm des Ministerpräsidenten und Innenministers verwischt oder womöglich die Spuren des gefährlich zunehmenden Morphiumgehalts in jenen Tropfen, die ursprünglich zum Stillen des Hustens gedacht waren? (In diesem Falle wäre richtig, daß ...?)

Wie dem auch sei, die letzten verfolgbaren oder oft nur zu vermutenden (aus dem Zusammenhang zu erschließenden) Spuren all jener Schriftstücke, die in Verbindung mit dem in den Augen Franz Josephs so schändlich und für den Staat so gefährlich erscheinenden privaten Liebestod entstanden sind, führen zum österreichischen Innenminister, dessen Person mit der des Ministerpräsidenten identisch ist, zu Graf Taaffe. Er nimmt das ganze Bündel (offensichtlich auf Geheiß des Kaisers, womöglich aus dessen Hand) an sich; und als im Jahre 1893 seine Regierung endlich gestürzt wird (worüber sich der arme Rudolf nur noch im Jenseits freuen kann), nimmt er auch diese Schriftstücke mit auf sein Schloß in Böhmen, wohin er sich zurückzieht. Natürlich (was heißen soll, daß es sich aus der Natur der Sache ergibt) weiß man nicht genau (man ahnt nur), welche Dokumente der pensionierte Ministerpräsident zur Aufbewahrung an sich genommen hat – gewiß ebenfalls auf Geheiß des Kaisers, der (dank der Erfahrungen seiner lang währenden Herrschaft) wissen muß, daß früher oder später alle Archive, auch die geheimsten, freigegeben werden. Deshalb sah er wohl (wie sich etwa fünfundzwanzig Jahre später herausstellt: mit gutem Gespür) die Dokumente der familiären Schande in dem geheimen Panzerschrank in Ellischau (heute Nalzovské Hory) besser aufgehoben – vorausgesetzt, daß der Graf das Dossier Franz Josephs tatsächlich im Panzerschrank aufbewahrte und nicht an einem noch verborgeneren Ort. Man kann also nicht wissen, was es enthielt, gewiß ist nur, daß diese Schriftstücke (Abschiedsbriefe, Protokolle usw. – die nun einmal vorhanden sein mußten) 1918 nicht aufgefunden wurden, als man das Familienarchiv der Habsburger tatsächlich freigab und dabei hoffte, neben den vielen anderen begrabenen Geheimnissen auch das Rätsel von Mayerling zu lösen.

Doch die Geschichte fand damit noch kein Ende.

Das Rätsel von Mayerling erregte, obwohl das politische Interesse daran mit dem Verschwinden des Habsburger Hauses ein für allemal erloschen war, auch weiterhin die Welt, so daß es Gold wert war. Der amerikanische Pressekönig Randolph Hearst bot im Jahre 1929 (als viele der Akteure noch am Leben waren) dem Enkel des ehemaligen Ministerpräsidenten Graf Taaffe 200000 Dollar für die Dokumente. Doch den Grafen konnte nicht einmal diese astronomische Summe in seiner Standfestigkeit erschüttern. Er hütete das Geheimnis (war er überhaupt noch in dessen Besitz?), das Franz Joseph seinem Großvater anvertraut hatte.

Und dabei gab es doch (falls die Unterlagen noch existierten, was, wie wir sehen werden, durchaus zweifelhaft ist) zu jenem Zeitpunkt nicht mehr allzuviel, was man zu hüten hatte: Oskar Mitis, der Direktor des Wiener Archivs, fand auch noch nach Beseitigung der Spuren durch den Ministerpräsidenten reichlich Stoff – zum Beispiel die Erinnerungen von Hoyos –, um den Selbstmord Rudolfs im Prinzip zu klären. Ferner hatte der Sohn Taaffes einige Jahre zuvor dazu beigetragen, daß diejenigen Teile des nunmehr legendären Nachlasses, deren Inhalt ohnehin aus anderen Quellen an die Öffentlichkeit gelangt war – es handelt sich um die Polizeiakten –, unter den Schriften des einstigen Ministerpräsidenten veröffentlicht wurden. Doch im Vorwort dieser Publikation erwähnt man gewisse weitere Dokumente, die der Redakteur angeblich nicht hat einsehen können. Dadurch wurde die Phantasie erneut entfacht, allerdings jetzt eher nur noch die der Journalisten. Da kam auch prompt das Angebot von Hearst.

Aber nicht nur der Hearst-Konzern interessierte sich für das «Rätsel von Mayerling». Im Jahre 1938, nach dem «Anschluß», erscheint ein hochrangiger SS-Offizier, ein gewisser Fitzthum, im anatomischen Institut der Wiener Universität; er läßt aus dem Keller das nie zuvor vollständig veröffentlichte Obduktionsprotokoll Rudolfs hervorkramen und nimmt die vorhandene Kopie, die längst in Vergessenheit geraten war (sie war sogar der Aufmerksamkeit Taaffes entgangen), ohne ein erklärendes Wort mit nach Berlin. (Nach Berlin!) Warum eigentlich? fragt man sich. Aber es gibt keine andere Erklärung als die nächstliegende und dümmste: Auch Himmler interessierte sich für den Mythos. (Aber warum?) Übrigens, der gleiche Fitzthum kreuzt im Jahre 1941 nach dem Tode der Gräfin Larisch-Wallersee in jenem Altersheim in Augsburg auf, wo die betagte Dame ihre letzten Lebensjahre verbracht hatte, und beschlagnahmt bei dem Erben (dem letzten Pfleger der Gräfin) das Manuskript der «echten» Erinnerungen, die sie zwecks Veröffentlichung nach ihrem Tode hinterlassen hatte – vielleicht hatte sie diesmal (die Umstände lassen darauf schließen) endlich die Wahrheit geschrieben. Fitzthum nahm sie mit nach Berlin. Aber was mag das große Geheimnis gewesen sein, das die Gräfin bis zu ihrem Tode bewahrte und nach dem sogar die SS ihre Hände ausstreckte? Und welch Unterschied mag wohl nach Ablauf von fünfzig Jahren noch zwischen Wahrheit und Legende bestehen – in bezug auf den Tod des vermoderten Kronprinzen eines längst verwesten Reiches?

Es versteht sich von selbst, daß die Obduktionsprotokolle sowie die «echten» Memoiren der Gräfin Larisch spurlos verschwunden sind. Verbrannten sie bei der Erstürmung Berlins unter den Trümmern?

Stellen wir einfach fest: Die Geschichte arbeitet, sie räumt auf.

Übrigens ist leicht möglich, daß der letzte Graf Taaffe, der Enkel, die zweihunderttausend von Hearst im Jahre 1929 deshalb mit aristokratischem Hochmut abgelehnt hatte, weil sich der Gegenwert nicht mehr in seinem Besitz befand. Nach dem Tode des Vaters hatte man nämlich – laut Zeugnis der treuen Diener – das ganze Schloß gründlich durchsucht, aber das Aktenbündel Rudolf nicht gefunden. Wie mag es verschwunden sein? Nun, im Jahre 1926 brach in der Bibliothek des Schlosses ein Feuer aus. Vielleicht fiel es den Flammen zum Opfer? Aber vielleicht hatte der im Jahre 1928 verstorbene Sohn des Ministerpräsidenten die Wahrheit gesagt: Er habe (nach Veröffentlichung eines Teils) das Dossier zwecks Aufbewahrung dem Archiv im Vatikan übergeben. Doch möglich ist auch (dies soll er ebenfalls gesagt haben), daß das Archiv in Ellischau freigegeben wurde und er zuvor alle Unterlagen verbrannte, damit sie nicht in unzulässige Hände gerieten, nachdem er sie für eine Nacht seiner Kusine, der Gräfin Zoë Wassilko-Serecki, zur Einsicht überlassen hatte. Letztere kreuzte im Jahre 1955 plötzlich aus dem Nebel im Wiener Archiv auf, um ihre leider bereits ein wenig lückenhaften Erinnerungen ins Protokoll zu diktieren.

Fraglich ist allerdings, ob (der zweite) Graf Taaffe seiner Kusine die Wahrheit gesagt hatte oder durch seine Mitteilung nur das Gespür der Jagdhunde verwirren wollte, denn einige Unterlagen, die ohne Zweifel aus dem Dossier stammten, (falls nicht eine zweite, eine «echtere» Aktensammlung vorhanden war oder ist) publizierte drei Jahre später der Prager Universitätsprofessor Skedl, und zwar auf Geheiß des Grafen selbst. Andererseits ist durchaus möglich, daß er nicht mehr im Besitz der fraglichen Schriften war – in diesem Fall sind die 1955 protokollarisch festgehaltenen Behauptungen der Gräfin Wassilko-Serecki unwahr –, denn der neuzeitliche Mayerlingologe Fritz Judtman fand heraus, daß nach dem Tode des Ministerpräsidenten die Witwe 1895 zwei große Schriftbündel in einer versiegelten Kiste bei einem Wiener Notar hinterlegte, der das Material erst 1912, nach dem Tode der Witwe, auf Wunsch des bereits erwähnten Grafen Taaffe, des Sohnes, zurückgab. Doch nun fand man auf dem Boden die verstaubte Kiste geöffnet (aufgebrochen? zerschlagen?). Laut Notar (dabei handelt es sich allerdings bereits um den Sohn und Nachfolger des ursprünglichen Notars, denn die Zeit schreitet voran!) könnte die Kiste nur bei einem Umzug, und zwar im Jahre 1902, derart beschädigt worden sein. Jedenfalls fand man 1912 in der Kiste nur noch leere Kuverts – die Schriften waren spurlos verschwunden. Angeblich. Zwar wurde über den Verlust ein Protokoll aufgenommen, aber Ermittlungen ordnete man nicht an, und man wollte auch nicht den zweiundachtzigjährigen Kaiser mit dieser Nachricht beunruhigen. Eine Frage: Wer entnahm den Kuverts die Schriften (und freilich wann? – in der Zeit zwischen 1902 und 1912), wessen Interesse war es, sie verschwinden zu lassen? Tatsache ist, daß von den Schriftstücken nie mehr etwas an den Tag gekommen ist – also stehen die Journalisten außer Verdacht. Bleibt lediglich eine Lösung: Es gab einen oder auch mehrere, die in ihrer Person durch den Inhalt betroffen waren. (Wurde Rudolf doch getötet? War dies das Geheimnis, das es zu verbergen galt? Hatte etwa der deutsche Geheimdienst seine Hand im Spiel? Wie gemunkelt wurde.) Nur, daß außerdem der pensionierte Ministerpräsident durch die Akten betroffen war! Es ist doch durchaus möglich, daß er – sagen wir mal, auf dem Sterbebett (Romanhelden geben sowas zu solcher Stunde preis) seiner Gattin gesagt hat … Kurzum, es wäre denkbar, daß die wichtigen (ja wichtigsten) Schriften sich niemals in jener aufgebrochenen (oder fallen gelassenen) Kiste befanden, sondern … Sondern wo?

Sagen wir mal: im Archiv der Grafen Taaffe?

Aber wo befindet sich dieses Archiv?

Die abenteuerliche Geschichte der Schriftstücke geht weiter, und sie ist viel wendungsreicher, als es die Romanze des armen Rudolf und der bedauernswerten Mary gewesen ist, die letztendlich kaum drei Monate gedauert hat.

Nun, das Archiv von Ellischau ist heute in Irland, wohin es der letzte Graf Taaffe (der Enkel) mitnahm, nachdem er, geleitet von einem erstaunlichen historischen Gespür, im Jahre

1937 seinen Grundbesitz in Böhmen verkauft hatte, um auf den von seinen Vorfahren vor 250 Jahren verlassenen Boden heimzukehren. Der letzte Taaffe starb 1967 – der oben erwähnte unermüdliche Forscher stand noch im Briefwechsel mit ihm. Auf seine Anfragen erhielt er zur Antwort, der Vater habe ihn (womöglich auf dem Sterbebett?) schwören lassen, alle Mayerling betreffenden Fragen unbeantwortet zu lassen.

Mit Eduard Karl Richard starb die Familie Taaffe aus. Nach seinem Tode stellte sich heraus, daß das Material des Ellischauer Archivs in einer Kiste verwahrt im Keller steht, im gleichen Zustand, wie man es 1937 aus der Tschechoslowakei abtransportiert hatte. Nunmehr hütet allein die Gleichgültigkeit das Geheimnis – wenn es eines gibt. So lange, bis sich einer findet, der sich die Mühe macht, die Kiste zu öffnen.

Ist nun die Geschichte zu Ende?

Keineswegs.

Nachspiel Nr. 2

Im April 1945 schob sich der Krieg bis nach Wien heran und geriet dort für eine Weile ins Stocken. Zwar gab es keine schweren Kämpfe, dennoch war das Karmeliterkloster in Mayerling (aus dem die Nazis die Nonnen schon 1940 ausgesiedelt hatten) voll von Verwundeten, und das Gebäude hatte sogar drei Artillerietreffer erhalten. Drei Wochen lang dauerten die Kämpfe um Alland herum, wobei Heiligenkreuz des öfteren den Besitzer wechselte. Der Turm der Abteikirche bot offensichtlich einen guten Beobachterposten für die Artillerie.

(Nur in Klammern vermerkt, da dies mehr als ein halbes Jahrhundert nach der «Tragödie von Mayerling» und nach zwei Weltkriegen kaum noch etwas mit unserer Geschichte zu tun hat: In diesen Tagen stirbt Frau Lónyay, alias Stephanie, die Witwe des Kronprinzen – etwa fünfzig bis sechzig Kilometer von hier, in Oroszvár an der Donau.)

Als sich das Kanonengedröhn weiter entfernt hatte und vorübergehend auch keine Infanterie zu sehen war, wagte sich der Friedhofswächter als erster in den kleinen efeubewachsenen Dorffriedhof hinaus, der sich nur wenige hundert Meter vom gewaltigen Komplex des Zisterzienserklosters erstreckt und von hohen Mauern umgeben ist. In der winzigen neogotischen Friedhofskapelle, die Helene Vetsera hatte errichten lassen, fand er Spuren einer Feldküche; zwischen den Gräbern leere Munitionskästen, von Geschützrädern aufgewühlter, bereits getrockneter Schlamm – die Gegend ruhte still in der Frühlingssonne wie an den Sonntagen. Der Wächter bemerkte (vielleicht unterwegs zu seiner Werkzeugkammer), daß die Steinplatte über Mary Vetseras Gruft zur Seite gestoßen war.

Er blieb stehen, schaute hinunter in die Grabstelle – der Dekkel des Kupfersarges war aufgestemmt und lag daneben am Boden; in dem angesammelten Regenwasser ein schartiger Spaten. Ringsum Knochen.

All das erzählte er im Jahre 1959, als der letzte Baltazzi-Sproß die Grabstelle in Ordnung bringen und den Sargdeckel erneut anschweißen ließ, den er, der Friedhofswächter, mit Hilfe eines Nachbarn notdürftig auf seinen Platz gehoben hatte (soweit guter Wille, Frömmigkeit und Kraft reichten); zuvor hatten sie Marys verstreute Knochen zusammengeklaubt. Außer einigen Kleiderfetzen fanden sie nichts im Sarg (woraus zu ersehen ist, daß Textilien haltbarer sind als ihre Träger). Die Grabschänder (deren Auftauchen, geben wir es nur zu, davon zeugt, daß die Geschichte auch noch ein Gespür für Stil besitzt – da sie den wildromantischen Prämissen treu blieb) waren gewiß enttäuscht. Vielleicht kam ihnen die seltsame Fabel, die ihnen einst ihre Großmütter erzählt hatten, in den Sinn, als sie, durch den Krieg hierher verschlagen, auf dem Grabkreuz den Namen Maria Freiin von Vetsera erblickten: kaiserliche Liebhaberin, prunkvolles Begräbnis, mit Juwelen geschmückte Tote – aus der Sicht von sechsundfünfzig Jahren und mehreren Generationen danach hatten sich die Dinge verwischt. Von dem, was sie gelockt hatte, gab es nur noch das verblassende Licht des kaiserlichen Hofes und der Legende, ja lediglich eine leise Ahnung dieses Lichts. Das letzte schwache Aufflackern des Mythos.

Dabei hatte man, wie uns bekannt, in das Grab der Mary Vetsera außer der Leiche rein gar nichts getan, höchstens die Lösung des «Rätsels von Mayerling». Ihr Knochenschädel war (oder hätte sein können) der letzte, der endgültige (und nicht erschlossene) «sachliche Beweis»: warum Kronprinz Rudolf Selbstmord beging. Dafür, ob die Kugel aus dem Revolver Rudolfs das Leben seiner Geliebten auslöschte oder nicht. Im Jahre 1959 wurde der Sarg erneut geöffnet, man fand den Schädel der Mary Vetsera, wie ihn der Friedhofswächter im Jahre 1945 dorthin zurückgelegt hatte: an der Stirn ein erhebliches Loch (wie aus dem aus dem Gedächtnis zitierten Protokoll hervorgeht), aber ob es sich auf der rechten oder linken Seite befand, daran erinnerten sich die Zeugen jeweils anders, und auch darüber war man geteilter Meinung, wann das verdächtige, scharfkantige Loch entstanden war: im Jahre 1889 oder eher 1945, als die enttäuschten Grabräuber sicherlich aus Wut die Knochen über den Grund der Gruft verstreuten. Den fehlenden Teil des Schädels fand man übrigens nicht – aber auch das beweist nichts.

Die Zeit – oder wenn man will: die Geschichte – hat vollkommene Arbeit geleistet. Es scheint, als habe es die «Tragödie von Mayerling» nie gegeben. Die Geschichte hat das zugehörige Reich von der Landkarte getilgt – ohne das sich die Knochen der allerschönsten Mary nicht anders ausnehmen als die jahrtausendealten Überreste einer vom Bagger aus dem Sand der Nubischen Wüste ausgegrabenen namenlosen ägyptischen Sklavin – und die Gebeine zermahlen.

Nachbemerkung

Vorab ein Wort zum Untertitel. Ich nenne das Buch einen «Liebesroman»; wie zu vermuten, in ironischer Absicht. Mein ungarischer Verleger hatte nichts dagegen, da er wohl annahm, es würde die Nachfrage steigern. Eine Zeitlang liebäugelte ich sogar mit dem englischen «Love-story», aber schließlich verwarf ich diesen Gedanken, da «Liebesroman» auf ungarisch irgendwie verstaubter klingt und einen angenehmen Naphthalinduft verbreitet. Ich dachte mir, gerade dies sei vonnöten: ein Hauch von blaßlila Kitsch – trug ich doch die meisten der Materialien zu diesem Buch aus hundert Jahre alten, zerlesenen Broschüren zusammen. So gesehen, ist mein Buch, wie ich glaube, auch ein Sproß der Folklore, ein entfernter Nachkomme der Volksballade. Schließlich sind Liebeskolportage und Volksballade Produkte der Epoche vor der Massenkommunikation (wie der Roman selbst: die Lektüre), sie stehen dem Märchen, dem Mythos näher als den modernen Nachrichtenpublikationen, den Zeitungen, Zeitschriften (und dem sogenannten Tatsachenroman?), in denen heutzutage der Leser die balladesken Stoffe vorgesetzt bekommt.

Was mich beim Schreiben vielleicht am meisten reizte, war die Entstehung des Mythos (in unserem Fall: des Großstadtkitsches, des Melodrams). Die Gedanken (die Kenntnis der Welt) nahmen nicht in Begriffen Gestalt an, sondern in Geschichten. Fällt zum Beispiel der amerikanische Präsident einem Attentat zum Opfer, verwandelt sich der politische Mord in der Phantasie des Volkes zu einem Drama aus Rache und Ehrgeiz, da es hinter dem öffentlichen Rätsel stets noch ein «wahres» Geheimnis wittert, den Kern des Kerns, von dem zu reden verboten ist, obwohl von seiner Existenz jedermann weiß – wenigstens in Budapest. In einer Mietskaserne im siebten Stadtbezirk, wo ich aufwuchs, flüsterten sich die Menschen zu, daß Kennedy in Wahrheit auf Johnsons Veranlassung ermordet worden sei. Und man hielt es für ebenso selbstverständlich, daß man darüber – über das Wesentliche, über die «Wahrheit» – nur flüstern dürfe.

Nun, in jener fünfstöckigen Mietskaserne hörte ich zum erstenmal von Rudolf und «der Vetsera»; und zwar auf einem der Gänge, die den quadratischen Hof in allen Etagen umgeben und wo sich die Alten der Bewohner (wiewohl meistens Weiber) vormittags sonnten wie runzlige Eidechsen und miteinander schwatzten. Freilich mußten sie dabei auf uns Kinder achtgeben, das heißt, wir spielten um sie herum, wobei wir Bruchstücke ihrer Geschichten aufschnappten, die sie einander (und nicht uns Kindern) erzählten. Das waren nicht immer runde Geschichten, vielmehr ließen die Erzähler aus ihrem Gedächtnis hervorsprudeln, was sich im Laufe der Jahrzehnte an Erlebtem und Gehörtem in ihnen angestaut hatte. Es war die Zeit nach dem Ende des zweiten Weltkrieges, wir Kinder jedoch wußten – obwohl wir die Kriegsgefangenen heimkehren sahen – mehr von der großen Schlacht des ersten Weltkrieges, vom Gemetzel bei Doberdó, als vom Don-Knie, wo die ungarische Armee – vielleicht schadet es nicht, daran zu erinnern – Anfang 1943 die größte Niederlage erlitten hatte. Und wir lernten eher, daß es eine «gute alte Friedenszeit» gegeben habe, wo das Geld noch aus purem Gold geprägt worden sei, als daß wir erfuhren, was eigentlich unsere Eltern trieben, nachdem sie frühmorgens aus dem Hause gegangen waren.

So hörte ich denn zuerst aus dem Munde meiner Großmutter vom «unglückseligen Kronprinzen Rudolf» – und zwar in dieser unauflöslichen Wortverbindung, die (denke ich heute) dem Titel eines uralten, zu Tränen rührenden Schauerromans entliehen gewesen sein mag. Vielleicht hatte sie mir damals die ganze Geschichte erzählt, doch ich kann mich nicht mehr daran erinnern, in meinem Gedächtnis ist vielmehr der Klang der Worte haftengeblieben: Hinter ihnen verbarg sich ein Geheimnis. Wie ich nachträglich ausgerechnet habe, wurde meine Großmutter geboren, als Rudolf und (um erneut ihre Worte zu gebrauchen) «die Vetsera» in Mayerling den Tod fanden. Doch die Ausstrahlung ihrer Tragik hatte auch nach zwei Weltkriegen nichts an Kraft eingebüßt, noch immer war das damit verbundene Geheimnis nicht verdorrt. Dagegen interessierte Franz Joseph (ich hatte erst viel später begriffen, daß Rudolf seinen Thron geerbt hätte) kaum noch, er galt als vergangen, und es lohnte nicht einmal mehr, ihm zu zürnen: Man nannte ihn den «Franzlsepp», und er war lediglich noch eine liebliche Erinnerung der Jugendzeit. Mit Rudolf hingegen verhielt es sich ganz anders, er war wie seine Mutter, die Königin Elisabeth (deren Statue inzwischen in Budapest wieder aufgestellt wurde; damals, Ende der vierziger Jahre, sah sie traurig drein inmitten der Trümmer und zwischen den aus dem Wasser geborgenen Überresten der nach ihr benannten Donaubrücke); von beiden wurde behauptet, sie hätten im Gegensatz zu den anderen Habsburgern die Ungarn geliebt. «Rudolf, Rudolf, warum hast du deinen kahlköpfigen Vater betrübt?» sangen noch die ungarischen Soldaten, als sie in den ersten Weltkrieg zogen, ein Vierteljahrhundert nach dem Tode des Kronprinzen.

Nun ja, die Habsburger. Mit anderen Worten: der «historische Hintergrund». Was hatten (haben?) wir (die Bewohner einer Budapester Mietskaserne) mit den Habsburgern zu tun?

Im Buch zitiere ich einen Ausschnitt aus dem (übrigens authentischen) «Aufsatz» eines (nachweislich schier unbekannten) Gymnasiallehrers namens Péter Simon, dessen Zeilen von Treue zum Herrscherhaus überschäumen. Für den ungarischen Leser ist dieser kurze Text eine überaus belustigende Lektüre (ich habe ihm jedenfalls diese Rolle zugedacht); er ist eine Selbstparodie der unterwürfigen Liebe zu den Machthabern. Die Komik rührt (heute noch) daher, daß sich die Ungarn – der ausländische Leser weiß es vielleicht nicht –, vorsichtig formuliert, niemals durch Treue zur Dynastie auszeichneten.

Die Habsburger saßen vierhundert Jahre auf dem Thron Ungarns (und freilich nicht nur auf dem ungarischen, ihre Macht erstreckte sich von der Schweiz bis zur Adria, von Krakau bis nach Siebenbürgen); vier lange Jahrhunderte verkörperten sie die Macht, und dies lernten die Ungarn notgedrungen durch das Scheitern zahlreicher Rebellionen und Aufstände kennen, zuletzt bei der Thronbesteigung Franz Josephs im Jahre 1848. Der im hohen Alter (wenigstens dem Anschein nach) väterlich gütige Monarch hatte den Schauplatz der Geschichte mit dem Erhängen ungarischer Rebellen betreten. Was nicht dadurch aufgehoben wurde, daß etwa zwanzig Jahre später infolge des mit dem aufständischen Ungarn eingegangenen politischen «Ausgleichs» die Emigranten heimkehren durften und Präsidenten von Eisenbahngesellschaften wurden, ja mehr noch, daß Franz Joseph die ungarische Krone von einem aufs Haupt gesetzt wurde, den man 1849 in Abwesenheit in effigie erhängt hatte. Der im Jahre 1867 erfolgte Kompromiß war lediglich ein Triumph der Realpolitik, denn die Magyaren fühlten sich keineswegs mit dem Herrscherhaus verbunden. Die Gefühle blieben weiterhin dem niemals aus der Emigration heimgekehrten Lajos Kossuth (dem Führer der Revolution) vorbehalten. Und «Franzlsepp» sollte noch erleben, wie die sterblichen Überreste «unseres Vaters Kossuth» im Triumphzug nach Ungarn übergeführt wurden.

Dennoch, der Name Franz Joseph (und freilich auch der anderer Habsburger) ist von der ungarischen Geschichte nicht zu trennen; er selbst lebte so lange, daß 1916, als er starb, sich nur die ältesten Menschen erinnerten, daß es in grauer Vorzeit eine Epoche gab, da dieser alte König noch nicht geherrscht hatte. Zudem brachte die zweite Hälfte seiner Herrschaft einen in der ungarischen Geschichte bis dahin beispiellosen Aufschwung: Unsere Städte, wie wir sie kennen, wurden damals erbaut; die Industriebezirke Budapests tragen noch heute die Namen von Habsburgern – Josephstadt, Franzstadt, Theresienstadt ... Doch nach seinem Tode folgte unermeßliches Leid: verlorener Krieg, Zerstückelung des Landes, abermals Krieg und neue Leiden. Was Wunder, daß die Legende von den «guten alten Friedenszeiten», vom «goldenen Zeitalter Franz Josephs» entstehen konnte.

Im Grunde sind dies die Koordinaten, innerhalb derer die Ungarn an Franz Joseph und die Habsburger denken. Rudolf und Mary Vetsera muß man in ebendiesem Rahmen unterbringen. Diese Welt hatte (hatte sie wirklich?) eine Operettenvariante: die Welt der feschen österreichisch-ungarischen Militärkapellmeister in blaßblauer Uniform (à la Franz Lehár), die bei Platzkonzerten, gemütlich und bartzwirbelnd, aus den Bombardons der Garnisonsregimentsorchester den Radetzkymarsch (das einstige musikalische Symbol der habsburgischen Großmachtstellung) ertönen ließen, und der schneidigen (selbstredend aristokratischen) ungarischen Husarenoffiziere, die bei Sekt und Zigeunermusik den Wiener Primadonnen (keß und aufrührerisch, eben «auf ungarische Art») den Hof machten und beim Kartenspiel frivol das Geld zum Fenster hinauswarfen – dabei stets liebenswürdig und amüsant, so daß niemand gewagt hätte, sie in die Zwangsjacke der einfältigen, langweiligen Tugenden der schlafmützigen Spießbürger zu stecken.

In der Phantasie der Zeitgenossen mochten auch Rudolf und Mary in einer ähnlich theatralischen Welt gelebt haben, in der das Leben aus Pferderennen, Jagden, Bällen und Liebesaffären bestand und in der es – auch das gehörte zum «Volksmärchen», zum Märchen des städtischen Volkes – einen bärtigen, greisen König gab, einen feschen, traurig dreinblickenden Prinzen und ein hübsches, verliebtes junges Mädchen und natürlich die unerfüllbare große Leidenschaft, die die beiden Liebenden verzehrte. Mit ihrem Tod hatten Rudolf und Mary für einen Augenblick das Märchen glaubwürdig gemacht.

Das vorliegende Buch ist ein Versuch, diesen Mythos mit der Wirklichkeit zu konfrontieren – oder anders: der Entstehung des Mythos auf die Spur zu kommen. Mir ging es nicht so sehr darum, minutiös zu ermitteln, die «Wahrheit» hat mich weniger interessiert, vielmehr wollte ich herausbekommen, wie sich die Ereignisse in den Köpfen der Nebenakteure, der Zeugen, niederschlugen, wie sich gesetzmäßig und unwiderruflich Vorstellungen festsetzten, die im Gedächtnis der Menschen bereits vorgeprägt waren.

In Österreich melden sich noch heute etwa alle fünf Jahre Leute zu Wort, die vorgeben, das Rätsel von Mayerling «gelöst» zu haben. Dutzende von Amateuren verbringen ihre Freizeit damit, die lückenhaften (polizeilichen) Fakten neu zu ordnen, wobei sie selbstredend aussondern und entsprechend den Erfordernissen der jeweils neuerlichen Theorie weitere krümelgroße «sachliche» Erkenntnisse hinzufügen, bis sich alsbald herausstellt, daß ihre «Lösung» nichts anderes ist als das, was man sich seit hundert Jahren in den Wiener Kaffeehäusern zuflüstert.

Als dieses Buch im Frühjahr 1984 erschien, erhielt ich eine Unmenge Leserzuschriften. Jedermann wußte auch mir etwas – natürlich die «Wahrheit» – zum Schicksal Rudolfs mitzuteilen. Die Briefe stammten vornehmlich von alten Leuten, die noch als Untertanen Franz Josephs geboren worden waren und in ihrer Kindheit Rudolfs Zeitgenossen kennengelernt hatten. Sie glaubten etwas zu besitzen, was mit ihrem Tod aus der Welt verschwinden würde. Ich erhielt sogar Geschenke. Ein betagter Herr schickte mir jene Nummern der zeitgenössischen «Budapesti Hírlap», in denen von der Tragödie und vom Begräbnis ausführlich berichtet worden war. Vielleicht hatte sein Großvater die Zeitungen aufgehoben, ahnend, daß sie dereinst wichtige Zeitdokumente sein würden; jetzt hüte *ich* die vergilbten Blätter. Der Unbekannte lieferte mir auch eine interessante, zur Naturkunde des Mythos gehörige Ergänzung: «Vor den Parlamentswahlen im Jahre 1908 verbreitete man die Nachricht: Vilmos Sümegi, der den Bezirk» (einen Budapester Innenstadtbezirk, möchte ich hinzufügen) «seit 1904 vertrat, sei in Wirklichkeit nicht V. S., sondern der Kronprinz selbst, der – keineswegs verstorben – sich aus irgendeinem Grunde hinter dieser Verkleidung verstecken müsse. Falls man ihn jedoch zum Abgeordneten wählen würde, könnte er seine wahre

Identität zu erkennen geben. Dies habe ich seinerzeit selbst gehört, und ich erinnere mich noch gut daran, ich war damals sieben Jahre alt.»

Der verkleidete Rudolf tauchte übrigens des öfteren in den Briefen auf, ja, ich begegnete sogar einer Dame, die ihn als junges Mädchen gekannt haben wollte: Besagter Rudolf habe im Weinberg in der Umgebung von Szolnok gewohnt. Er sei dorthin aus dem Keller des Wiener Rothschild-Schlosses geflohen, wo man ihn eingesperrt hätte, weil er gedroht habe, dem Kaiser zu verraten, daß die Rothschilds den Fußboden in einem der Säle ihres Schlosses mit Goldkronen ausgelegt hätten – und zwar mit dem Bildnis Franz Josephs, des durchlauchtigsten Vaters von Rudolf, nach oben – und sie in ihrem grenzenlosen Hochmut darüber hin und her stolziert wären. Das habe Rudolf nicht dulden können, und deshalb sei er in den Kerker geworfen worden. Während seiner Gefangenschaft habe ihn eine junge ungarische Dienstmagd aus Szolnok mit Essen versorgt; sie hätten sich ineinander verliebt und seien eines Nachts zusammen aus Wien geflohen, hätten sich dann im Weinberg bei Szolnok in einem Kelterhaus versteckt und seien miteinander glücklich gewesen, bis der Tod sie ereilte. Diesen Rudolf hätten alle in der Umgebung als Onkel Feri angeredet, weil man habe verhüten wollen, daß die Behörde spitzkriegte, wer sich hinter dem Flüchtling verbarg; selbstredend habe niemand daran gezweifelt, daß Onkel Feri in Wahrheit der Kronprinz sei, von dem jedermann wußte, daß er die Magyaren liebe, und den man deshalb vor der Macht habe verbergen müssen.

Die Logik des Märchens ist, wie man sieht, überzeugender als jedes vernünftige Argument, ganz davon zu schweigen, daß die Menschen instinktiv geneigt sind, alles andere eher zu glauben als das, was ihnen die Behörde vorsetzt, denn sie hat jede Glaubwürdigkeit eingebüßt, man begegnet ihr von vornherein mit mißtrauischer Zurückhaltung.

Das sich mir aus den Briefen offenbarende Legendar Rudolfs, von dessen Umfang und Hintergründigkeit ich zuvor, ich bekenne es, keine Ahnung hatte, kann man wohl (ironisch formuliert) als ein Denkmal der Zensur ansehen. Für mich wurde daraus offenkundig, daß die Geheimnistuerei die Maschinerie der Mythosbildung in Gang gesetzt hatte. Eine, nach ihren stachligen Buchstaben zu urteilen, vermutlich betagte Dame schrieb mir: «Der Oheim meines Mannes, Gáspár Csaszlavszky, hatte in der Wiener Leibgarde gedient und am Sarge des Kronprinzen Ehrenwache gehalten. Er beteuerte, es sei nicht Rudolf gewesen, der im Sarg gelegen habe, da auf dem Gesicht des Toten jenes kleine Muttermal gefehlt habe, das auf dem in einem Buch veröffentlichten Bild unter dem rechten Auge zu sehen ist.»

Es kamen Briefe aus Amerika und Australien, von einst ausgewanderten Ungarn, und als das Buch auf schwedisch erschien, gab es sogar in Stockholm jemanden (einen Schweden!), der von sich behauptete, nur er allein kenne das Geheimnis.

Und die Witwe des Ferenc Schubert aus Budapest berief sich in ihrem Brief auf ihre verstorbene Schwiegermutter, die seinerzeit in Wien gelebt und zuverlässige Informationen darüber gehabt hätte (ganz Wien habe ja davon gesprochen), was in Mayerling geschehen sei: «Bekanntlich war Rudolf ein Schürzenjäger, und er hatte auch der schönen Ehefrau des Jagdmeisters auf dem Gut von Mayerling fleißig den Hof gemacht. Der Ehemann war eifersüchtig und jähzornig. An jenem Abend, da Rudolf mit der Vetsera im Schloß abgestiegen war, traf der Jagdmeister seine Frau in der Wohnung nicht an. Da er die Kutsche des Kronprinzen vor dem Haus gesehen hatte, war er überzeugt, daß sich Rudolf im Schloß mit seiner Frau amüsierte. Er stürzte in dessen Schlafgemach und erschlug das im Bett liegende Paar. Man muß also hinter der Sache nicht gleich die Interessen der Großmacht Deutschland wittern, da doch dieser Rudolf nichts anderes war als ein gemeiner Schürzenjäger und als solcher sein Los verdient hatte.»

In Verlegenheit geriet ich, als mich in Budapest ein alter Ingenieur aufsuchte und mir ein wenig linkisch, aber äußerst selbstsicher eröffnete, er sei möglicherweise ein «natürlicher»

Enkel des Kronprinzen, also ein waschechter Habsburger. In meiner ersten Betroffenheit glaubte ich, er wolle mir eine Verleumdungsklage anhängen, obwohl seine sanften Manieren dem zu widersprechen schienen. Für einen Augenblick fühlte ich mich, wie sich vielleicht Swift gefühlt hätte, wäre plötzlich bei ihm jemand aufgekreuzt und hätte sich für Gullivers Enkel ausgegeben. Für mich war Rudolf mehr und mehr zur literarischen Gestalt geworden, und ich dachte kaum noch daran, daß einst tatsächlich eine Person seines Namens gelebt hatte. Die Ankündigung verschlug mir also die Sprache, und ich wartete stumm darauf, was da kommen werde. Doch es stellte sich heraus, der betagte Mann hatte sich keineswegs durch mein Buch gekränkt gefühlt, im Gegenteil, er meinte in mir einen Kronzeugen seines «Rudolftums» gefunden zu haben und erwartete, daß ich die familiäre Legende quasi authentisch untermauere. Er kramte Familienfotos hervor, darunter eines seiner Großmutter, die vor hundert Jahren als Zimmermädchen in einem Schloß in der Provinz gedient hatte, wo sich (angeblich) Rudolf einmal als Gast aufgehalten habe, und zwar in einem für die Geburt seines Vaters kritischen Augenblick. Dann zeigte er mir Urkunden über den rechtmäßigen Besitz einer bestimmten Kaffeestube in Budapest, die (wie er versicherte) das einstige Dienstmädchen von einem Unbekannten geschenkt bekommen habe. Dann hielt er mir Bilder der Königin Elisabeth vor die Nase und verwies auf die augenfällige Ähnlichkeit; schließlich drehte er mir sein Profil zu und forderte mich auf, seine Gesichtszüge genau zu studieren, die (so erklärte er mir energisch) nach übereinstimmender Meinung zahlreicher unbefangener Bekannten mit denen Rudolfs identisch wären, hätte der Kronprinz sein Alter, das Alter meines Mannes, erlebt. Mich schauderte.

Damals war ich versucht, das Nachleben der «Tragödie von Mayerling» niederzuschreiben, doch ich hatte anderes zu tun und kam nicht dazu. Daher bin ich dankbar für die Gelegenheit dieses kleinen Nachtrags, denn ich glaube, erst damit ist das Buch vollständig. Die Reaktionen haben mich gelehrt, wie zerbrechlich und relativ die «Fakten» sind und welche Macht der Mythos – oder wenn man will, das Märchen – besitzt. Er ist es, der die Welt nach seinen einfachen Schemata umformt, bis sie sich am Ende zur Illustration einer augenblicklich überschaubaren und leicht begreiflichen Wahrheit gewandelt hat.

Budapest, April 1988 *István Bart*